古诗词中的凉州

李元辉 寇文静 著

读者出版社

图书在版编目（CIP）数据

古诗词中的凉州 / 李元辉，寇文静著. -- 兰州：读者出版社，2023.10
ISBN 978-7-5527-0760-1

Ⅰ. ①古… Ⅱ. ①李… ②寇… Ⅲ. ①古典诗歌－诗歌欣赏－中国 Ⅳ. ①I207.22

中国国家版本馆CIP数据核字（2023）第154561号

古诗词中的凉州

李元辉　寇文静　著

责任编辑	王先孟
助理编辑	张紫妍
装帧设计	雷们起

出版发行	读者出版社
地　　址	兰州市城关区读者大道568号（730030）
邮　　箱	readerpress@163.com
电　　话	0931-2131529(编辑部)　0931-2131507(发行部)
印　　刷	甘肃发展印刷公司
规　　格	开本787毫米×1092毫米　1/16
	印张19.25　插页2　字数310千
版　　次	2023年10月第1版
	2023年10月第1次印刷
书　　号	ISBN 978-7-5527-0760-1
定　　价	58.00元

如发现印装质量问题，影响阅读，请与出版社联系调换。
本书所有内容经作者同意授权，并许可使用。
未经同意，不得以任何形式复制。

《凉州文化丛书》（第一辑）编撰委员会

主　任：李兴文

副主任：董积生　张国才

委　员：刘玉顺　魏学宏　席晓喆　郝　珍　李元辉

主　编：魏学宏　张国才

副主编：席晓喆

编　委：（以姓氏笔画为序）

　　　　王丹宇　刘茂伟　刘徽翰　许振明　杨　波　杨琴琴

　　　　吴旭辉　宋文姬　宋晓琴　张长宝　张博文　郑　苗

　　　　赵大泰　贾海鹏　柴多茂　海　敬　寇文静

总　序

武威，古称凉州，是国家历史文化名城、中国优秀旅游城市、中国旅游标志之都，历史文化底蕴深厚。早在五千多年前，凉州先民就在这里生活繁衍，创造了马家窑、齐家、沙井等璀璨夺目的史前文化；先秦时期，这里是位列九州之一的雍州属地，也是华夏文明与域外文化交流的重要通道；两汉、魏晋南北朝、隋唐、西夏等时期，是凉州文化形成与发展的几个重要阶段；明清时期，文风兴盛，是凉州文化发展的黄金阶段。在历史的长河中，以武威为中心形成的凉州文化，在中国文化发展史上留下了辉煌灿烂的绚丽篇章，形成了厚重的文化积淀和多彩的文化形态，并在今天仍然有深远影响。中国社会科学院古代史研究所所长、研究员卜宪群先生谈到："广义的凉州文化指整个河西地区的文化，凉州文化的研究可将武威及其周边的文化辐射区包括在内。""凉州文化在中国历史上占有重要地位，为中华文化的多样性做出了贡献，也为统一的多民族国家形成做出了贡献。"

"关乎人文，以化成天下。"高质量经济发展离不开高质量文化建设。习近平总书记指出，要大力挖掘、传承、保护、弘扬传统文化，揭示蕴含其中的文化精神、文化胸怀，坚定文化自信。凉州文化是中华优秀传统文化的重要组成部分，以其特色鲜明、内涵博大而熠熠生辉，在当前文化强省建设中发挥着重要作用。凉州文化之于武威，是绵延悠长、活灵活现的一种文化形态，是推动武威不断发展的力量源泉。武威市凉州文化研究院在文化研究工作中，始终正确把握传承和创新的关系，深入挖掘优秀传统文化，结出了累累硕果。我多次去武威考察，与当地领导和专家学者交流较多，深感武威市各界对凉州文化的无比自豪和高度重视。为推动历史文化推陈出新、古为今用，以文塑旅、以旅彰文，加快文化旅游名市建设，武威市专门成立了武威市凉州文化研究院，给予编制、经费等方面的大力支持。武威市凉州文化研究院起点高、视野宽，以挖掘、开发、研究、提升为重点，制定了长远翔实的研究计划，开展了一系列卓有成效的学术交流工作。如与中国社会科学院古代史研究所深度合作，举办高层次的学术研讨会，深入挖掘凉州文化的价值，取得了诸多学术成果；与浙江大学、兰州大学、西北师范大学、甘肃省社会科学院等高校和科研机构合作，从多方面研究和传播凉州文化，持续扩大凉州文化的学术影响力，社会反响热烈。

近日，武威市凉州文化研究院的张国才院长给我寄来《凉州文化丛书》（第一辑）的书稿，委托我为这套丛书作序。出于他及其同事们精益求精、一丝不苟的治学精神和对弘扬凉州文化的深厚情怀和满腔热情，我便欣然应允，借此机会谈一些自己阅读书稿的体会。

一是丛书的覆盖面广。《凉州文化丛书》（第一辑）选取武威具有代表性的特色文化，从不同角度阐释凉州文化的丰富内涵和独特魅力。《武威地名的历史传承与文化内涵演变》通过研究分析武威地名形成的自然环境、制约因素、内在规律、文化成因等，考证其背后的历史文化，讲述地名故事，总结武威地名的历史变迁、命名规律等，对促进武威地名文化遗产保护，推动武威地名文化深入研究，进一步提高武威地名文化品位，彰显凉州文化魅力，具有积极的作用。《古诗词中的凉州》选取历代诗人题写的有关凉州的边塞气象、长城烽烟、田园风情、驼铃远去、古台夕阳等诗歌，用历史文化散文的形式解读古诗词中古代凉州的政治、经济、军事、历史、文化等，把厚重浩繁、博大精深的咏凉诗词转化为一篇篇喜闻乐见、通俗易懂、轻松活泼的文史散文，展现诗词背后辉煌灿烂的凉州文化。《汉代武威的历史文化》既有汉代武威地区的自然地理、行政建制、军事防御、物质生活、精神生活、社会发展，也有出土的代表性简牍的介绍及价值评说。借助历代典籍和近现代学者的相关研究，力求还原客观真实的武威汉代历史文化。在论述时，尽量采取历史典籍和出土文物、文献相结合的方式，深入挖掘武威出土文物背后的故事。《武威长城两千年》聚焦域内汉、明长城遗存，从自然地理、生态环境、军事战略、区域文化等方面进行了解读，既有文献史料的梳理举隅，也有田野调查的数据罗列，同时结合国家文化公园建设，就武威长城精神、长城文化遗产保护利用等作了阐释，对更好挖掘长城文化价值，讲好长城故事，推动长城文化资源"双创"有所裨益。《武威吐谷浑文化的历史书写》在收集、整理吐谷浑历史资料和最新研究成果的基础上，以吐谷浑的来源、迁徙及其政权建立、兴衰和灭亡为主要脉络，探讨吐谷浑在历史上与武威有关的内地政权的关系，进而研究吐谷浑的政权经略、文化影响及历史作用，重点突出，视野宏阔，这种研究对于铸牢中华民族共同体意识是十分必要的。《清代凉州府儒学教育研究》以清代凉州府的儒学教育为研究对象，既有对凉州府儒学教育及进士的概括性研究，也有对凉州府进士个体的研究，点面结合，"既见森林，又见树木"，使读者获得更为丰满的凉州府进士形象。通过一个个活灵活现的人物形象，更加生动具体地揭示了当时儒学教育的样貌。《武威匾额述略》主要从匾额的缘起流变、分类制作入手，并对武威匾额进行整理研究，全面分析了武威匾额的艺术赏析、价值功能，生动诠释了武威深厚的历史文化内涵及其蕴含在匾额中的凉州文化，是我们走进武威、打开武威历史的一把重要钥匙。《清代学人笔下的河西走廊》选取陈庭学、洪亮吉、张澍、徐松、林则徐、梁份等十位学人，通过钩沉其传记、年谱、文集、诗集等相关史料，在前人研究的基础上，重点反映清代河西走廊的地理、历史、人文、民俗等，展示了一幅河西走廊多民族交往交流交融的历史画卷。《河西历代人口变迁与影响》对河西历代人口数量等方面进行考察，阐述历史时期河西人口与政治、经济之间的动态关系。《河西生态变迁与生态文化演进》以河西地区生态变迁较为突出的汉、唐、明清时期为主要脉络，采用地理学、考古学、历史学、生态学等学科相结合的研究方法，对河西地区历史时期的生态变迁、生态文化演进做了全面的研究。阅读这十本书，既能感受到博大厚重的凉州文化，又能体会到凉州文化的包容性、多样性的特征。

二是丛书的学术价值高。《凉州文化丛书》（第一辑）各位作者在前期通过辛勤的考察调研，搜集了大量的资料，然后根据实际需要开展研究性撰写，既吸收了前人的研究成果，又融入了自己的观点，既体现了历史文化的严谨准确，又对其进行创新性、前瞻性解读，思考的角度也有所不同，研究的方法也有新的突破。此外，丛书中的每一本书都由武威市凉州文化研究院与甘肃省社会科学院的研究者合作完成，在专业、学术、研究、视野、资料搜集等方面具有互补性，在撰写的过程中互相探讨交流，无形之中提高了丛书的质量。因此整套丛书无论从研究深度，还是学术价值，都比以往研究成果有新的提高。有些书稿甚至让人眼前一亮、耳目一新，颇有不忍释卷之感。

三是丛书的可读性强。《凉州文化丛书》（第一辑）注重学术性和资料性，兼顾通俗性和可读性，图文并茂。在进行深度挖掘、系统整理的基础上，又对文化展开解读，符合当下社会各界的文化需求，既方便专业研究人员查阅借鉴，也能让普通读者也喜欢读、读得懂，对于普及武威历史、凉州文化，提高全社会的文化自信等，具有重要的作用和意义。

编一套丛书，实不易也。武威市凉州文化研究院以初创时的一张白纸绘蓝图，近几年已编撰出版各类图书二十多本种，每一种都凝聚着凉州文化研究工作者的心血和汗水。几载光阴，他们完成了资料的整理研究，向着更为丰富、更加系统的板块化研究方向迈进，这又是多么可喜的一步。这十本书，正是该院与甘肃省社会科学院紧密合作，组织双方研究人员共同"探宝"凉州文化的有益之举。幸哉，文史研究工作，本为枯燥乏味之事，诸位却在清冷中品出了甘甜，从寂寞中悟出了真谛，有把冷板凳坐热的劲头，实为治学之精神，人生之追求。

《凉州文化丛书》（第一辑）是武威市凉州文化研究院的阶段性成果，集中展示了武威市凉州文化研究院学术研究成果，值得庆贺！希望武威市凉州文化研究院以此为契机，积极吸收最新的学术研究成果，从西北史、中国史、丝绸之路文明史的大视野来审视凉州文化，多出成果，多出精品，为凉州文化的传承发展做出更大的贡献。

是为序。

田　澍

2023 年 8 月 31 日于兰州黄河之滨

田澍，西北师范大学副校长、教授、博士生导师，中国历史研究院田澍工作室首席专家，《兰州通史》总主编。

序

构建新的凉州是否可能

一

某一天,在武威的一个图书发布会上,一位中年男子早早地写了发言稿,认真地朗诵(几乎不是发言),其声美若洪钟,仿佛每一个细胞都在呼吸,充满了激情。若是我从来没走出武威,他的声音一定是天下最美男声。他的声音使我想起上大学之前听到的那些最美乡音。那时,我还不怎么会普通话,除了电视台和广播上的主持人之外,我未曾想过还有谁会认真地说普通话。谁知,三十年过去,我已经不会讲凉州话,凉州人也纷纷拐着说普通话。

那一天,他告诉我,他叫元辉。他说自己的名字的时候,我看见他眼睛里闪着山泉一样的光辉。他放在我面前几本书,有长篇小说《汗血宝马》、诗文集《诗文话天马故里》,还有文史散论《天马长歌》、学术专著《凉州贤孝二十四孝》。如此丰富,如此地方性。

其实他姓李,与我母亲的姓一样。元辉是他的名字。李姓是凉州的大姓。他的姓名里的"元"字,是冥冥中的暗示,他的确一直元气充沛。每个人的姓名都是他的一个符号,就像他的衣服,显露着他的秘密。凉州话中的"元"是饱满的、开阔的、一往无前的,是带着洪荒之力的。

前几天有人跟我讨论龟兹有一大姓帛姓,翻译则是白姓。那人觉得我写了鸠摩罗什,一定明白。我笑道,是的,鸠摩罗什时龟兹的国王就是这个姓。之所以把"帛"翻译成"白",当然是凉州话。五凉时期的凉州话泛指整个的河西话。

　　我一直在《话说五凉》中强调，凉州是我们凉州作家和文化学者认识中国传统——当然也包括现代化之路——的一个镜像。我们不能光讲那些书本上的尤其是古籍里的凉州，还要去认识我们已有的鲜活的日常生活，而要认识这一点，首先要有古籍上的知识，同时要有对当下日常的发现。我们往往不认识自己。前面的可以交给历史学家，后面的则要交给作家，对中国文化有深邃研究和体认的学者型作家，就像司马迁、曹雪芹、鲁迅等。他们对历史和日常都有深刻的把握。司马迁与后两位又不一样，他要比他们更为深广，更为博远。他在为中国构建一座精神的大厦。从这个意义上说，真正伟大的作家是那些在天地间以宇宙之律法为人类建设灵魂大厦的人。这是我们应当神往且追随的。

　　这就要说到我们如何讲述凉州，如何构建凉州。

　　曾几何时，文学家们不再去读史书，不再去研究科学，不再去思考终极问题，使文学变得越来越个体化，失去了某些应有的通约性、共同性，也失去了可供世人借鉴的可靠的世界观、人生观，世间难以再产生那种古老的人与世界的共鸣，文学的意义便显得微不足道。

　　然而，我在进入五十岁的天命之年后才一天天明白，凉州的每一天每一刻的生活，都在向我们显示这些宇宙与人生的真理。我们是历史的延续，历史就在我们的身体里，就在我们的呼吸间，同时，整个世界也在我们的呼吸间延展。凉州显然不是这个世界的中心，是边缘之地，但是，恰恰是边缘，它使我们才看到真相。此时，因为真理的显现它又成为中心。我们可能需要出去远行一趟，甚至需要带着强烈的叛逆之心去外面认识世界，然后回头重新发现凉州。

　　我是想说，对于每一位作家来讲，故乡都是其发现世界、人生真理的地方，也是其重新构建精神世界和人生真谛的最终地。我们每个人都有自身的故乡和精神世界。

　　元辉兄是一位作家，当然他可能在通常意义上，或者按学院派的认识，是一位历史专家，但在我看来，他就是我认为的作家。他把历史与文学天然地集于一身，既不局限于历史碎片的一招一式，而是用生命的体验和文学的想象去重新描绘历史的天空和大地上的印痕，也不拘囿于文学的日常性或虚幻性，而是用历史的维度和刻度去诉说历史的日常。这正是一个真正的作家所需要的大本领。

这不，元辉兄与甘肃省社会科学院寇文静老师合撰的新作《古诗词中的凉州》书稿又摆在了我的案桌上。翻看目录，其"边塞气象""长城烽烟""田园风情""驼铃远去""印象凉州""流韵焕彩""古台夕阳"等标题，既有一种沧桑的历史感，又有鲜活的文学气象。可见两位作者也是用心揣摩的，生动活泼又不失厚重，文字也有了灵魂。

阅读其书稿，我的眼前呈现出了一幅幅这样的画面：古代的武威，曾经是一个诗情画意的地方，"大漠孤烟直，长河落日圆"；古代的武威，曾经是民族交融的中心，"凉州七里十万家，胡人半解弹琵琶"；古代的武威，曾经是英雄辈出的城市，"醉卧沙场君莫笑，古来征战几人回"……

作为中华优秀传统文化的代表之一，诗词文化具有旺盛的生命力和时代活力，是文化创新创造的宝贵资源。历史上流传至今的大量的咏凉诗词，则是武威珍贵厚重的文化遗存。诗歌属于文学的范畴，而且是最早的文学体裁。而文学与历史结合，会产生一种与众不同的神奇魅力。

二

在此，必须重申作家的意义。

作家为何写作？一千个人恐怕会有一千个答案，但最伟大的作家可能只有一个答案，即完成对这个世界的建构。这不仅是给自己一个圆满的答卷，也是给世人一个完满的回答。他是要回答，人如何完善地立于这世上。

那么，另一个问题又出现了，谁才是作家？现在的人们可能觉得写写情志、绯闻和世间琐事的那些人都是作家，那些经营修辞的才是作家。是的，他们是今天意义上的作家，也是最为大众化和世俗意义上的作家，但在我看来，他们仍然不是真正意义上的作家。

真正意义上的作家是对世界和人生有通透解释的智者。他们是对世界运行的规律有非常客观的认识和总结，比如老子、孔子、司马迁等。他们经营的修辞直抵世界的中心，直抵人性的本质。或者说，他们是从世界的中心和人性的本质出发来向世界宣布真理者，是由内而外的作家。

伟大的作家永远痴心于回到整体性，回到自足的人性与物性。他们强调人与世界的关系，语言的修辞则让位于这种思考，或者说修辞只是更好地表达清楚人和这个世界的本质。故而说，回到人与这个世界的整体性，是作家追求的最高目标。是故作家不是今天意义上写写散文、小说、诗歌的小情调的文人们，而是一切以文字、影像甚至语言为志业的怀着大情怀的人们。他们可能是今天所谓的历史学者、哲学学者、文学家、记者，甚至那些地质学家、考古学家……

此外，他们无论身居何处，都以自我为中心去构建一个整体性的世界。所以康德不必离开他居住的小镇就能理解整个宇宙，福克纳不必离开故土就能理解他那个时代的西方世界，陶渊明可以回归田园，老子可以隐居于边缘世界，甚至孔子、释迦牟尼、苏格拉底可以仅以语言来描述真理。

所以我们常常会问：文字到底是来干什么的？它无中生有的目的何在？自然是要在这个空茫的世间搭建一个精神的家园，与那个物质材料搭建的家园相内外。

所以我觉得好的作家无论身居中心还是边缘，都将面对一个核心命题，即如何构建一个整体性的完满世界，人如何在这样的世界里自由自在。

所以，我愿意将一切以文字为志业的人放在作家这个层面去考察。只有这个整体性中，一切的端倪才不言而喻。

就像文学批评者那样，他们自以为拥有真理本身一样，历史学者也常常误以为自己掌握着历史。当然，也恰如一些哲学教授以为掌握着世界与人生的钥匙一样，他们夸夸其谈，甚至颐指气使，常常忘了去自然界看看。所谓虚怀若谷和海纳百川在山谷里和大海上是不言而喻的。

我的意思是无论作家、历史学家、哲学家或文艺批评者，都要敞开自己的胸怀，向着广阔的世界学习。也就是说，要向整体性的世界逼近或靠拢。中国的圣人们都是向天地学习的人，因为只有天地才拥有整体性。一旦我们自负的时候，天地就悄悄地将其真理藏起来，而一旦我们低下谦卑的头颅，认领天地之大道为我们的终极真理时，天地就会向我们无尽地吐露其真谛，显示其奇妙。

我们必须重新向天地学习，正如老子所言的那样："道法自然。"这才是思的开始。

凉州，是历代文人墨客向往的地方。对于凉州的描绘或者印象，我们除了借助传统史书记载之外，也必须向古代的诗人们学习，因为他们是凉州历史文化的见证者、歌唱者。元辉兄与寇文静老师的《古诗词中的凉州》，正是对历代咏凉诗词及诗人们的文化解读，或者文学阐释。西汉的扬雄，魏晋时期的张骏、温子升，唐代的王维、岑参、高适，元代的马祖常，明代的丁昂、张楷、李渔，清代的许荪荃、叶先登，民国时期的于右任、张维翰，以及大量本籍诗人如李益、张澍、张玿美、陈炳奎等，他们或在凉州任职，或寄情凉州，或讴歌家乡，留下了大量的咏凉诗词。仅仅对这些诗词、诗人进行罗列、注释、简介是远远不够的，应该对这些诗词涵盖的凉州政治、经济、军事、历史、文化、民俗风情、风景名胜等内容，结合历史背景、时代特征等，开展丰富又生动的叙述，全面又深刻的解读。这是《古诗词中的凉州》一书的重点和特色，也是元辉兄与寇文静老师的初衷和愿望。可以说，两位作者出色地完成了任务。

三

我和元辉兄的缘分来自《话说五凉》，我们各讲了一部分。他重视史，我重视文，各执一端，若合起来看，则快接近于整体。当然接这个活，也是受了元辉兄的鼓励。在此有些想法值得记录一二。

我对凉州文化的研究仅仅是入门，只是打马过凉州而已，相比于元辉等一批在凉州孜孜不倦做研究的学者、作家真是井底之蛙，尤其是面对一些具体问题时更是不敢高声语。但即使如此，我还是大着胆子做了一百九十集《话说五凉》短视频。

《说话五凉》有意想尝试一种文史哲结合的方式，尤其是文史统一的方式进行，当然，文学的方式不免多了一些。这与我长期从事文学和以文入史有关，当然也与我史学知识不太扎实有关。从2004年开始讲授《中国文化史》、2008年讲《西方文化史》以来，我就对中国文化和西方文化的比较很感兴趣，尤其是对两种思想的演进下了一点功夫，但对具体历史的细部知之甚少，所以在讲《说话五凉》时常常不能深入细部去讲，不能讲"凉造新泉"的具体年代和如何铸造，不能讲那时前凉与西域诸国如何进行贸易和交流。所有这些，都是在读了陇上诸贤的书后有点记忆而已。根本上讲，我对这些细部的研究暂时不大感兴趣，也没有精力去处理。这样就有些粗放了。

我的兴趣点在于凉州对于整个中国和世界有何意义和价值，凉州自身的文化特征是什么，凉州何以成为凉州，凉州在两千多年的信史中究竟是如何演变的，凉州有相对独立的世界观和方法论吗？用凉州可以来解读中国吗？用今天的凉州能解读整个世界吗？凉州可以成为中心吗？等等。

我的着迷之处则在于，我在凉州生活了几十年，有鲜活的生活体验，这些鲜活的生活体验与过去的历史和存在的地理之间构成了一种什么关系，或者也可以反过来说，我所习得的所有关于世界和中国的历史、思想乃至科学常识是否可以帮助我们重新解释凉州，再远一些，是否可以构建一个新的凉州。所以我试图用孔子的六经思想来解读凉州、构建凉州。

这显然已经超越了当代史学的范畴，已经有点哲学味道了，实际上，它不过是中国古人所讲的文学的一种常识罢了。我试图以这样的常识构建一个文学的诗意的凉州。

我不知观众是否能感受得到，但就我自己，这种企图在逐渐达到目的。至少，它已经在我心里踏实地存在了。

故而，凉州之于我，它不仅仅是一个故乡，而是一个以它为中心的整个世界。

翻阅元辉兄与寇文静老师合撰的《古诗词中的凉州》书稿，看到《醉卧沙场君莫笑》《雄心一片在西凉》《一曲凉州无限情》《一夜关山雪满飞》《车马相交错，歌吹日纵横》《胡人半解弹琵琶》《武威莫道是边城》《胡腾儿》《西凉伎》等等篇目，我一下子有了浓厚的兴趣，迫不及待地读其内容，果然不出我之预料。两位作者尝试运用历史记载与文学描述相结合，也就是通常说的历史文化大散文的笔法，去解读一首首咏凉诗词，而且章节的编排也很独特，这种体例及写作方法，在凉州文化的阐释方法之中，具有一定的开创性。在形散而神不散的娓娓诉说中，让读者时而穿越千年，时而回归现实，时而在历史时空中吟唱，时而在文学大道上讴歌，从而感受凉州文化的千年沧桑和厚重绵长。

四

因为这样的一种观念和浮浅的实践，使我更进一步确信中国古老的世界观和方法论更接近于真实，更接近于整体。我们不仅仅要使文史哲统一起来，而且还要借助于地理学、天文学、生物学、物理学等方面的科学知识，使其更为真实。

比如，当我们要说清楚"天倾西北，地陷东南"这些神话时，如果请出地质学家、地理学家和天文学家以及人类学家、语言学家，就会发现在上古时代的西北经历过一番地理上的大变化。这当然也不是十分科学，但它是理解中国神话和中国文化变迁的重要支撑。如果我们以这样的科学知识为支撑，再加上严谨的考古和古籍记录以及神话中的诸多记忆，那么，原本不可相信的神话传说便有几分清晰了。

这是我觉得研究凉州以及西北历史的另一个维度。

但我们的知识体系往往是残缺不全的，人生也有涯，知识却无涯，所以我们对整个世界、我们生存的环境、人类的历史以及我们自己的认识是不全面的，我们必须虚心地倾听，一是虚心倾听各种学科的人的知识和意见，二是虚心倾听自己内在的声音，三是虚心倾听大自然的一切消息。

关于凉州也是如此。凉州的记忆中有矛盾的地方。如大禹关于九州的划分中，凉州自然是雍州或雍州的一部分，《禹贡》和司马迁《史记》中也有一些地方没用这种思想，但司马迁的时代凉州属于西域，由匈奴占领，且在周代时仍然属于西域，由月氏人占领，司马迁无法看到更早的史料，也没有任何知识来证明整个河西地区以及青海、新疆的部分地区属于雍州。这是他的局限，也是典型的史学家的做法。但他给后世立了法则，后世之史家大多也以其范围来划分中国了。如西汉辞赋家扬雄《凉州箴》，是这样写雍州和凉州的："黑水西河，横属昆仑。服指阊阖，画为雍垠。每在季王，常失厥绪。上帝不宁，命汉作凉。陇山以徂，列为西荒。南排劲越，北启强胡。并连属国，一护彼都。"

于是，我们会看到，如果按大禹分九州的思想来看当时的天下，今天的西北地区为雍州，是神话、洪水、流沙、玉石等伟词和神祇诞生的地方。在陆地文明时代，西北部在丝绸之路上有玉石之路，还有人们想象中的粮食之路、彩陶之路、神话之路，总之这里是中华文明与整个世界文明交汇的大通道。

从现在的考古发现可以得知，齐家文化几乎可以将雍州得以还原。

目前我们的史学研究是有部分材料，但无思想，所以往往没有整体观。文学当然更不用说了，只是拿自己的一些日常感受，而不读史书，就想建立一种世界观，何其虚妄。

元辉兄与寇文静老师合撰的《古诗词中的凉州》一书，正好就是把文学中的重要体裁——历代咏凉诗词与他们掌握的许多的历史资料及扎实的史学功底相结合，打磨出一篇篇别致的文史散文。这就给历史材料注入了文学的灵魂，给文学作品做了历史的铺垫，让凉州历史文化变得厚重大气又不失鲜明生动。

五

毋庸置疑，凉州在人类历史上也许有一些意义，但算不上核心地域。凉州在中华文化的版图上曾经发挥过重要作用，尤其是汉唐时期几乎是核心地区之一，但自宋以来就逐渐失去了这种区位优势，变成了边缘。故而在很多人那里，尤其中部和东部的人们那里，凉州与其没有多少关联，最多是与《凉州词》相关的几缕思绪而已。

现在看来，当我们需要重新面向传统的时候，当我们重新面向陆地的时候，历史就成为我们的宝藏。在这个时候，古老的凉州就又像烽燧一样亮起来了，且燃起来了。

重新叙述和构建凉州就成为必然。像我一样的游子纷纷背上行囊，拿起笔，重新来描绘自己心中的故乡了。因为每个人有不一样的人生，所以每个人定然都有自己关于故乡的模样。千百个凉州就会出现，而千百个凉州才能成为一个真正的凉州。

所以，我总在想，故乡凉州是一座活生生的生命之地，而非残片，更不是历史的几行文字。我们所有的文字都不过是它的一缕炊烟而已，或者某几个背影。

在这样的视角中，我们要尊重每个凉州人对自己故乡的叙述，并且为他喝彩。

这也是借元辉兄与寇文静老师《古诗词中的凉州》这样的宝地来讲这些，因为这些年研究凉州文化的人越来越多，用学术的、历史的、文学的甚至影像的方式，将来可能视频的方式会越来越多。正如《古诗词中的凉州》中那些生动鲜活的文字一样，用文学的笔法描述历史文化，从而展现出凉州博大精深且流韵焕彩的画面。

这样才可能构建一个完整的凉州，一个新的凉州。

感谢元辉兄与寇文静老师！就让我的这篇文章成为这部书中的另篇而存在，而非序。

徐兆寿

2023 年 10 月于兰州

徐兆寿，甘肃凉州人，复旦大学文学博士。现任西北师范大学传媒学院院长，教授、博士生导师。国家"万人计划"哲学社会科学领军人才、全国文化名家暨"四个一批"人才。出版《非常日记》《荒原问道》《鸠摩罗什》《西行悟道》《补天：雍州正传》等多部作品。

目　录

第一辑　边塞气象

凉州四边沙皓皓 / 3

士卒韬弓猎瀚海 / 6

凉州地势控河西 / 9

过午风尘塞日黄 / 12

春风不度玉门关 / 19

大漠孤烟直，长河落日圆 / 25

由来形胜地，矫首意苍茫 / 28

第二辑　长城烽烟

天马徕，从西极 / 39

醉卧沙场君莫笑 / 44

沙州都护破凉州 / 48

天子忧凉州，严程到须早 / 54

贾诩自期能料敌 / 61

谁遣凉王破赵名 / 68

青海长云暗雪山 / 76

百代兴亡吐谷浑 / 79
胡儿烽起大松山 / 87

第三辑　田园风情
嘉苗布原野，百卉敷时荣 / 95
胡地三月半，梨花今始开 / 100
边城细草出，客馆梨花飞 / 107
绿水绕畦瓜未熟 / 109
杏花人趁锄梨雨 / 113

第四辑　驼铃远去
闻说凉州种，遥从绝域传 / 121
千壶百瓮花门口 / 125
胡人半解弹琵琶 / 127
紫驼载锦凉州西 / 130
道路车声百货稠 / 133

第五辑　印象凉州
骈肩比立插青霄 / 143
新秋归远树，残雨拥轻雷 / 153
此间消夏真佳境 / 160
松石点苍入画图 / 168
午夜钟声出梵宫 / 175
凿龛古壁禅静参 / 180
瑰奇早闻西夏碑 / 185
乌鞘雨雾乱云飞 / 191

傍岭沿溪出古浪 / 194

第六辑　流韵焕彩
唯有凉州歌舞曲 / 203

箫鼓赛田神 / 209

听唱凉州双管逐 / 212

胡腾儿 / 214

西凉伎 / 217

一曲凉州无限情 / 222

唱得凉州意外声 / 226

第七辑　古台夕阳
竞说休屠金日䃅 / 233

澄华井没张芝笔 / 237

灵池作伴继前人 / 241

都护家声成幻梦 / 246

招讨台荒四百年 / 251

今人忽到古凉州 / 257

五凉迭谢复神州 / 263

武威莫道是边城 / 266

城压荒沙雉堞深 / 271

后　记 / 277

总后记 / 282

第一辑

边塞气象

凉州，曾经是著名的丝绸之路要冲，是中原与西域的交通咽喉，是西部边关要塞的象征。在这个多民族活动的历史大舞台上，上演过一幕幕边塞文化的历史话剧。一首首描绘凉州边塞风光的诗词，字里行间洋溢着诗人和艺术家对祖国西北壮丽河山的深厚感情，赋予凉州边塞文化丰富又深厚的内涵。

凉州四边沙皓皓

武威，古称凉州，自古以来，就是丝绸之路上重要的黄金节点。唐朝建立后，对河西进行了大规模经营，先后设立凉州都督府和河西节度使，凉州成为名副其实的西北重镇。安定的社会环境和活跃的中外经济、文化交流，让当时的凉州升格为西北地区仅次于长安的政治、经济、军事中心，有"河西都会，襟带西蕃，葱右诸国，商侣往来，无有停绝""凉州七里十万家"之说。

安史之乱开始后，由于河西精兵内调平叛，凉州空虚，吐蕃乘机于764年占领凉州。安史之乱结束后的很长一段时间，渴望朝廷收复凉州，是当时百姓的强烈愿望。《旧五代史》记载："朝廷尝遣使至西域，见甘、凉、瓜、沙等州城邑如故，陷吐蕃之人见唐使者旌节，夹道迎呼涕泣曰：'皇帝犹念陷吐蕃生灵否？'"

780年，太常少卿韦伦出使吐蕃，经陇西一带返回长安，看到当地汉人跪拜哭泣，盼望唐军收复失地。

822年，大理卿刘元鼎出使吐蕃，上千名老人自称是当年唐军战俘，沿路拜泣："子孙未忍忘唐服。朝廷尚念之乎？兵何日来？"

一些有识之士也呼吁朝廷出兵凉州，他们用诗歌激起人们对凉州的回忆。唐朝诗人王建就是其中之一。

王建（765—835），唐代诗人。大历年间考中进士，一度从军。中年入仕，历任昭应县丞、太府寺丞、秘书郎、太常寺丞，累迁陕州司马，世称"王司马"。他写了大量的乐府，同情百姓疾苦，与张籍齐名，世称"张王乐府"。

王建出身寒门，深忧黎民，常怀悲悯之心，是中唐时期富有民生情怀的诗人之一。《唐才子传》记载，王建"从军塞上，弓剑不离身""盖尝跋涉畏途，甘分穷苦"，对民间疾苦深有体会。王建深入了解到凉州被吐蕃、回鹘等占领后，其境内民众生产生活的基本情况，愤而写下《凉州行》一诗，如实记录当时的情景。全诗如下：

凉州行
（唐）王建

凉州四边沙皓皓，汉家无人开旧道。
边头州县尽胡兵，将军别筑防秋城。
万里人家皆已没，年年旌节发西京。
多来中国收妇女，一半生男为汉语。
蕃人旧日不耕犁，相学如今种禾黍。
驱羊亦著锦为衣，为惜毡裘防斗时。
养蚕缫茧成匹帛，那堪绕帐作旌旗。
城头山鸡鸣角角，洛阳家家学胡乐。

这首诗反映了当时凉州境内民族交往交流频繁，也表现了诗人对国势日下、国人沉迷歌舞宴乐的忧虑。诗歌大意是，凉州城外黄沙浩浩，是因为现在无骁将能开拓边疆。凉州所属各县都已为胡兵所占据，守边的将军只好另外建筑防秋的城堡。那些万里从征的人都已战死在边塞上，可是京城里还在年年发令输兵。入侵的胡人从唐朝边境掳去妇女，有半数妇女生了男孩都能说汉语。胡人从前是不懂农耕的，如今却学汉人种起了禾黍。胡人在牧羊的时候也穿了丝织的锦衣，他们爱惜毡裘，收藏着预备作战时用。他们也能养蚕缫丝织成绢帛，用旌旗围绕在营帐四周。城上的山鸡已经在报晓，而洛阳城中家家在学奏胡乐。

王建的诗作题材广泛，同情百姓疾苦，生活气息浓厚，思想深刻，从这首《凉州行》中可见一斑。

除了王建，还有许多诗人也通过诗歌发出呼吁，期望收复凉州。如大诗人张籍在《凉州词三首·其三》《横吹曲辞·陇头》等诗中写下"边将皆承主恩泽，无人解道取凉州""谁能更使李轻车，收取凉州属汉家"的诗句。元稹《和李校书新题乐府十二首·西凉伎》一诗中也有"吾闻昔日西凉州，人烟扑地桑柘稠""连城边将但高会，每听此曲能不羞"的句子。白居易也奋笔疾书，写下了有名的《西凉伎》一诗。白居易通过诗歌，对朝廷无力收复凉州之事进行嘲讽。诗歌中通过西凉伎的演唱，叙述凉州失陷后百姓的苦难生活，对百姓的生活遭遇极为同情。同时也表达了对驻守边关的将士无所作为的愤慨。

著名史学大家陈寅恪对此论述道，安史之乱以后，朝廷虽然有收复凉州的计划，但驻守边关的将领却没有了斗志，也没有收复的意图，因此白居易用这首诗来表达不满。

此外，白居易还写过一首《缚戎人》，里面有"凉原乡井不得见"的句子，其实也是叙述自己的愤慨之情。

可是由于唐朝在安史之乱中元气大伤，君臣将领对收复凉州有畏难情绪，有识之士的呼吁只能被搁置一旁。直到861年九归义军节度使张议潮率军收复凉州，才实现了诗人们的心愿。

士卒韬弓猎瀚海

明英宗天顺年间,一代清官岳正登上了镇番(今甘肃民勤)城楼,他有感而发,遂写下《登镇番城楼》一诗,以抒胸怀:

登镇番城楼
(明)岳正
牢落那堪徼外愁,边城小队一登楼。
旌旗昼掩狼烟息,刁斗声寒塞马收。
士卒韬弓猎瀚海,将军谈剑逐毡裘。
生平不解封侯事,此日应知翊壮猷。

岳正(1418—1472),字季方,通州漷县(今北京)人,生于明成祖永乐十六年(1418年)。明英宗正统十三年(1448年)考中进士,名列第三,为探花。岳正为人刚直、敢言,"性豪迈不羁"。岳正于正统年间历任翰林院编修、左赞善。在天顺年间任翰林院修撰、文渊阁学士。当时,英宗当政,石亨、曹吉祥擅权。岳正不顾个人利害得失、进退荣耻,挺身而出,直言不讳,因此得罪了石、曹二人。英宗偏听石、曹的话,一怒之下,把岳正贬到广西钦州,任同知。在钦州,他又被诬为"夺公主田",并以此罪名,被贬谪到甘肃肃州戍边。就这样,岳正来到了河西走廊。

那么,明代的镇番城规模有多大?究竟有过怎样的经历呢?

《五凉全志·镇番县志》记载了明初至清代乾隆年间民勤县城的基本情况。

据记载可知,明代洪武年间,依原来的元代小河滩空城,经过一番修葺之后，当作镇番卫驻地。明成化元年（1465年），调集凉州、永昌官军协助镇番卫士卒，在都指挥马昭的监工之下，增筑"西北二面三里余"。增筑后的镇番县城"新、旧周围六里二分零二十三步，高三丈一尺，厚二丈有余"。开设东、西、南三门，东门叫作"永和门"，西门叫作"永绥门"，南门叫作"阳武门"。

明朝中期，由于生态环境恶化，导致"飞沙拥城"。镇番城已是"风沙壅积，几与城埒"，镇番县城"曾派民搬沙，月无虚日……施因劳而无功，遂罢其役"。当时巡抚甘肃的都御史杨博无不忧虑地说："万一猾虏突至，因沙乘城，岂惟凉、永坐撤藩篱，实甘肃全镇安危所系。"

嘉靖二十五年（1546年），参政张玺向都御史杨博呈送有关情况，镇番县城开始"筑西关以堵风沙"，系夯土建筑。

此后，都御史侯东莱奏请用砖石包墙，工程从万历三年（1575年）起，到万历四年（1576年）竣工。此次扩建后，镇番卫规模较以前更加宏大。建有城楼三座、角楼四座、逻铺十九处、瓮城三座，护城河深一丈五尺，宽三丈，东、西、南三门都有吊桥。

明天启七年（1627年），民勤经历了一次特大沙尘暴，又导致"飞沙拥城，参将杨孟希率众移沙，城池免于淹没"。

清代康熙元年（1662年），参将王三华重修西门楼。康熙三十年（1691年），"参将杨钧率军民五百人搬沙，月无虚日，以柴草插风墙一百二十丈"，但劳而无功，后来停止。

到乾隆十四年（1749年），各城楼早已倒塌，护城河被沙填平，吊桥损坏，城墙砖石剥落，存者仅仅十之二三。"西北则风拥黄沙，高于雉堞，东南则土城坟起，危似岩墙，惟逻铺粗有形迹耳。"

县城内的建筑除了民房，还有公署，包括察院、水利同判衙门、县署、经历司署、卫千总衙门、仓、库、草场、参将署、演武厅、大教场、火药局、监狱、养济院；此外还有学校，包括文庙、崇圣祠、圣训厅、文昌阁、魁星阁、名宦祠、乡贤祠、儒学院；还有关帝庙、忠平王庙、三义庙、东岳庙、土地祠、药王宫、龙王宫、风神庙、马神庙、彭公祠、圣容寺、镇国塔、苏公祠、节孝祠等众多寺、庙、观、祠、宫等，在此不一一列举。

以上是《五凉全志·镇番县志》的记载，在这里顺便提一下清代中后期的民勤县城。

嘉庆年间，植树造林、防风固沙的方法大量使用于县城治沙工作。嘉庆十一年（1806年），"县令齐正训率民工七百人沿河植树五百多株，柳条一万三千多株"。

镇番城在清初虽经整修，但到道光年间又成为"楼顷砖落"的沙漠孤城。咸丰时"环顾四周，西北则飞沙壅堞，东南则腐土委尘，残垣断墉，径窦豁开，除西城及东北隅有数十丈均被沙淤尚存城墙外，余皆坍平，车马往来，直成通衢"。同治四年（1865年），此城内外已"沙碛枕藉，高于城齐"，早已没有了昔日之险要。

从明清时期民勤县城的历史概览中，可见从明代中期开始，县城就遭遇风沙灾害，几百年来，军民动辄搬沙、植树，以柴草插风墙，顽强地守护着这座沙海明珠。

凉州地势控河西

张澍（1781—1847），武威人，清代乾嘉时期著名学者。嘉庆十五年（1810年），张澍闲居在家乡凉州，创作了不少凭吊凉州历史文化的诗歌，其中就包括四首《凉州词》，收录在《养素堂诗集》中的《还辕集》中。现将四首《凉州词》辑录如下，并作简要释读。

凉州词·其一

（清）张澍

蓆萁风紧起边愁，一曲琵琶醉瓮头。

失却焉支少颜色，汉家那肯弃凉州。

"蓆萁"是边塞牧草之名。"醉瓮头"也即瓮头醉，意谓醉酒，元代马麟《独酌谣》云："便当瓮头醉，笑解黄金貂。""焉支"句借用《匈奴歌》内容："失我焉支山，令我妇女无颜色。失我祁连山，使我六畜不蕃息。""弃凉州"指的是东汉时期建武十一年（35年）、永初四年（110年）、中平二年（185年）朝廷三次关于放弃还是守卫凉州之议。这首《凉州词》的大意是：河西大地上的牧草在烈烈西风中摇曳，让人产生边塞特有的愁绪，诗人在一曲曲琵琶声中饮酒至醉。当年的匈奴失去焉支山后没有好的容颜，大汉王朝怎能放弃凉州。

凉州词·其二

（清）张澍

凉州地势控河西，竞说休屠金日磾。

太尉后来枭勇甚，山空谷尽鸟悲啼。

"控河西"指凉州具有重要的战略地位,"通一线于广漠,控五郡之咽喉"。"金日䃅"指西汉时期匈奴休屠王太子,公元前121年霍去病征战河西,俘获休屠王太子,被汉武帝赐姓为金,受到汉武帝重用。"太尉"指东汉武威名将段颎,因平息羌族叛乱有功,出任太尉之职。这首《凉州词》的大意是:凉州地理位置控制河西,人们竞先谈论匈奴休屠王太子金日䃅的故事。太尉段颎英勇善战,平息战乱后到处呈现出惨烈之状。

凉州词·其三
(清)张澍

秋闺夜夜唱刀镮,万里征人梦早还。
明月似知人意绪,故将眉样作弓弯。

"唱刀镮"指渴望征人顺利还归。这首《凉州词》的大意是:妻子渴望出征的丈夫早日回家,将士们在梦中回到了故乡。明月似乎懂得思乡之情,成为弯弓的样子,如同妻子弯弯的眉毛。

凉州词·其四
(清)张澍

落日萧萧候马亭,蒲稍昨已过前庭。
渥洼波暖余吾涨,却绊龙驹海浪青。

"候马亭"与汉武帝天马有关,郦道元《水经注》记载汉武帝遣李广利讨伐西域大宛国,得到天马,但天马不忘故土:"胡马感北风之思,遂顿羁绝绊,骧首而驰。晨发京城,夕至敦煌北塞外,长鸣而去。因名其处曰候马亭。""蒲稍"指蒲梢天马,《史记·乐书》记载:"后伐大宛,得千里马,马名蒲梢。""渥洼"指水中出神马,《史记·乐书》记载:"又尝得神马渥洼水中,复次以为《太一之歌》。"

"余吾",古水名,《汉书·武帝纪》记载:"马生余吾水中。""绊"指御马的缰绳。这首《凉州词》的大意是:当年汉武帝喜好骏马,历史记载有汗血宝马、蒲梢天马、渥洼神马、余吾骏马等,将士们渴望驾驭骏马驰骋四方守护安宁。

张澍的四首《凉州词》分别对河西地理位置、历史人物、历史事件等进行了记述,第一首指出河西地区重要的战略地位,是历代兵家必争之地;第二首记述汉代发生在河西地区的战争;第三首描绘镇守边塞的将士们的思乡之状;第四首记录汉代天马的故事,渴望和平安定。四首《凉州词》讴歌了河西悠久厚重的历史,反映了张澍对家乡历史文化的热爱以及对家乡的一片深情。

盛唐时期,"凉州"作为一种文学意象走进文学作品和艺术活动中,以"凉州词(曲、歌、行)"命名诗篇成为一种时尚。《凉州词》影响广泛,流传久远,从张澍的四首《凉州词》来看,说明直至清代,《凉州词》的吟唱依然不绝。

过午风尘塞日黄

"过午风尘塞日黄",出自明代嘉靖年间陈棐(1505—1559)的《闻扒沙边警》诗,写出了当时古浪大靖镇的天气特点及边塞风貌。

古浪县大靖镇,自古就是军事战略要地,《古浪县志》记载,大靖"昔为防蒙之要隘,今则更宜视为边防之屏蔽矣"。明代《参戎王公碑记》也记载:"大靖,何地也?一墙之外,豺虎丛嗥之区,山光黯淡,云气苍茫,幽窈荒凉,石田沙碛,盖西南一绝域也。"清代《大靖参戎边公德政碑记》记载,大靖"此地控贺兰之隘,抗北海之喉,用以独当一面而使凉镇无东北之虑者,不啻泰山之倚也"。

从明代万历二十七年(1599年)改"扒沙"为大靖、增筑大靖城堡、设大靖营以来,至清末光绪三十三年(1907年)裁撤大靖营,大靖营经历了三百多年的兴衰历程。

一

据古浪文史学者李发玉先生《寇来门户——扒沙城》一文介绍,明初,大靖地区名"扒沙",属蒙古语,意为"街市"。扒沙城是执政者用来抵御北方蒙古族进犯的一个重要军营,初为甘肃镇甘州卫辖,后属陕西行都指挥使司庄浪卫辖。详细始建年代无考。"扒沙"一地曾经孕育出明代名将伏羌侯毛忠。

嘉靖年间,陈棐写有《闻扒沙边警》诗二首,间接道出了扒沙为兵家必争之地的战略地位。

闻扒沙边警·其一

（明）陈棐

过午风尘塞日黄，红旗闪火甲铺霜。

龙城管有骠姚将，缚取扒沙台吉狼。

闻扒沙边警·其二

（明）陈棐

昨霄长矢射天狼，顿见旄头夜少光。

投笔请缨白面事，吉囊听报遁归忙。

陈棐，字汝忠，号文冈，鄢陵人。嘉靖十四年（1535年）进士。授中书舍人，迁户科左给事中，疏请发展江北诸省水利。以进献官箴，谪为长垣丞，再升为宁晋知县，兴修水利，扩大农田灌溉面积。嘉靖三十一年（1552年）以刑部郎中恤刑陕西。嘉靖三十六年（1557年）升任右佥都御史，巡抚甘肃。在任期间修筑城堡，整饬军政，又捐俸购买经、史、子、集诸书给甘镇儒学。

二

嘉靖三十九年（1560年），蒙古族阿赤兔率部南下，以放牧为名，驻扒沙一带长达三十八年。明万历二十六年（1598年），兵部尚书兼三边总督李汶、大司马兼甘肃巡抚田乐、甘肃总兵达云等奉旨收复扒沙。万历二十七年（1599年），明军打败阿赤兔收复其地，取安定统一之意改"扒沙"为大靖。

据《古浪县志》记载，明军为了加强大靖的防御能力，对大靖旧城堡进行了大规模扩展、加固、维修，"旧存东北二面墙址展筑，计周围四百八丈，高三丈九尺，开西、南、北三门，上建门楼三座。外城高三丈五尺，周围计三百七丈，厚二丈二尺，开西、南、北三门"。当时，大靖营设参将一员，驻扎骑兵322名，步兵1347名，拥有战马431匹。永昌人徐龙被委任为第一任大靖营参将。

大靖营还管辖13座烽墩，每墩驻守哨兵2名，共设守哨兵26名。

扩建之后，再加上精兵驻守，大靖城堡成为一座险固的"金城汤池"。

三

明崇祯九年（1636年），王孟颜被任命为第十八任大靖营参将。有明一朝，从万历二十七年第一任大靖营参将徐龙至明朝灭亡，有记载的大靖营参将共二十人。王孟颜，陕西神木县人，自幼习武，精通弓马骑射，熟悉作战韬略，从军二十余年。王孟颜来到大靖营，看到戍守的士兵衣服破烂，食不果腹，面黄肌瘦，毫无精神，便下定决心进行整治。一是逐月增加战马数量，二是撤换老弱兵丁；三是议筑堡寨多处；四是筑瓮城一座；五是开垦荒地，由军民耕种；六是解决城堡用水之困难；七是为守兵建造墩房，方便警戒、休息；八是维修冲毁的护城河堤坝；九是挫败犯边的强敌；十是捐款建修玉皇阁、城隍庙、衙东马王殿塑像。

崇祯十三年（1640年），王孟颜随甘肃总兵杨嘉谟统兵勤王，驻守蓟镇。为激励后人继续治理大靖，遂刻石立碑，记载其事，这就是原存古浪县大靖城内的《参戎王公碑记》。

崇祯十六年（1643年），李自成派部将贺锦西征，占领凉州，设官治理大靖一年余。

四

清兵入关占领甘肃之后，延续明制，于顺治二年（1645年）设大靖营参将一员，当时驻扎骑兵260名，步战兵110名，守兵330名，共700名。清代第一任大靖营参将是京卫人王述宗。有清一朝，史书上有记载的大靖营参将共34人，大靖营游击共6人，大靖营守备共16人。

据《大靖参戎边公德政碑记》记载，康熙十一年（1672年），裁撤大靖营参将，改设守备，大靖营守军移驻安远。康熙十九年（1680年），又恢复大靖营参将，原驻军也回至大靖营驻守，由陕西榆林人边永昌任大靖营参将镇守。按《古浪县志》推算，边永昌是清代第十二任大靖营参将。边永昌在任期间，屡挫强敌，均分水利，减少赋税，深得民心。后居住在武威，大靖百姓念其恩德，为其刻石立碑，以示铭记。

康熙二十九年（1690年），张元芳特升陕西凉州第十五任大靖营参将。他殚精竭虑，励精图治，察地形，坚壁垒，积极落实朝廷"与民休息"的各项政策措施，体恤士卒，体察民情，在巩固边防、治理地方中建立了不朽功勋。康熙三十二年（1694年），卒于大靖公署。大靖张氏家族珍藏着两道康熙帝敕封大靖营参将张元芳夫妇及其父母的圣旨。

雍正年间，由于罗卜藏丹津叛乱，清廷又增加大靖营兵额，增加骑兵、步战兵、守兵各十五名。

乾隆年间，大靖营依然旌旗猎猎，壁垒分明。乾隆九年（1744年）被委任为古浪县知县的徐思靖，在其《孤山晚照》一诗中描写了大靖营的景象。其诗小序云：

扒沙为凉州要地。明万历中，恢复松山，五道分旄，营垒高列。孤山紧接边墙，白草黄沙，举目皆见。今值峡水南来，夕阳西下时，田总制、达元戎之威烈，足令人深长思也。

诗中吟唱道：

孤山落日生紫烟，牛羊下坂归陂田。
戍楼鼓角声阗阗，辕门大旆风吹偏。
缘思五道进兵日，元戎血战功成还。
从此百载狼烽恬，卸甲囊兵无控弦。

到乾隆十四年（1749年），添设大靖分防巡检一员，当时大靖营有骑兵

205 名，步战兵 148 名，守兵 330 名，共 683 名。后改大靖营参将为游击。

同治十年（1871年），因甘肃之金塔一带，边墙损坏，平番之裴家营，古浪之大靖、土门，甘、凉之南山各口，时有吐蕃窜扰，清代名将张曜派兵丁侦探防堵，加意严防。

同治年间，大靖遭遇战乱，百姓死伤无数，后左宗棠平定战乱，上疏裁兵，甘肃裁兵四万余人。

光绪二十一年（1895年），河湟匪乱，窜扰河西，由永登进攻大靖堡。大靖营游击周德有率领兵丁及民团，会合南冲寺僧兵击溃匪徒。

至光绪三十三年（1907年），大靖营士兵再行裁撤，所存者只有原来的十分之二。当时大靖设巡警分局，留下的这些士兵由乡绅编练民兵，枪械自备，不给薪饷。

至此，大靖营的历史使命宣告结束。

1914年，民兵全部裁撤，大靖由古浪县警备队派一名排长带领若干队员，稽查盗贼，维持治安。1916年，古浪各地成立保卫团，大靖也编练民团，保卫地方。1917年警备队改为警察队，分驻大靖。1928年，凉州镇守使马廷勷发动变乱，大靖堡城被攻陷，死伤百姓两三百人，南城门楼被焚毁。

五

大靖营在明末至清代乾隆年间，由于地理位置和战略需求，军事作用非常明显，对巩固西北边塞、稳定社会治安影响十分深远和重大。就连大靖老城区的街巷布局与造型，也充满着军事意味。以财神阁为中心，南北街道呈弓形状，东西街道呈箭状，因此，当地人称之为"弓箭街、弓弦巷"，隐隐透露着一种"西北望，射天狼"的豪气。

到乾隆以后，大靖乃至甘肃由"边陲"变成了"内地"，清廷将主要精力放在发展当地经济社会事业上，将其作为经营西北的粮草、兵员供应基地，因此，大靖营和当地其他营垒一样，其军事战略地位不断下降，直至清末被裁撤。

大靖营虽然走完了一段辉煌又沧桑的历程，但大靖从明代万历年间就开始显现的商贸重镇地位则不断提升，一直延续。占据街道中心、始建于明万历二十七年、清康熙五十七年（1718年）重修的大靖财神阁，也从侧面反映出明清以来大靖商业的繁荣与兴盛。（本文重点论说大靖的军事要塞情况，其商贸概况另文叙述）

附：史料记载的明清时期历任大靖营参将、大靖营游击、大靖营守备

一、大靖营参将

明代：

徐龙，永昌人，万历二十七年任；　　张奇才，永昌人；

张治策，甘州人；　　　　　　　　　王永中，山丹人；

王国柱，镇番人；　　　　　　　　　达奇才，凉州人；

保定，甘州人；　　　　　　　　　　李国柱，岷州人；

张显茂，凉州人；　　　　　　　　　罗一贯，甘州人；

王用予，固原人；　　　　　　　　　王承恩，西宁人；

盛略，镇夷人；　　　　　　　　　　王绍禹，西安人；

王绍勋，安庆人；　　　　　　　　　李昌龄，镇番人；

王光先，西宁人；　　　　　　　　　王孟颜，神木人；

邹宗武，陕西人；　　　　　　　　　殷国祚，三原人。

清代：

王述宗，京卫人；　　　　　　　　　石登仕，威远人；

胡有赏，满洲人；　　　　　　　　　祁兴周，西宁人；

赵守义，榆林人；　　　　　　　　　卢拱极，永平人；

毕加生，江南人；　　　　　　　　　周成功，满洲人；

常天时，辽东人；　　　　　　　　　蒋赓，全州人；

刘大明，定远人；　　　　　　　　　边永昌，榆林人；

刘三元，河南人；   朱标，山东人；

张元芳，山西人；   张大受，宁夏人；

刘承孟，湖广人；   欧升，凉州人；

赵廷蓻，直隶人；   张弘印，宁夏人；

李友，西安人；   钮鸿杰，顺天人；

李文斗，凉州人；   杨隆，宁夏人；

高锦，凉州人；   杨克功，灵州人；

黄正位，榆林人；   段斌，江南人，进士出身；

钱自发，临洮人；   解鹿鸣，榆林人；

萧奏韶，肃州人；   伸布，满洲人；

满仓，满洲人；   永善，满洲人。

二、大靖营游击

寇忠诚，道光年任；   胡殿魁，皋兰人，光绪三年任；

岳佐福，安徽人，光绪五年任； 周德有，湖北人，光绪十九年任；

范德元，湖北人，光绪三十年任；郭定祥，秦安人，光绪三十三年任。

三、大靖营守备

罗太明；   刘大明；

张仲才；   戴加义；

穆国辅；   艾自升；

刘文强，山东人；   尹秉冲，京都人；

窦国忠，西宁人；   曾文受，凉州人；

黄世乾，镇番人；   桂长秋，湖广人；

梁益龙，四川人   王继盛，甘州人；

曹之贤，云南人，出征殁于塞外；

耿谋，山东济宁人，因捐俸掘井升任都司。

春风不度玉门关

对于那些来河西寻觅边塞气象的人们来说,其实也是来寻找《凉州词》。余秋雨在《阳关雪》中就描述过:"人们来寻景,更来寻诗。这些诗,他们在孩提时代就能背诵。"

黄河远上白云间,一片孤城万仞山。
羌笛何须怨杨柳,春风不度玉门关。

这是唐代诗人王之涣(688—742)笔下的一首《凉州词》,也是我们在孩提时代就能背诵的。我们在背诵的时候,不禁要问:王之涣是如何写下这首经久不衰的《凉州词》的?

现在,我们就切换到千年前的诗人王之涣身上,去探求他的精神世界,去领悟他的创作激情。

王之涣初到河西,一切都是那么辽阔、苍凉、悲壮。大漠戈壁,落日残阳,城头旌旗,军营号角……他深深被险峻瑰丽的边塞气象震撼了。他来到一处关隘,眼中呈现出一幅栩栩如生的壮美图画:滔滔的黄河,好像从白云中奔腾而来。高山环抱,一座边塞孤城险峻挺拔,茕茕孑立。整个画面苍凉壮阔,意象悲壮雄丽。正要细细观赏,忽听远处悠悠传来一曲羌笛吹奏的《折杨柳》,王之涣不由感叹:边地遥远苦寒,春风不度,杨柳难青,将士们虽然无法折杨柳寄情,但仍然坚定地保家卫国。戍边将士的思乡感情,和他们豁达开阔的家国情怀让其无比敬佩。

王之涣眼里闪现着激动的光芒,心中如波涛汹涌,感慨万千,遂挥笔写下一首《凉州词》。后与诗友聚会时，对酒当歌，不停吟唱。

这首《凉州词》写成之后，立即在军营、民间流传开来。其流传范围之广，时间之长，不言而喻，可谓"皤发垂髫，皆能吟诵""传乎乐章，布在人口"。

那么，以《凉州词》名扬天下的王之涣来过河西吗？

一

我们先从王之涣的生平经历说起。

自唐代开始，千年而下，王之涣的生平经历，竟然无人能知，无人能晓。究其原因，就是《旧唐书》《新唐书》都没有给王之涣立传。

那么多文采平庸之流尚能青史留名，为何厚厚的唐书竟然容不下大名鼎鼎的王之涣？难道是王之涣不够格吗？显然不是，因为就凭上面这首诗，就足可以让王之涣傲视群雄，诗坛也会主动给他让出一席之地。

《唐才子传》虽然提到了王之涣，但也"语焉不详"，只知道他年轻时有侠士之风，常与贵族子弟一起击剑悲歌，打猎饮酒；只知道他与王昌龄、高适等诗人亲密无间，彼此唱和；只知道他的《凉州词》被酒楼歌女争相弹唱，广为流传。

除此之外，王之涣的身世就是一片空白。他是哪里人？他有着怎样的人生历程？他于何年何月离开这个人世？他是刻意掩盖自己的人生，还是历史故意忘记了他？

一切都是不解之谜，一切都随时间的推移，离我们越来越远，越来越模糊。我们只能在诵读他的诗歌的时候，想象出一个似曾相识的身影，优雅地立于高台之上，襟怀豪放，尽情放歌。

就这样，经过了漫长的宋元明清，越过了千年的历史沧桑，除过流传下来的六首诗歌，王之涣就此石沉大海、杳无音信，给人们留下了一个未解的文化之谜。

二

但历史有时候往往以一种电影剧情的方式呈现，谁也没有想到，在王之涣去世近一千两百年后，这个秘密，竟然令人惊诧地出现在世人的面前。真可谓峰回路转，柳暗花明。

事情的转机竟来自盗墓。

洛阳城北有邙山，故称北邙，历代墓葬众多。20 世纪 30 年代初，洛阳地区盗墓成风，许多古人墓志被挖掘出土，并被低价抛售。1932 年，金石学家、爱国人士李根源在洛阳收购了九十三块唐代墓志，从河南运到苏州珍藏。

万分幸运的是，在这九十三块唐代墓志里面，其中有一块是《唐故文安郡文安县尉王府君墓志铭》，也就是王之涣墓志铭！

至此，一个困惑中国文坛千年的历史谜底彻底揭开。

根据王之涣墓志铭可知，688 年王之涣出生于太原，后迁居绛州，父亲为浚仪县令。王之涣排行第四，"幼而聪明，秀发颖晤。不盈弱冠，则究文章之精；未及壮年，已穷经籍之奥"，以门子身份调补冀州衡水主簿。门子就是在官衙中侍候官员的差役，而主簿是掌管文书的佐吏，其实就是一个级别为从七品下的小小官员。王之涣任衡水主簿时，父母均已去世。因为王之涣"孝闻于家，义闻于友，慷慨有大略，倜傥有异才"，因此得到了衡水县令李涤的特别赏识。722 年，李涤将年仅十八岁且"性含谦顺，德蕴贤和"的三女儿许配给已经三十五岁的王之涣。

726 年，由于受到小人的诬陷攻击，三十九岁的王之涣愤然辞官而去，过了十五年自由的生活，《凉州词》便作于那个时期。十五年后，由于一些亲朋好友不断劝他入仕，王之涣又于 742 年补文安郡文安县尉。县尉在县令之下，其职能主要是司法捕盗、审理案件、判决文书、征收赋税等，说白了，就是一个负责执行办事的小官员。任职期间，王之涣为官清正，心系百姓。可是，任职不久，王之涣竟身患重病，不幸于 742 年二月去世，享年五十五岁。743 年五月葬于洛阳北原。

以上就是王之涣墓志铭记载的大概情况。名动千秋的诗人，其经历是如此平淡，其仕途是如此卑微，其品行是如此高洁，让人不觉凄然动容，肃然起敬。

三

王之涣的《凉州词》作于其辞官居家的那十五年期间，也就是727年至741年。在这期间，王之涣在干什么呢？

我们仍然从王之涣墓志铭中去寻找答案。墓志铭说，王之涣辞官后，"遂优游青山，灭裂黄绶。夹河数千里，籍其高风；在家十五年，食其旧德。雅淡珪爵，酷嗜闲放"。从中可以看出，那十五年，王之涣并不是默默无闻独守家中，而是或居家闲散，或远游塞外。例如，732年左右，王之涣就曾流寓蓟门，这可从其《九日送别》以及高适《蓟门不遇王之涣、郭密之，因以留赠》诗中可以看出。但他是否来过河西边塞呢？我们继续回到那首《凉州词》，去做一些简要的分析和判断。

王之涣曾作过两首《凉州词》，"黄河远上白云间"是第一首，此诗又名《出塞》，又题作《听玉门关吹笛》。高适有和诗《和王七听玉门关吹笛》，全诗曰：

胡人吹笛戍楼间，楼上萧条海月闲。
借问落梅凡几曲，从风一夜满关山。

著名历史学家、唐代研究学者岑仲勉先生在他所著的《唐人行第录》一书中认为，高适所"和"的"王七"，就是王之涣，因为高诗所押的韵也与王之涣这一首相同。一般情况下，"和诗"大都依对方诗句的原韵而作，据两首诗来看，这个理由是比较充分的。

既然王之涣所作的《凉州词》又名《出塞》和《听玉门关吹笛》，那么，王之涣是否真的到过河西边塞？是否真的来到玉门关，听到了边关的笛声？由于史料不全，尚难断定。但至少有一点可以肯定，如果不身临其境，如果不深深体会河西边塞的高远粗犷，雄奇广袤，那么他就无法描绘出西北边疆壮美但荒凉的风光，无法体会到出征将士激昂又抱怨的情怀，更不会写出如此苍凉悲壮的诗句。

这首《凉州词》，被国学大师章太炎先生称为"绝句之最"。

四

王之涣墓志发现后，在当时引起了轰动。1932年秋，国学大师章太炎先生在苏州讲学期间，李根源请章太炎题写"曲石精庐藏九十三唐志室"的室名，并将王之涣墓志铭拓本呈给章太炎鉴别，章太炎看后十分惊喜，认定为王之涣墓志铭，并为墓志题跋。其中写道："印泉（李根源）在洛得唐人墓志九十三石。此王之涣一石……即是盛唐诗人王之涣无疑……诵其诗而不悉人之行事，得此石乃具详本末，真大快也……若王为文安县尉，及其平生高节，非此石孰为传之？"

此后，王之涣墓志的命运也是一波三折。1937年，为了保护这些珍贵的墓志，李根源连夜将这批墓志运到了小王山，沉到山下关帝庙前的水池中。新中国成立以后，李根源将这批唐代墓志全部捐献给国家，其中大部分被南京博物院收藏，而异常珍贵的王之涣墓志则调至北京，藏于中国国家博物馆。

从洛阳到苏州，从苏州到北京，墓志辗转千里，终于找到归宿。如今，这块千年石碑静静地矗立在博物馆里，向人们默默地诉说着王之涣的故事。

五

撰写王之涣墓志铭的是一个名叫靳能的人，当时他担任河南府永宁县尉，他与王之涣堂弟王之咸是僚属关系，和王之涣属同一级别。在墓志铭中，他对王之涣的诗极力推崇，"歌从军，吟出塞，皎兮极关山明月之思，萧兮得易水寒风之声"，他对王之涣的文采埋没也十分惋惜："至夫雅颂发挥之作，诗骚兴喻之致，文在斯矣，代未知焉，惜乎！"

由此看来，《旧唐书》《新唐书》没有给王之涣立传，其中一个重要原因，就是古代封建社会有一种以官为本、以官为贵、以官为尊的"官本位"腐朽思想在作祟，一个小小的主簿、县尉，自然不屑一顾。但他们万万没有想到，一个青史无名的王之涣，其诗歌居然流传千年而不衰，正如臧克家所说："有的人活着，他已经死了；有的人死了，他还活着。"

虽然王之涣流传下来的诗只有区区六首，但每首都是中国古典文学宝库的精华。而凭王之涣的才华，一生断不可能只创造六首诗歌，可惜，当时竟没有人为之整理，以致在历史的长河中逐渐散佚了，这是大唐盛世的悲哀，更是中华文化的损失。但就王之涣的文学地位而言，其实不用六首，仅仅《登鹳雀楼》和《凉州词》两首，便足以让诗人流芳百世。

感谢靳能，作为同时代的人记载了王之涣的生平；感谢李根源先生，作为后来者发现并保护了王之涣墓志。中华文化之所以能历经沧桑，却传承不息，显示出无穷的魅力，在一定程度上，就得益于辛勤耕耘的创造者和无私无畏的记录者、保护者。

了解王之涣的生平经历之后，我们回过头来再读那首《凉州词》，心中又多了一份感慨和思绪：

　　黄河远上白云间，一片孤城万仞山。
　　羌笛何须怨杨柳，春风不度玉门关。

大漠孤烟直，长河落日圆

王维是盛唐诗坛中山水田园诗派的代表人物，他不但是诗人，也是画家，甚至自认绘画水平超过写诗。我们看他那些写景的诗作，往往极具画面感，品读之时，一幅画作就已跃然纸上。因而，苏轼也曾说："味摩诘之诗，诗中有画；观摩诘之画，画中有诗。"

王维出身名门望族，其母崔氏笃信佛教，这对于他今后的作诗与人生皆产生了很大影响。开元九年（721年），王维入仕，却不想当年秋天就被贬至济州。开元二十二年（734年），张九龄拜相，非常赏识王维，王维遂回到朝廷担任右拾遗。然而好景不长，三年之后，张九龄就因为李林甫的谗言而罢相。对王维来说，这是他仕途的又一次打击，他本可以随张九龄一起归隐，但他并没有这么做。不久，河西节度副大使崔希逸在青涤西大败吐蕃，王维奉旨以监察御史的身份出使凉州，慰问边关将士。

这次出塞，王维或许多少受到张九龄的牵连，在他形单影只前往凉州的路上，心中难免生出孤寂之情。但王维是可以自洽的，这也许与母亲对他的影响有关。因此，在这首《使至塞上》中，他的情绪是不断变化的。当然，这也可以理解为他的软弱，他并没有勇气完全归隐，可能是因为母亲还需要奉养，也可能是因为放不下他的仕途。总之，处于这种矛盾的心情之中，他只能寄情于诗，从而设法调节自己的沮丧与不悦。

让我们来看看全诗是如何表达诗人心境的。

使至塞上

（唐）王维

单车欲问边，属国过居延。

征蓬出汉塞，归雁入胡天。

大漠孤烟直，长河落日圆。

萧关逢候骑，都护在燕然。

我们能发现，当诗人刚深入凉州腹地，就已经感受到了孤独。他说自己乘坐仅有的一辆车前往居延，也就是凉州一带，打算去那里慰问。一个"单"字，将这种孤独感完全表达了出来。之后，当他看到随风翻滚的蓬草，和因为天气寒冷，不得不飞往南方的大雁，更感到自己像它们一样身不由己，无法掌控自己的命运。

一般而言，带着这种情绪，再看到孤烟和落日，那种孤寂之感会愈发强烈。因为不论孤烟还是落日，都会令人联想到消失和逝去。然而，王维却发现了"孤烟"的"直"和"落日"的"圆"，孤烟并没有被戈壁的大风吹熄，而是直直地飘在空中，落日即便将要看不见，可它也如此浑圆而可爱，并尽力散发出金色的光芒。庄子曾说："天地有大美而不言。"当大漠与孤烟相遇，长河与落日搭配，一幅无与伦比的画作便出现在画家王维的眼中。此时，他已经完全被眼前的景象所吸引，那些不愉快的情绪也随之飘散而去。这不禁令人想到，王维也写过"木末芙蓉花，山中发红萼。涧户寂无人，纷纷开且落"。与希腊神话中水仙之神纳西索斯不同，辛夷花不会顾影自怜而死，即便它开在无人的山涧，即便没人欣赏它的美，它也一样怒放、凋谢。这只是生命的过程，自然的本性。而这，也正是王维诗中的禅境。

叶嘉莹先生说："王维写山水既不需要过渡到哲理，也不需要过渡到感情，它的特色就是把本来没有生命的山水自然写出生命来。"这便是他将"艺术家的手眼与禅理的妙悟相结合"。于王维而言，在写这首诗的当下，他还不能完全做到淡泊隐逸，因而他是矛盾的、纠结的。但是，当他在戈壁大漠中，看到壮美景色的一瞬间，他释怀了。或者更准确地说，是艺术家的敏锐和强烈的感知能力，令他得以在天地自然之中释放情绪。但作为一个艺术家，他并没有真诚地面对自己。他放不下功名利禄，只好接受现实。于是在诗歌的最后一联，他不能免俗地说自己在路上遇到了候骑，并引用窦宪大破匈奴的典故，意欲赞美守边的将士。这样的描写，尽管与前面的诗句不够协调，但这的确就是诗人真实的情感变化过程。

人们常常说，文如其人。透过诗作，我们也可以窥见王维的内心世界，能看到他的矛盾，也能看到他的懦弱，这些都导致他的某些作品留有遗憾。但不可否认的是，他极高的艺术天赋，还是令"大漠孤烟直，长河落日圆"这样的诗句，成为流传千古的名句。

由来形胜地，矫首意苍茫

凉州

（清）胡钺

何日开此疆，英雄汉武皇。

诸番分两界，一道出中央。

雪映祁连白，飞尘大漠黄。

由来形胜地，矫首意苍茫。

清代雍正年间，甘肃秦安县人胡钺（1708—1770）任职张掖高台县训导。胡钺早就得知凉州历史底蕴深厚，是丝绸之路重镇。当他上任路过凉州时，在游览凉州人文遗址后，不禁感慨万千，遂写下《凉州》一诗，赞叹凉州在中西交通、民族交往、抵御外敌中的战略地位。其中"由来形胜地"一句，高度概括了凉州自古以来十分重要的地理位置。

武威位于河西走廊东端，古称凉州，曾经是著名的丝绸之路要冲，是中原与西域的交通咽喉。武威"襟带西蕃，葱右诸国"，"通一线于广漠，控五郡之喉襟"，战略地位十分重要，自古就是兵家必争之地。自汉武帝开河西至明清时期，历史的长河曾在这里演绎了一幕幕惊心动魄、波澜壮阔的战争风云，书写了一篇篇可歌可泣的英雄传奇。

两汉时期：天下要冲，国家藩卫

两汉时期，凉州不仅是丝绸之路上重要的黄金节点，也是沟通中西、连接欧亚的交通要冲，更是守护长安乃至关中一带的重要屏障。

1. 汉武开疆，武功军威

西汉初年，匈奴占据河西之地，对西汉王朝的西部边境构成严重威胁。为解除西部边境的威胁，打通西域，公元前121年春夏，汉武帝两次命骠骑将军霍去病率军进攻河西。霍去病深入河西两千余里，把匈奴势力彻底赶出了河西。匈奴人哀歌曰："失我焉支山，令我妇女无颜色。失我祁连山，使我六畜不蕃息。"河西之战后，西汉控制了整个河西走廊，打通了汉朝通往西域的道路，实现了"断匈奴右臂"的战略目标。为了彰显大汉的武功军威，此地得名"武威"。公元前104年，汉武帝任命李广利为贰师将军，率军征讨大宛，获三千余匹汗血宝马凯旋，威震西域。汉武帝远征大宛，这是中国古代历史上一次伟大的长途远征，不仅重新开通了西域商道，也为日后汉朝对西域进行有效管辖奠定了基础。汉武帝得到汗血宝马之后，欣喜异常，正式将其冠名为"天马"，并写下《天马歌》加以称颂。《汉书·地理志》记载"自武威以西……地广民稀，水草宜畜牧，故凉州之畜为天下饶"，凉州遂成为养殖繁衍天马的重要场所之一。1969年武威雷台汉墓出土的铜奔马就是以汉代天马为原型铸造的，铜奔马成为大汉王朝开疆拓土、征战沙场、驰骋河西、英雄业绩的象征。

2. 烈士武臣，多出凉州

"关西出将，关东出相。烈士武臣，多出凉州，土风壮猛，便习兵事"，这是《资治通鉴·汉纪·卷四十九》中的记载，从一个侧面说明了凉州崇军尚武，将才辈出。在东汉时期，典型的代表就是大将军段颎。自东汉初期开始，凉州常常困扰于羌族的叛乱，这也成为东汉后期的极大祸患。面对羌人的叛乱，东汉朝廷束手无策，这时，武威人段颎被推上了历史舞台。段颎少时便"习弓马，尚游侠"，后入军旅，戍边征战十余年，平定西羌，击灭东羌，以功封新丰县侯，食邑万户，历任中郎将、护羌校尉、议郎、并州刺史、破羌将军。段颎以其平羌之战功，威名远播凉州边关，被后世广为称颂。史学家陈寿评价道："时太尉段颎，昔久为边将，威震西土。"段颎与皇甫规、张奂同时在东汉治羌战役中立功扬名，故而在当时，被称为"凉州三明"。

五凉时期：凉州大马，横行天下

西晋时期，每当京师危难之时，晋愍帝司马邺想到的便是凉州刺史张轨。他说："惟尔凉州刺史张轨，乃心王室，旌旗连络万里星赴，进次秦陇，便当协力济难，恢复神州。"《魏书·列传·卷五十七》也说："河西捍御强敌，唯凉州、敦煌而已。"《资治通鉴·晋纪·十二》记载道："秦川中，血没腕，唯有凉州倚柱观。"从上述史料可以看出，当时凉州的军事力量十分强大，不仅能够在乱世中自保，还能影响中原王朝的安危兴衰。

1.前凉称霸，旌旗猎猎

301年，张轨出任护羌校尉、凉州刺史，开始了他经营凉州的伟大历程。张轨上任之初，就着手建立起一支强大的凉州军队，以维持地方秩序和镇压敌对势力，让"凉州大马，横行天下"的歌谣广为传唱。张骏、张重华父子统治时期，前凉达到极盛，西域诸国先后归附。前凉经略西域的这段历史是中国西北边疆史的一部分，在西域发展史上有举足轻重的历史地位，它为中国西北地区经济、政治、文化的发展乃至民族大融合做出了不可忽视的历史贡献。正因为强大的军事实力，以及灵活的外交策略和发展经济的努力，前凉统治区域成为当时中国北部较为安定的地区，都城姑臧也成为西北地区的军事中心。

2.绝世宝刀，青史留名

五凉时期，河西一带军事强盛，兵器铸造业更是呈现出空前发展、繁荣的状态。318年，凉州刺史张寔下令锻造一百口"霸刀"，表示自己决心割据一方，成就一番霸业。刀身上镌刻一个"霸"字，足见其威名远扬，雄霸天下。389年，后凉开国皇帝吕光称"三河王"，改元麟嘉，设置百官。同年，吕光锻造了宝刀一把，长三尺六寸，在刀背上镌刻"麟嘉"二字，故名"麟嘉刀"，以纪念其称王。399年，南凉秃发乌孤铸造宝刀一口，长二尺五寸，青色，因这口刀是太乙神"监制"，故名"太乙神刀"。401年，北凉沮渠蒙逊被推为大将军、凉州牧，改元永安。403年，他铸造一百口宝刀，刀背上镌刻"永安"二字，希望国泰永安，故名"永安刀"。刀铸成后，他东征西讨，使北凉成为河西最强大的割据势力。405年西凉李暠改元建初，迁都酒泉，铸造宝刀一口，寓意与北凉争战百战百胜，故名"百胜刀"。

隋唐时期：节度河西，威震西北

隋唐时期，凉州成为抗击吐谷浑、突厥、吐蕃的前哨阵地，战略地位十分重要。隋朝时期，废武威郡，置凉州总管府镇守凉州。唐初，凉州总管改置凉州都督，为地方高级行政区划兼最高军事单位，显示出凉州地区在有唐一代的军事、政治重要性。后设河西节度使，凉州成为西北仅次于长安的政治军事中心。著名学者严耕望在《中国历史地理·唐代篇》中写道："凉州西控西域，北控回纥，南控吐蕃，为自陇以西之军政重镇。"《凉州大云寺古刹功德碑》镌刻"其地接四郡境，控三边冲要"的文字，足以证明唐代的凉州已成为西北军事重镇。

1. 凉州出兵，突厥分裂

583年二月，突厥沙钵略可汗又派兵袭扰凉州一带。隋朝凉州总管杨爽兵分八路出塞攻打突厥，与突厥沙钵略可汗大军在大青山相遇，双方随即展开了一场大战。此役，突厥大败，首领沙钵略可汗身负重伤，侥幸逃命，直接导致了突厥的内部分裂。第二年，也就是584年，在隋军的不断打击下，突厥分为东、西两部，阿波可汗号称西突厥，沙钵略可汗为东突厥。

2. 猛将精兵，聚于西北

为了有效地抵御吐蕃的进攻，进一步整合与加强防务，隔断吐蕃与回纥可能的联系，唐朝于睿宗景云二年（711年）在武威设立河西节度使，史称"猛将精兵，聚于西北，军镇守捉，烽戍相望"。朝廷也十分重视河西节度使的人选，一批能征善战、谋略过人的将领相继被任命为河西节度使，如郭知运、萧嵩、崔希逸、王忠嗣、哥舒翰等，他们镇守一方，独当一面，战功卓著，为大唐西部防务的稳固做出了贡献。河西节度使的设立，使唐朝稳固了西部边防，大大减少了边患。对于吐蕃来说，在河西节度使的镇守下，河西之地就是一道不可逾越的屏障，牢固地守卫着大唐的西部边疆。唐朝对河西进行了大规模的经营，尤其河西节度使设在武威，让当时的武威城升格为西北仅次于长安的政治军事中心。

夏蒙时期：河西根本，秦陇襟要

《读史方舆纪要》记载："汉班固所称凉州之畜为天下饶，是也。西夏得凉州，故能以其物力侵扰关中，大为宋患。然则凉州不特河西之根本，实秦陇之襟要矣。"这句话，将凉州的战略地位提升到"河西根本、秦陇襟要"的地位。

1. 开府西凉，西夏辅郡

西凉府是西夏制驭西蕃、屏蔽京畿、南接河湟、北通朔漠的西部战略要地。关于西夏的军事地理格局，有"灵州为腹，西凉为尾，得西凉则灵州之根固"之说。凉州"恃其形势，制驭西蕃，灵、夏之右臂成矣"。武威成为整个西夏右厢地区重要的军事指挥中心和腹地的西部门户，是西夏的军需民用物资的供给后方，对于西夏来说，武威发挥着不可替代的交通枢纽、军事保障的作用。1032年九月，经过几十年反复争夺，党项终于攻占了凉州。1038年，鉴于西凉府特殊的战略位置，西夏随之又将西凉府定为陪都，正所谓"大夏开基，凉为辅郡"。为了加强凉州的防御能力，防止吐蕃的进攻，西夏乾道元年（1068年）五月，西夏在原唐代凉州七城、周长四十五里的基础上对西凉府城及周围塞堡进行了大规模的加固修建。西夏的西凉府有大小七座城池，分为内城、外城和关城三部分。西夏时期，凉州的兵器铸造业十分发达。1978年在武威针织厂一座西夏窖藏中出土了一尊西夏时期的铜火炮，虽然造型简单，制作粗糙，但它是迄今为止所发现的世界上最古老的金属管形火器，为我们研究古代火炮的起源提供了珍贵的实物资料。

2. 大元故路，统辖河西

1226年，蒙古占领凉州，1237年，大汗窝阔台封次子阔端为西凉王，把原西夏故地封赐给阔端，从此阔端驻兵凉州。因为凉州在军事上控扼西北诸蒙古宗王，在经济上又处于与中亚诸国加强联系的主要通道，因而凉州的开发经营备受统治者重视。元朝政府大力倡导地方养马，并且颁布相应的法律政策，有力地促进了河西养马业的发展，河西一带也成为元代养马之地。1239年秋，阔端派大将多达那波率领一支蒙古军进入前藏，多达那波给阔端推荐迎请萨班大师来凉商谈西藏归属事宜。1260年，忽必烈和阿里不哥争位期间，镇守凉州的只必帖木儿支持忽必烈，为此遭到阿里不哥党羽的攻击。凉州城经过战争的洗礼，已变得残破不堪，一片废墟，于是，只必帖木儿便在今武威市凉州区永昌镇地界筑新城，于元世祖至元九年（1272年）十一月建成，赐名永昌府。1278年，元朝在永昌府设立永昌路，降西凉府为州，隶属永昌路。当时永昌路所辖范围包括凉州、永昌、永登、古浪、天祝、民勤等地，从此，元朝在武威的统治中心由西凉府转移到了永昌府，永昌府成了当时凉州的政治、经济、军事中心。1353年，元惠宗派甘肃行省平章政事、从一品大员锁南班为永昌宣慰使，总管当地军马，足见永昌路之重要性。永昌路战时为军事要地，和平时期则为商旅往来的重要交通驿站。

明清时期：三边重镇，五郡喉襟

明初，朱元璋派大将军冯胜西征，占领凉州之后设立凉州卫，配置军力五千六百人。凉州是"通一线于广漠，控五郡之喉襟"的兵家必争之地，凉州的战略地位受到明政府的高度重视，明代重臣马文升曾经说过，"甘、凉地方，诚为西北之重地也。汉、唐之末，终不能守，而赵宋未能得。至我朝复入职方，设立都司，屯聚重兵"，一旦"甘、凉失守，则关中亦难保其不危"。有明一代，凉州成为抗击敌方势力的前沿，是捍卫西线的军事重镇，明廷十分重视对武威地区的经略。明朝从地区军事行政建制、修筑长城、养殖军马等方面有效地对武威地区进行管理，巩固了国防，安定了边境，武威的战略地位与作用也从中凸显。清统治者为巩固政权，对凉州府设防也相当重视，修筑满城，凸显了武威的关键地位。

1. 边塞藩篱，西北重地

《大明一统志》明确指出了凉州的地势险要，里面记载道："河山襟带，为羌戎通驿之路。环以祁连、合黎之山，浸以居延、鲜卑之水。凉州险绝，地土饶沃。万山环抱，三峡重围。"明代，凉州成为抗击敌方势力的重地，涌现出了如达云、毛忠、张达等英勇善战的将领。为了加强防御，明洪武十年（1377年）都指挥濮英开始对凉州城进行规模较大的加固增修。在隋李轨筑的城墙基础上"增高三尺，周减三里许，为十一里一百八十步，厚六尺"。洪武二十四年（1391年），宋晟在武威城原有东、南、北三门的基础上增辟西城门，并修建了东、南、北三大城门楼。还修建了吊桥四座，挖了深六米多的城壕，在城墙四周修建箭楼、逻铺共三十六座。万历二年（1574年）在甘肃巡抚廖逢节、总督石茂华的指挥下，开始用大青砖包砌土城墙，并增开了集贤门（东小南门），历时两年，到万历四年（1576年）四月完工。经过明代近两百年的增修加固，武威城变得战守有备，成了河西走廊一座名副其实的固若金汤的城池。为了牢固掌握武威这一军事要地，除了在武威修筑长城、修建城池之外，还根据军事斗争和屯田需要，发动民工修筑堡寨，设立保甲制度，联防自卫。堡寨之名至今犹存，以堡、寨命名的村庄遍布武威全境，如凉州区的高沟堡、三岔堡、达家寨、丰乐堡、冯良寨，古浪的双塔堡、泗水堡，民勤的蔡旗堡、校尉营堡、青松堡等。

2. 一线岩疆，三边重镇

清统治者为巩固政权，对凉州府设防也相当重视，《大清一统志·凉州府》记载："天梯亘前，沙河绕后。左有古浪之险，右有西山之固。东控宁夏，南距黄河，西连番部，北际沙漠。一线岩疆，三边重镇。"清朝初年，重要的军政衙门甘肃巡抚曾一度驻于凉州，可见凉州的重要军事价值。年羹尧平定青海和罗卜藏丹津之乱后，清廷致力于消除甘肃等地潜在的叛乱因素，进而加强对整个西北地区的有效控制。八旗与绿营驻军是清朝在凉州的主要地方军事力量。雍正十三年（1735年），设甘肃凉州八旗满、蒙、汉兵凡两千人。乾隆二年（1737年），清朝在凉州府城东1.5千米处修筑满城（即今甘肃武威新城），驻扎满族旗兵，设凉州将军、副都统各一，下设协领二人，佐领、防御、骁骑校各十人，统率驻防八旗满蒙官兵两千六百人。凉州满城与宁夏满城、庄浪满城三足鼎立、互为犄角，牢牢钉在诸民族交错分布的河陇之地，成为清王朝经略西北、巩固统一的多民族国家的重要依托。其次，由绿营兵（即地方武装）防守各隘口要地。据《清史稿》记载："凉州镇总兵统辖镇标五营，兼辖永昌、庄浪二协。镇标中营、左营、右营、前营、后营，西把截堡，永昌协，宁远营，水泉营，新城营，张义营，镇番营，安城营，大靖营，土门营，庄浪协，俄博岭营，松山营，镇羌营，岔口营，红城堡，红水营，三眼井营。"如在大靖，根据地理位置和战略需求，分别在大靖、裴家营、阿巴岭等城堡设营驻军防守。此外，在边墙烽墩派哨兵驻守。为防止敌寇进犯，在长城以外通往贺兰山、北套、镇番等路上，设隘口伏防、瞭望敌人出没。如此重兵驻防，凸显了武威的关键地位。

第二辑 长城烽烟

历史上的凉州战略地位十分重要,"通一线于广漠,控五郡之喉襟",自古就是兵家必争之地,因其得天独厚的地理位置,成为历代中原王朝锐意进取的战略要地。烈士武臣,多出凉州;凉州大马,横行天下。千年以来,在这片神奇的土地上,演绎了一幕幕波澜壮阔的历史风云,书写了一篇篇可歌可泣的英雄传奇。

天马徕，从西极

看到这个标题，就会想起天马的故事。没有天马的嘶鸣奔腾，千年历史就会缺少无数英雄；没有天马的歌谣，茫茫世间将流失很多优美的传说。

> 天马二首·其二
> （汉）刘彻
> 天马徕，从西极，涉流沙，九夷服。
> 天马徕，出泉水，虎脊两，化若鬼。
> 天马徕，历无草，径千里，循东道。
> 天马徕，执徐时，将摇举，谁与期？
> 天马徕，开远门，竦予身，逝昆仑。
> 天马徕，龙之媒，游阊阖，观玉台。

这是汉武帝写下的《天马二首·其二》，大意是，天马从西方极远之处，经过大漠，穿越千里，来到东方，西域诸国都降服大汉。天马为龙种，将驾着天马，高飞到昆仑山，登临天门。

朗读这首诗歌，我们能读出汉武帝得到天马的喜悦之情，同时能感受到他开疆拓土、远征西域的雄心与豪情，也能读出天马东归的万里跋涉和来之不易，还能读出大汉王朝的武功军威与强大国力。

汉武帝喜好骏马，一是个人爱好，二是为了打造一支装备精良的骑兵，用来对付匈奴。《史记》记载，汉武帝得到"神马当从西北来"的卜辞之后，先得到乌孙进献来的好马，命名为"天马"。后来得到大宛汗血宝马，见其神清骨俊、气度不凡，又改汗血宝马为天马。

因为河西地区水草丰美，汉武帝诏令在此地驯养天马。从那时起，天马就在河西大地或驰骋奔跑，或昂首嘶鸣，或安闲吃草，或成群饮水，畅享着恣意于天性的自由。

这是一块属于天马的天地，千百年来一直如此。

一

1969年9月，甘肃武威雷台汉墓出土了一尊斑驳陆离、造型精巧的铜奔马。那匹铜奔马昂首扬尾，三足腾空，右后足踏在一只展翅飞翔的飞鸟之上，铸造技巧精湛，堪称中国古代青铜艺术极品。铜奔马出土后，随即被送往甘肃省博物馆展出。

铜奔马出土之后，当时并没有立即引起人们过多的关注，它静静地躺在甘肃省博物馆，默默地等待它的知音。两年后，铜奔马终于迎来了第一位伯乐。

1971年9月，时任全国人大常委会副委员长的郭沫若先生前往甘肃省博物馆参观。当他看到那件出土于武威雷台汉墓的铜奔马时，惊叹不已，细细观赏，不禁道："天马行空，独往独来，这不就是传说中的天马吗？"

从那时起，铜奔马才一鸣惊人，开始了它传奇的旅程。

郭沫若回京后不久，铜奔马就被调到北京公开展览，一经展出，立即在国内外引起巨大反响。诗人臧克家看到铜奔马后，在《踏燕追风铜奔马》一文中写道："这只铜奔马，是条神龙。以世界为场所，飞奔绝尘，引人注目，博得喝彩。它是中国灿烂文化的精品，它是优美的艺术杰作，它是中国人民的光荣。"

1973年至1975年，铜奔马先后应邀到法国、日本、英国、罗马尼亚、奥地利、南斯拉夫、瑞典、墨西哥、加拿大、荷兰、比利时、美国等十二个国家巡回展出，引起了世界轰动。

1983年10月5日，铜奔马被中华人民共和国国家旅游局（今中华人民共和国文化和旅游部）确定为中国旅游标志；1984年，甘肃省武威市选定铜奔马为武威市城标；1990年，铜奔马在中央电视台春节联欢晚会上与全国人民见面；1996年8月，铜奔马被国家文物局专家组鉴定为国宝级文物；2000年，"马踏飞燕"被写入小学语文课本和中学历史课本；2001年6月25日，甘肃武威雷台汉墓被国务院公布为全国第五批重点文物保护单位；2001年，在全国高考中，铜奔马作为高考作文题与几百万学子见面；2002年，铜奔马被列入国家首批禁止出国展览的珍贵文物；1973年至2002年，我国已先后发行了十枚以铜奔马为图案的邮票……2018年12月12日，中国旅游徽标交接仪式在雷台旅游景区隆重举行。

二

武威雷台汉墓出土的铜奔马就是以汉代"天马"为原型铸造的。那么，天马因何而来？它的身上背负着怎样的传奇故事？

透过铜奔马的飞扬神采，看着它身上的斑斑陈迹，我们仿佛又回到了两千多年前的西汉，看到了狼烟四起、金戈铁马、刀光剑影，听到了号角连天、军旗猎猎、英雄高歌。两千一百多年前的历史大幕徐徐拉开，"天马"从远方走来。

在中国古代战争史上，骑兵作为最强大的兵种，曾扮演过重要的角色，保卫和拓宽了民族的生存空间。寻找力量和速度兼备的良马，用以武装骑兵，便成为中国历代王朝的一件大事。

关于天马，最早见于《史记》："大宛……多善马，马汗血，其先天马子也。"因天马奔跑时肩胛之处汗如血色，故又称汗血宝马，大宛国把所有的汗血宝马隐藏在贰师城驯养。

大宛国，《汉书》中说距离"长安万二千五百五十里"，现主要位于乌兹别克斯坦、塔吉克斯坦和吉尔吉斯斯坦三国交界地区的费尔干纳盆地。据《史记·大宛列传》记载，汉武帝听说汗血宝马的消息后，为改良骑兵马种，以更有效地出击匈奴，于公元前104年，派壮士车令等率领大汉使团持千金及金马出使大宛，以换取汗血宝马。车令等长途跋涉，历经千难万险到达大宛，谁知大宛国因汉朝距离遥远，不仅断然拒绝，还指使属国郁成国派兵截杀大汉使团，使团遭到全歼。

消息传回长安，汉武帝大怒，遂拜宠姬李夫人之兄李广利为贰师将军，率军征讨大宛。汉武帝远征大宛，这是中国古代历史上一次伟大的长途远征，不仅开通了西域商道，也为日后汉朝对西域进行有效管辖奠定了基础，同时也带来了大宛的国宝——汗血宝马。第一次西征因准备不足，粮草难以供应而失败，李广利退回敦煌。后武帝再次派李广利西征，第二次兵精粮足，汉军一路顺风，征服郁成、大宛，获三千余匹汗血宝马以及郁成王、大宛王的首级凯旋，威震西域。

三千多匹汗血宝马，就在这为期四年的征讨中，终于成为汉军的战利品，离开它们世世代代生存的土地，千里迢迢，前往大汉。

几千匹汗血宝马奔驰在万里丝绸之路上，所过之处，烟尘四起，蔚为壮观。它们身上流出的汗血，是那么殷红，那么新鲜，犹如一朵朵生命之花，在丝绸古道上绚丽开放。

经过长途跋涉，到达玉门关时汗血宝马仅余1000多匹。汉武帝得到汗血宝马之后，欣喜异常，正式将其冠名为"天马"，并写下《天马歌》加以称颂。

此后，天马在中原大地繁衍生息一千多年。但到元朝之后，天马已难觅踪影，史料中也很难见到天马的名字，天马在我国悄无声息地消失了，逐渐成为一个遥远的传说，我们只能在史册的短暂记载与诗歌的激情描绘中对它浮想联翩。

直到1969年，沉睡了一千多年的天马造型"马踏飞燕"在甘肃武威雷台汉墓出土。武威雷台汉墓出土的铜奔马，真实地再现了汉代天马的原型，再一次激起了人们对天马的热情。

现在，铜奔马出土地甘肃武威雷台汉墓已成为全国重点文物保护单位，雷台景区也成为国家AAAA级旅游景区。是的，应该让更多的人来看看古老的汉墓，来了解那尊神奇的铜奔马。

三

史书记载，汉武帝还作过两首关于天马的诗歌，一首是《西极天马歌》，词曰：

> 天马来兮从西极，经万里兮归有德。
> 承灵威兮降外国，涉流沙兮四夷服。

另一首是《天马二首·其一》，词曰：

> 太一况，天马下，沾赤汗，沫流赭。
> 志俶傥，精权奇，籋浮云，晻上驰。
> 体容与，迣万里，今安匹，龙为友。

两首诗歌与《天马二首·其二》一样，都体现了汉武帝酷爱战马、追求天马的情结以及对国力强盛、四夷宾服的渴望。

一切，都如大汉烽烟散去，一切，都随厚重的历史远去，唯有那尊精巧绝伦的铜奔马，在埋葬千年后横空出世，向我们默默地诉说着历史的沧桑，平静地面对着一切评说，任花开花落，云卷云舒。

出土铜奔马的甘肃武威雷台汉墓上面，有晋代修筑的土台，台上又有明代建筑，这是一种历史的层次，一种历史的叠压，也展示了一种文化的厚重。就连汉墓旁边那几株有几百年树龄，如今已掉光枝叶，只剩半截枯干的古树，也透露着一种文化的悠远与壮美。

天马的故事和经历，形成了"明犯强汉者，虽远必诛"的民族豪情；天马的力量和自信，显示出一种强者风范，体现出一种奋发向上、豪迈进取的精神，它所具有的蓬勃的生命力和一往无前的气势，更是中华民族的象征。

品读汉武帝的《天马二首·其二》，我们读出的不仅仅是历史的沧桑，不仅仅是岁月的流淌，不仅仅是天马的传奇，不仅仅是西部特色，更是一种精神——锲而不舍、勇往直前的天马精神。

醉卧沙场君莫笑

边塞外,古战场,西风猎猎,琵琶声声。大敌当前,以酒壮行,且把葡萄美酒,倾入夜光之杯。手持长剑,报家国于沙场;战马驰骋,置生死于度外,忠勇报国的铮铮铁骨笑傲苍穹,豪迈壮烈的英雄气概直冲云天。

战马嘶鸣,对酒当歌,胸怀坦荡,豪情万丈,这样的场景,必须要有绝世的诗词才能相匹配。

其实,大家心中早已经有了答案,那就是王翰的《凉州词》:

葡萄美酒夜光杯,欲饮琵琶马上催。
醉卧沙场君莫笑,古来征战几人回?

一

王翰(687—726)天生就是一位豪放之人,一位性情中人,不管风吹浪打,我自醉酒狂歌。

年轻时,王翰就才华横溢,名气传播很远。710年,王翰荣登进士榜之后,并州长史张惠贞十分赏识他的才能,对王翰礼遇有加,十分尊重。王翰特别感动,当堂大笔一挥,写下一首乐词献给张惠贞,并于酒席之上自唱自舞,神气相当豪迈,把张惠贞感动得一塌糊涂。后来,张惠贞又把王翰推荐给张说。721年,张说入朝为相,遂推荐王翰入朝任秘书正字之职,又擢升驾部员外郎。

按理说,在京为官后,就要加强作风修养,保持一个文人的儒雅,呈现一位京官的风范。但王翰性格豪放不羁,江山易改禀性难移,仍然是"枥多名马，家有妓乐"，每天骑着宝马大肆招摇，每夜听歌看舞，饮酒作乐。这也罢了，毕竟是性情中人，都能理解。但王翰有时候竟然恃才傲物，狂妄自大。狂妄到什么程度呢？"发言立意，自比王侯。"一个驾部员外郎竟然颐指气使，以王侯自居，这就有些过分了，遭到同僚下属的指责和厌恶。

张说罢相之后，失去靠山的王翰也只好离开京城，到外任职，"出为汝州长史，改仙州别驾"。一个京官外放，理应是给王翰敲了一次警钟，但豪放之人，有何畏惧？王翰到仙州后，还是"日聚英豪，从禽击鼓，恣为欢赏"，仍然是日日聚会，夜夜高歌，畅然豪饮。朝廷见他如此不可理喻，又将其贬为道州司马。这次，王翰未能逃过命运的安排，"未至道州而卒于途中"。

这就是王翰，尽管有些狂妄自大，尽管有些放浪不羁，但千年而下，一首历代传诵的《凉州词》，足可以原谅他的一切缺点，足可以映射他的全部光芒。

是啊，没有那种与生俱来的豪情，又怎能写出如此慷慨激昂的《凉州词》呢？

二

721年，王翰任职驾部员外郎，估计《凉州词》就作于其担任驾部员外郎期间。驾部员外郎是兵部驾部司次官，驾部司以郎中、员外郎为正副主官。驾部郎中一人，从五品上；员外郎一人，从六品上，掌舆辇、驿传、马牛、杂畜等事。

从那时起，王翰有了外出巡察边塞的机会。这才有了《饮马长城窟行》，也有了《凉州词》。

唐代凉州，经济繁荣，市井繁华，人口众多，是西部军事重镇和战略要地，鉴于其在战略上的重要地位，唐睿宗景云二年（711年），唐王朝在凉州设置了河西节度使。河西节度使辖凉、甘、肃、瓜、沙五州，所辖各地都驻扎重兵布防，对吐蕃构成了强大的威慑力量，史称"猛将精兵，聚于西北，军镇守捉，烽戍相望"。此外，唐朝廷也委派了一些当时的名将坐镇河西。他们运筹帷幄、善于征战，率领唐军在对吐蕃的战争中取得一个又一个胜利，既保障了西部边防的安全，又维护了丝绸之路的畅通，从而让拥有"河西都会"之称的武威更加繁华。

凉州，成为唐代士大夫建功立业的理想去处。自然，也吸引了王翰的目光。

王翰来到河西边塞，看到了边塞将士们在盛大的酒筵上豪饮美酒的场景。"葡萄美酒""夜光杯"以及"琵琶""马"，勾勒出一幅充满边塞风情的绚烂画面。将士们虽然醉卧沙场，但一种舍生忘死、戍守边疆，将生死置之度外的慷慨悲壮气息扑面而来。王翰深深地被这种画面和情景感染了，震撼了，陶醉其中。于是，一首千古绝唱就此诞生：

葡萄美酒夜光杯，欲饮琵琶马上催。
醉卧沙场君莫笑，古来征战几人回？

三

王翰还写有一首《凉州词》也很有名，词曰：

秦中花鸟已应阑，塞外风沙犹自寒。
夜听胡笳折杨柳，教人意气忆长安。

殊为可惜的是，王翰的十卷诗集大都失传，流传下来的只有十四首。

虽然王翰仕途很不得意，诗名却极高。当时著名学者徐坚与张说品论文坛人物，徐坚问张说："现在的年轻人中，谁的文词最好（今之后进，文词孰贤）？"张说毫不犹豫地推荐王翰道："王翰之文，有如琼林玉斝，虽烂然可珍，而多有玷缺。若能箴其所阙，济其所长，亦一时之秀也。"可见王翰在当时文坛的地位。当时有个学士名叫杜华，他的母亲居然这样和他说："吾闻孟母三迁。吾今欲卜居，使汝与王翰为邻，足矣！"能够成为一个让人们愿意择邻而居的人，可见其受欢迎程度。杜甫也有诗赞王翰："李邕求识面，王翰愿卜邻。"

王翰早已远去，大唐也成为历史，但《凉州词》依旧传唱。诗人用凝练的语言，展现出一种壮美瑰丽的艺术魅力；用丰富的想象，描绘出一幅凉州边塞风物画卷；用悲壮的场面，抒发忧国忧民的家国情怀。那慷慨的歌声，穿透了每一位热血男儿刚毅又柔弱的心。

这是王翰心中的凉州，也是我们心中的凉州。且让我们梦回大唐，再次吟诵那首壮怀激烈、震人心魄的《凉州词》：

葡萄美酒夜光杯，欲饮琵琶马上催。
醉卧沙场君莫笑，古来征战几人回？

沙州都护破凉州

唐懿宗咸通二年（861年），一条激动人心的好消息从凉州传到了长城内外：归义军节度使张议潮收复了凉州。

各地军民听到捷报，无不欢欣鼓舞。诗人薛逢听到张议潮收复凉州的消息后，欣然提笔，写下一首《凉州词》记之。诗曰：

昨夜蕃兵报国仇，沙州都护破凉州。
黄河九曲今归汉，塞外纵横战血流。

为什么这条消息如此重要？是因为凉州作为河西战略要地，自唐代宗广德二年（764年）被吐蕃攻占，已近百年之久。吐蕃势力根深蒂固，张议潮是如何收复凉州的？收复凉州后唐朝又采取了怎样的措施？

一

唐玄宗天宝十四载（755年），安史之乱爆发，河西、陇右之兵大都被调往潼关重地，吐蕃乘势大举攻唐。唐代宗广德元年（763年），吐蕃尽陷兰、河、廓、鄯、临、岷、秦、成、渭等陇右之地，此后吐蕃又沿祁连山北上，在广德二年先后占领凉州、甘州、沙州、肃州、瓜州等地，至此，河西之地全部成为吐蕃人的天下。唐人张籍的《横吹曲辞·陇头》描写了当时凉州陷落时的惨状：

陇头已断人不行，胡骑夜入凉州城。
汉家处处格斗死，一朝尽没陇西地。

驱我边人胡中去，散放牛羊食禾黍。

去年中国养子孙，今著毡裘学胡语。

谁能更使李轻车，收取凉州属汉家？

吐蕃占领河西地区之后，对当地的汉民进行了极其残酷的民族压迫，河西人民生活在水深火热之中。

吐蕃占领河西八十四年后，即唐宣宗大中二年（848年），沙州（今敦煌）人民在张议潮的领导下，发动起义。守城的吐蕃兵将弃城逃走，起义军占领了沙州，接着又一鼓作气收复了瓜州。唐宣宗听到消息，高兴异常，封张议潮为沙州防御使，并将起义军命名为归义军。从大中二年到大中五年（848—851），张议潮接连收复了伊、西、肃、甘、兰、岷、河、鄯、廓等州。

在沙、瓜两州光复以后，张议潮立即派兄张议潭等人，奉十州图籍到长安报捷，面见唐宣宗。张议潮唯恐表文送不到长安，他分遣十队使者，带着同样的表文，分头向长安出发。

这十支队伍中的九支，有的遭到吐蕃人的尾随追击而牺牲，有的在大漠迷失了方向而永远留在大漠之中。只有僧人悟真，率领团队向东北方向进发，迂回绕过莽莽大漠，历经千辛万苦，到达天德军（今内蒙古包头西）。在天德军的协助下，信使终于抵达了长安。十队信使活下来的寥寥无几，青史留名的只有悟真一人。

长安百姓在使臣到达的这一天欢呼沸腾，唐宣宗李忱也感激涕零，直言："关西出将，岂虚也哉？"

悟真因功被封为"京城临坛大德"，这是唐玄奘之后，大唐王朝对僧人的最高封赏。后唐宣宗也派出使者慰问赐封张议潮，封张议潮为归义军节度使。

二

此时，整个河西唯有凉州仍然在吐蕃的控制之下，张议潮审时度势，决定乘胜进攻凉州。

凉州是原河西节度使的治所，战略位置十分重要，从广德二年河西节度使杨志烈败逃算起，已经落在吐蕃手中将近一百年之久。作为战略要地，凉州的得与失对吐蕃和大唐都十分重要。对大唐而言，如能夺取凉州，吐蕃势力就会被彻底赶出河西，从而才能有效地控制河陇地区；而对吐蕃而言，他们经营凉州已近百年，根基稳固，此时更是把凉州作为嵌入河西的最后一根钉子，自然不能轻易撒手。双方虎视眈眈，剑拔弩张，大战一触即发。

吐蕃自从攻取凉州之后，一直在凉州驻扎重兵防守，再加上从河西陇右地区陆续败退至凉州的吐蕃残兵，此时驻守凉州的吐蕃军力已经达到一万人，并做了周密布防，再加上占有地理优势，因而摆出一副与张议潮在凉州决战的态势。

在进攻凉州之前，张议潮也做了充分准备。经过连年征战，在河西沿线给大军筹集调运粮草有一定困难，张议潮经过深思熟虑，认为兵不在多而在于精，因而他在归义军各部精心挑选了七千名精壮士卒。这七千名士兵，系由汉族与境内诸少数民族以及僧兵共同组成，其中既有汉族子弟，又有粟特、通颊、吐谷浑、嗢末等少数民族成员，还有吐蕃降部、回鹘军队，甚至有一大批蕃汉僧兵，他们个个训练有素，人人勇敢善战。除此之外，张议潮又选派了诸多猛将，如侄子张淮深、女婿李明振、索勋、归义军押衙高进达、索忠顗、阴季丰、王景翼及归义军兵马使康通信等，这些将领，都是在沙州起义之后在历次战争中锤炼出的猛将，真可谓兵精将广。

在做了充足的准备之后，大中十二年（858年）八月，张议潮与侄子张淮深率领七千精锐，开始了征讨凉州的伟大壮举。

三

以七千兵力攻打占有地理和人数优势的凉州吐蕃，其难度可想而知，这注定是一场旷日持久的拉锯战。

唐朝时，凉州辖姑臧、神乌、昌松、天宝、嘉麟五县。作为防守凉州的屏障，吐蕃军队在各县分兵驻守，尤其在凉州西北部的门户天宝、嘉麟等县（今甘肃永昌一带）设置重兵把守，以逸待劳。张议潮率军到达凉州之后，立即挥军进攻。归义军"分兵两道，裹合四边。人持白刃，突骑争先。须臾阵合，昏雾涨天……列乌云之阵，四面急攻，蕃贼糜狂，星分南北"。其战斗激烈可见一斑。吐蕃军虽然遭到很大的打击，但是毕竟人马众多，而且做好了困兽犹斗、殊死一搏的准备。归义军虽然英勇，但因为人数少，一时无法攻破堡垒。

正因为战事激烈胶着，双方相持不下，留守在沙洲的人们纷纷为前方将士祈愿。如859年正月，在张议潮出兵五个月后，敦煌龙兴寺沙门明照于贺跋堂，为出征在外之府主祈愿：当道节度，愿无灾障，早开河路，得对圣颜。

双方在凉州展开了长达三年的拉锯战。在敦煌出土的《张义潮变文》中有这样的描写："汉家持刃如霜雪，虏骑天宽无处逃，头中锋矢陪垅土，血溅戎尸透战袄。"写出了战场之惨烈，战事之紧张。

四

经过三年的血战，咸通二年（861年）九月，张议潮终于攻克了凉州。《张淮深碑》称颂此事道："姑臧虽众，勍寇坚营。忽见神兵，动地而至。无心掉战，有意逃形。奔投星宿岭南，苟偷生于海畔。我军乘胜逼逐，虏群畜以川量。掠其郊野，兵粮足而有剩；生擒数百，使乞命于戈前。魁首斩腰，僵尸染于蓁莽。良图既遂，摅祖父之沉冤。西尽伊吾，东接灵武，得地四千余里，户口百万之家。六郡山河，宛然而旧。"

张议潮收复凉州后，即遣使入告朝廷，奏曰："咸通二年收凉州……伏以凉州是国家边界……今凉州之界，咫尺帝乡，有兵为藩垣，有地为襟带。扼西戎冲要，为东夏关防，捉守则内有金汤之安，废指则外无墙堑之固……"十月，唐懿宗敕曰："凉州朝廷旧地，收复亦甚辛勤，藩屏□陲，固不抛弃……"随后，唐政府就开始积极采取措施，以加强对凉州的控制。

其一，加固凉州城，以加强凉州的防御能力。《资治通鉴》记载，咸通四年

（863年），春，正月，上游宴无节，左拾遗刘蜕上疏曰："今西凉筑城，应接未决于与夺。"胡注曰："西凉，即凉州，盖此时谋进筑也。"表明咸通四年正月以前唐政府就已开始加固凉州城，反映了唐政府对凉州战略地位的高度重视。

其二，复置凉州节度使。咸通四年，唐王朝复置凉州节度使，领凉、洮、西、鄯、河、临六州，治所在凉州，由张议潮兼领凉州节度使。唐政府此举，显示了其控制凉州等地的决心。

其三，向凉州派遣了两千五百名郓州兵，以增强凉州的军事力量。《新五代史》卷七四《四夷附录三》记载，后唐长兴四年（933年）凉州留后孙超遣使者晋见唐明宗时，称："吐蕃陷凉州，张掖人张义朝募兵击走吐蕃，唐因以义朝为节度使，发郓州兵二千五百人戍之。"

于是，"河陇陷没百余年，至是悉复故地"。从此，河西走廊又畅通无阻。当时有人写下这样的诗句来赞扬张议潮："河西沦落百余年，路阻萧关雁信稀。赖得将军开旧路，一振雄名天下知。"

五

收复凉州之后，张议潮的女婿李明振因战功被唐政府任命为凉州左司马，驻守凉州。《李明振墓志铭》记载道，李明振"二十余载，河右麾戈，克复神乌，而一戎衣"。归义军押衙索忠颛驻守神乌县，《沙州释门索法律窟铭》记载道，索忠颛"勇冠三军，射穿七札，助攻六郡……决胜先行……攻五凉而克复，驻军神乌，镇守凉城"。归义军兵马使、凉州西界防御使康通信驻守天宝县，康通信"助开河陇，效职辕门……姑臧守职"，为"番禾（今甘肃永昌）镇将"。姑臧县由河西都防御使右厢押衙王景翼驻防，史载，王景翼"助开河陇，决胜先行，身经百战，顺效名彰，刚柔正直，列职姑臧"。归义军押衙高进达驻守嘉麟县，归义军押衙阴季丰被唐政府任命为凉州都防御使。

为了庆祝来之不易的胜利，张议潮在敦煌莫高窟修建了第156窟，并在主室南部下面绘制了统军出行图，题为《河西节度使检校司空兼御史大夫张议潮统军扫除吐蕃收复河西一道行图》。

薛逢所写的《凉州词》中,"昨夜蕃兵报国仇,沙州都护破凉州"等诗句,与杜甫"剑外忽传收蓟北,初闻涕泪满衣裳"有异曲同工之妙,表达了对于张议潮收复失地而产生的喜悦之情。这首诗,也成为反映张议潮收复凉州这一历史事实的唯一的一篇作品。

天子忧凉州，严程到须早

大唐至德二年（757年），唐王朝发生了一件惊天动地的大事，出事的地点是武威。

在凤翔驻扎的唐肃宗得知消息，急忙派出要员，赶赴武威处理紧急公务。

前往武威的长孙九，是大诗人杜甫的同事兼朋友。得知好友即将远行，大诗人杜甫前来送别。杜甫询问好友，得知事情的真相之后，他惊愕不已，挥笔写下《送长孙九侍御赴武威判官》一诗。诗中写道：

问君适万里，取别何草草。
天子忧凉州，严程到须早。
去秋群胡反，不得无电扫。
此行收遗甿，风俗方再造。

诗句中的"草草"指匆忙急促，"严程"指期限紧迫的路程，"电扫"极言快速。从这些词语中，可以看出这次武威之行的重要性。

一

朝廷官员为什么走得如此匆匆呢？原因是"天子忧凉州""去秋群胡反"。

这两句诗，真实地写出了发生在武威的一次军事叛乱。

据《资治通鉴·唐纪·三十五》记载，至德二年正月，河西兵马使盖庭伦与武威九姓商胡安门物等人联络起来，杀死节度使周泌，聚众六万造反。武威城中有七座小城，胡人占据了其中的五座，大唐军队只凭借剩余的两座小城坚守。后来，支度判官崔称和中使刘日新率领两城的军队进攻叛军，经过十七天战斗，终于平定了叛乱。

当时，大唐正值安史之乱，前方战斗激烈，后院绝对不容有失。因此，唐肃宗得知消息，立即派人前往武威，处理善后，安抚人心。

朝廷之所以如此着急，是因为担忧此次武威叛乱与安禄山叛军有关联，说不定就是响应安禄山叛军的一次举措。一些历史学者指出，安禄山的父亲是康姓粟特人，母亲是突厥人，其母改嫁后，他便随继父安延偃到岚州，从此脱离突厥而生活在粟特人家族之中。"安"姓与"康"姓都来自中亚的"昭武九姓"胡人（粟特人）。唐代官员姚汝能在《安禄山事迹》中写道："（安禄山）潜与诸道商胡兴贩，每岁输异方珍货计百万数。每商至，则禄山胡服坐重床，烧香列珍宝，令百胡侍左右，群胡罗拜于下，邀福于天。禄山盛陈牲牢，诸巫击鼓、歌舞，至暮而散。遂令群胡于诸道潜市罗帛，及造绯紫袍、金银鱼袋、腰带等百万计，将为叛逆之资，已八九年矣。"可见，安禄山秘密与各地粟特商胡进行贸易往来，捞取了大量财富，叛乱行动得到了粟特人的经济支持。

而发生在武威的这次叛乱，就与九姓商胡安门物有关，极有可能牵扯到安禄山叛军。因此，引起了大唐王朝的高度重视。

二

隋唐时期，经济繁荣，凉州作为重要的商贸中转站，成为中西经济文化交流的重要基地，吸引了更多的粟特商人来到包括武威在内的河西经商，粟特家族的成员已成为凉州胡人首领。而聚集在凉州经商的安氏，也以凉州为货物囤聚之地，从凉州出发，走向中原各地进行贸易活动。因此，以安氏为首的胡人聚落在武威经过数十年不断经营，势力越来越大。

凉州安氏粟特人家族历史久远，是"昭武九姓"之一，是唐代历史上最有影响的粟特人家族。凉州安氏家族从唐初的安兴贵、安修仁开始，至安修仁第八代孙李振，世代居住在凉州，家族历史十分显赫。其中安兴贵、安修仁、安元寿、安怀恪、安忠敬、安思顺、李抱玉、李抱真、李振等，或功名显赫，或权倾一时，都是历史上非常有名的人物。

618年，李渊开始统一天下，凉州的李轨却自立为帝。安兴贵和弟弟安修仁秘密联合各胡族攻打李轨，李轨大败，最终被安兴贵生擒，送到长安伏诛。得到凉州的李渊十分高兴，授予安兴贵右武侯大将军、上柱国、凉国公，安修仁为左武侯大将军、申国公。

安元寿是安兴贵的儿子，他继承了父亲果敢无畏的基因，后在秦王李世民府中，担任右库直，负责守卫、陪从、鞍马事宜。玄武门之变时，安元寿协助有功，成为李世民的心腹。突厥颉利可汗和李世民在渭水桥上会盟，李世民身边只带领安元寿一人于帐中护卫。唐高宗即位后，安元寿参与平息贺鲁反叛，唐高宗封禅泰山时，安元寿亲于坛上供奉。此后，凉州安氏继续受到大唐王朝重用。如安忠敬任赤水军副使兼赤水、新泉两军监牧使，后改河西节度副大使，官至鄯州都督；安思顺历任河西节度使、朔方节度使等。所有这些，说明从安兴贵、安修仁到安元寿，再到安忠敬、安思顺等，凉州安氏的政治地位快速上升，大唐的统治者都给予其无比信任，大加封赏。

可见，安史之乱前，凉州安氏有的在政治上依附大唐皇室，成为达官显贵，世受大唐恩禄；有的扮演着经济交流的重要角色，通过经商富甲一方。但无论是政治上的需求，还是经济上的依靠，以及心理上的归属，那时的凉州安氏都对大唐王朝忠心依附，倾力投靠。

三

755年，安史之乱爆发。叛乱首领安禄山与凉州安氏也有渊源。安禄山原为康氏，是中西亚的"昭武九姓"中康国人的后裔，后随继父姓冒姓为安氏，其后代遂以安为姓氏，称安氏，世代相传至今。凉州安氏与安禄山同属于"昭武九姓"，因此，在安禄山发动安史之乱之后，凉州安氏在政治倾向上就有了明显的不同。一部分在武威经商的安氏，受到安禄山诱惑，乘机在武威起事，遥相呼应安史叛军，站在了大唐王朝的对立面。而大部分从先前的达官显贵，坚决反对叛乱，拥护大唐王朝。还有部分凉州安氏则首鼠两端，采取观望态度。

安禄山的父亲是康姓粟特人。"安"姓与"康"姓都来自中亚的"昭武九姓"胡人（粟特人）。安史之乱时，部分武威安氏因为对大唐有政治上的需求以及心理上的认同，决定忠心拥护大唐王朝，与安禄山划清界限，安兴贵曾孙安重璋就是典型。

安重璋从小生长在河西边陲武威，好骑善射，擅长饲养名马，为时人所称颂。肃宗乾元初，太尉李光弼推荐安重璋为军内官吏，屡建战功，由右羽林大将军升为郑州刺史。安重璋的父亲安忠敬历任赤水军副使、河西节度副大使等职。安重璋武艺高强，为唐朝著名将领，曾任凤翔陇右节度使，封太保、凉国公。

安史之乱爆发后，安重璋深明大义，顺应潮流，耻与安禄山同姓，被唐肃宗赐姓为李，唐玄宗为其改名李抱玉。《旧唐书·卷一三二·李抱玉传》记载，李抱玉自言"臣贯属凉州，本姓安氏，以禄山构祸，耻与同姓。去至德二年五月，蒙恩赐姓李氏，今请割贯属京兆府长安县"。因此，"凉州安氏"又称为"凉州李氏"。

李抱玉不仅在姓氏上与安禄山划清界限，而且在行动上坚决抵抗安史叛军，态度极为鲜明。《旧唐书·卷一三二·李抱玉传》记载，李抱玉奉命镇守河阳，安史叛将周挚及安太清、徐黄玉等进攻南城，李抱玉先施行缓兵之计，然后派出奇兵，内外夹攻，杀伤甚众，叛军撤退。后李抱玉收复怀州，因战功升任泽州刺史兼御史中丞，封栾城县公。

代宗即位后，由于李抱玉坚决与叛军划清界限，在政治上继续受到大唐皇室的信任。代宗让李抱玉兼泽潞节度使，后因功授司空，兼兵部尚书，封武威郡王。李抱玉多次上书恳辞王爵，代宗只好改封其为凉国公，进司徒。这一支原凉州安氏后代如李抱真、李振等继续受到重用。

在李抱玉的带头下，部分武威安氏纷纷要求赐姓为李，如安瞕改姓名为李国珍、安元光改姓名为李元谅等等，说明这部分武威安氏对大唐有政治上的需求以及心理上的认同。

四

安史之乱爆发前后，安禄山也利用商胡极力拉拢大唐的一些高级将领，以作为内应。唐史笔记《安禄山事迹》对此有详细记载。说安禄山暗地里与商胡勾结，大肆捞取钱财，每年估计有几百万钱。而且每次商胡头目到内地，安禄山必摆豪华筵席进行接待。群胡分列两边，对安禄山进行朝拜，然后歌舞宴饮。又暗中张罗紫袍玉带等叛乱之物资，已有八九年之久。从这些记载来看，安禄山与各地商胡关系非常密切。由此可知，安禄山肯定与粟特商人来往密切，不仅偷偷积攒钱物，而且得到了粟特商人的支持。

《资治通鉴》也记载，至德元年（756年）七月，安禄山曾派部将高嵩"以敕书、缯彩诱河、陇将士"，就是用封官、财物引诱拉拢大唐西部将领。

而在河陇一带，代替安禄山收买高级将领的商胡，便是武威的安门物。河西兵马使盖庭伦被引诱拉拢。而且收买了武威七城中的五城守兵，里面肯定还有不少在武威经商的胡人，可见收买拉拢的力度之大，范围之广。《资治通鉴》记载道，757年，河西兵马使盖庭伦与武威商胡安门物等谋杀河西节度使周泌，在武威城中聚集了六万叛军。"武威大城之中，小城有七，胡据其五，二城坚守。支度判官崔称与中使刘日新以二城兵攻之，旬有七日，平之。"从"武威大城之中，小城有七，胡据其五"可以看出，安史之乱时期，凉州粟特人的势力相当大，没有丝毫减弱，直接影响凉州的政局。

安史叛军拉拢引诱的是唐朝西部防线的高级将领，而这些受到金钱利诱的将领，也将反戈的矛头指向了其他的高级将领。因此从这件叛乱事件来看，安史叛军的策反是有一定成效的。叛乱事件中遇害的周泌，陇西人。唐玄宗天宝年间为陇右节度使哥舒翰押衙，后来以功累迁河西兵马使。唐肃宗至德元年七月，刚刚提拔为河西节度使，任职仅仅半年就在叛乱中遇害。

投靠叛军的河西兵马使盖庭伦，也曾是一名边关名将。唐代大诗人岑参曾经写过《玉门关盖将军歌》一诗，诗中既写了"盖将军，真丈夫"的勇武气概，又揭露了他"军中无事但欢娱"的骄奢淫逸。据《岑嘉州系年考证》，诗中的盖将军即河西兵马使盖庭伦。

五

从唐军十七天时间就平定叛乱来看，凉州城内的粟特人并不是铁板一块，很大一部分采取了坐山观虎斗的观望态度，导致了叛乱的快速平定。

发生在武威的这次叛乱，与九姓商胡安门物有关，是一次响应安禄山叛军的军事行动。因此，引起了大唐王朝的高度重视。叛乱结束后，怎么安抚、慰问人数众多的驻武威的粟特商人、居民，成为大唐王朝的当务之急。只有稳住武威的安氏粟特人，才能给河西一带乃至中原各地居住、经商的大量安姓粟特人带来示范效应，让他们不再响应安禄山、安庆绪叛乱，从而稳定统治。唐王朝也认识到这一点，因此，叛乱被平定之后，大唐至德二年（757年），在凤翔驻扎的唐肃宗便派出要员，赶赴武威处理紧急公务。

这部分安氏粟特人在安史之乱前，通过经商，积累了一定的财富，安史之乱后，尽管受到了大商人安门物的拉拢和蛊惑，但他们一方面渴望安定的生活，另一方面还想继续开展商贸活动，继续赚取经济利益，因此大唐的安抚对他们心理上有着强大的影响。

这件事情也从侧面反映出武威粟特人势力强大，大唐王朝不敢怠慢，竭力安抚、慰问，防止他们死灰复燃。

由于上述叛乱，大唐王朝对武威粟特胡人产生了防范之心。但安史之乱后，由于河西节度使重兵内调平叛，河西空虚，凉州被吐蕃占领，凉州安氏粟特人又在吐蕃的统治之下继续开展商贸活动。虽然从武威走出的个别忠心耿耿的粟特人继续受到重用，但不可避免的是，在武威的粟特人无论在政治上，还是经济上，其整体地位较之安史之乱前肯定有所下降。

杜甫诗中的那次叛乱，在唐代诗人皎然的《塞下曲二首》中也有体现。

塞下曲二首·其一

（唐）皎然

寒塞无因见落梅，胡人吹入笛声来。
劳劳亭上春应度，夜夜城南战未回。

塞下曲二首·其二

（唐）皎然

都护今年破武威，胡沙万里鸟空飞。
旄竿瀚海扫云出，毡骑天山蹋雪归。

其第二首第一句"都护今年破武威"，记述的应该就是757年发生在武威的那场叛乱。唐军在崔称和刘日新的带领下对叛军发动进攻，经过十七日艰苦卓绝的战斗，终于打败了叛军。后三句主要描绘凉州地域特点及边塞气象：浩瀚的沙漠里，鸟儿飞过空旷的天际。将士们在沙漠里、雪山中行军，不畏艰险，勇往直前。

杜甫的许多诗歌如同历史叙述一样，反映了唐代安史之乱所带来的社会动荡，是那个时期社会生活的真实记录，具有很高的史学价值，可以佐证历史，弥补历史，所以杜甫的诗被称为"诗史"。

贾诩自期能料敌

> 牛斗秋高剑气横，几人马上取功名。
> 扇挥白羽临风迥，甲锁黄金射日明。
> 贾诩自期能料敌，山涛谁谓不知兵。
> 官军蓄锐何时发，久厌城头鼓角声。

这是元代郭钰《和周霁海吴镇抚诗就呈李伯传明府》一诗，其中"贾诩自期能料敌"，写的就是武威人贾诩。

贾诩是东汉末年至三国曹魏初年的著名谋士，智谋超群，"算无遗策"，名闻天下；他献计凉州兵团反攻长安，东汉王朝从此走向衰亡，吹响了三国时代的前奏；他半世飘零，几易其主，游走于兵荒马乱的时代，周旋于群雄之间，工于战略，出谋则转变战局，精于谋身，遇险则逢凶化吉；他辅佐曹操平定北方，暗助曹丕，影响了整个三国时期的局势走向，成为曹魏开国功臣，位列三公之首；他洞悉人性，识时务、知进退、善其身，谦虚低调，安度晚年。

一、遇乱不惊，随机应变

贾诩（147—223），字文和，武威姑臧人。贾诩少年时默默无闻，很少引起别人的注意，只有汉阳人阎忠善于识人，他看到贾诩之后十分惊异，说贾诩与众不同，具有张良、陈平的奇才。不得不说，阎忠是贾诩人生历程中的第一个伯乐。

贾诩虽然聪慧过人，才华横溢，但他早期的仕途并不顺利。先是被举荐为孝廉，任了一个郎官。贾诩无法施展自己的才能，整天闷闷不乐。有一年身体有病，于是就借故辞去官职，向西返回家乡，再图发展。殊不知，危险正在前方等待着贾诩。贾诩一行到了汧县这个地方，不期遇上反叛的氐人，同行之人都被氐人擒拿，那阵势分明就是图财害命。贾诩见状，不慌不忙说："我是段公的外孙，请勿害我，我家会拿好多钱财来赎我。"段公就是当时的太尉段颎，威震西疆，贾诩便以段颎的名号来震慑氐人，同时用钱财迷惑对方。氐人听到段颎大惊失色，听到钱财喜形于色，就与他立誓盟约，然后放走了他，其余的人尽皆被害。其实，贾诩并非段颎的外甥，家人也拿不出大量钱财，只是随机应变、保全自身的权宜之计，像这样的事情还有很多，"权以济事，咸此类也"。事实证明，贾诩能够在乱世之中生存下去，和他敏锐的洞察力与善于应变的能力是分不开的。贾诩回乡后，一直到他四十三岁之前，这段时期的事迹不见于史料记载。《隋书·经籍志》记载，贾诩著有《钞孙子兵法》一卷，并为《吴起兵法》校注。是否在此期间继续研习兵书，为日后精通兵法谋略、屡次进献奇计奠定基础，有待考证。

二、效力凉州，反攻长安

189 年，已经四十三岁的贾诩，仍然是郁郁不得志，只当了一个小小的平津都尉。那年四月，汉灵帝病故，汉少帝立，何太后临朝。大将军何进与操纵政权的十常侍等宦官势力，水火不容。为了剿灭宦官集团，何进决定征召凉州兵团进驻京畿，以为外援。三千凉州兵在董卓的带领下，进入洛阳，控制了朝廷。贾诩听说董卓女婿中郎将牛辅屯兵于陕，便投奔牛辅军中，升任讨虏校尉。董卓废掉少帝，另立汉献帝，把持朝政，招致各地军阀的讨伐。董卓挟持汉献帝由洛阳迁都长安后，被朝廷官员王允等联络其部将吕布所杀。董卓死后，一些朝廷官员建议杀尽凉州兵团，斩草除根，以绝后患。牛辅听到消息，仓皇出逃，却被部下杀害，将首级送往长安领赏。

牛辅的四大部将李傕、郭汜、樊稠、张济等人想要解散队伍，返回故乡。贾诩说："你们若单独行动，那么一个小小的亭长就能把你们擒获。不如率众西进，沿途收集士兵，攻打长安。如若成功，就以朝廷的名义征讨全国，如果不成功,再逃命也不迟。"众皆呼应。192年,在贾诩的计谋之下,李傕、郭汜、张济、樊稠率领凉州兵团反攻长安,最终打败吕布,攻进了长安。一时间,京城腥风血雨,东汉朝廷元气大伤。此后,李傕和郭汜两人为了把持朝政互相争斗,皇帝与朝廷流离失所,各地州牧、刺史、太守占据属地,完全脱离中央控制,吹响了三国时代的前奏。因此,贾诩的这个计谋,被后世称之为"文和乱武"。有人就此评价贾诩"一计可以危邦,片言可以乱国",但实质上正如贾诩自己所言,那不过是一条"救命之计",用以自保而已。

三、李郭争权,抽身而退

凉州兵团进入长安后,发生的一切已非贾诩所愿。贾诩先是任左冯翊一职,因为他的功劳很大,李傕等人想封他为侯,贾诩推辞说"不过是救命之计罢了",没有接受。又让他做尚书仆射,贾诩又推辞说"贾诩素无威望,不能使众人信服,此举于国不利",再次拒绝。李傕等人无奈,只好改授贾诩为尚书,负责选拔人才。贾诩勉强答应,在举荐人才方面贡献很大。后李傕、郭汜把持中央朝政,贾诩在保护大臣方面,多有出力。尤其是帮助汉献帝从长安出逃到洛阳,才让曹操有机会"挟天子以令诸侯",发展壮大自己的力量。可见,贾诩的举动,也间接影响和改变了政治局势。194年三月,凉州兵团发生内乱,马腾、韩遂攻打李傕、郭汜,马腾、韩遂兵败,退回凉州。195年,凉州兵团内乱又起,李傕先杀樊稠,后与郭汜争权夺利,互相攻杀,两败俱伤。看到李傕、郭汜相互内斗,对他又有防范忌惮之心,贾诩觉得京城虽繁华,但此地不可久留,于是辞去官职,离开长安。贾诩之所以没有被激烈的军事冲突和残酷的政治斗争所吞灭,就是因为他能够正确认识大势,能够揣测人心,看到形势险恶,果断选择急流勇退。

四、远离段煨,一举两得

离开长安后,贾诩听说同乡段煨率军驻扎在华阴县,便带着家眷径直前来投奔。当时的贾诩已经很有名气和威望,深为段煨军队所敬服。段煨表面上对待贾诩热情周到,内心却惧怕贾诩夺其兵权,这让善于察言观色的贾诩十分不安。他思前想后,采取了一个万全之计。当时,凉州兵团另一将军张济死于乱军之中,侄子张绣闪亮登场,接管了张济的残余部队。张绣驻扎在南阳,贾诩很快与他取得了联系。张绣早就听说贾诩的大名,暗中派人迎接贾诩。贾诩将要出发时,有人问他:"段煨对您不薄,为何要离去呢?"贾诩说:"你只知其一不知其二。段煨生性多疑,对我百般猜忌。我走之后,他定然高兴,也希望我成为他的外援,因此必定会厚待我的家人。张绣渴望得到我这样的谋臣,这样岂不是两全其美?"贾诩离开后,果如其言,张绣对他恭敬有加,段煨也好生照顾他的家眷。可见,无论身处何种境地,贾诩总能对当前形势做出准确的预判,从而做出最有利的选择。

五、献计张绣,败兵取胜

为了抵抗曹操,贾诩劝说张绣与刘表和好。此后,在曹操讨伐张绣的过程中,张绣采用贾诩的计谋屡败曹操,让曹操损失惨重。有一天早上,曹操突然退兵而去,张绣要亲自追击,贾诩说:"不能追,追必败。"张绣不听,率兵追击,大败而回。张绣刚回到军营,贾诩却说:"赶快追击,再战必胜。"张绣大惑不解,贾诩极力催促,张绣随即率兵追击,果然得胜回来。张绣问道:"我用精兵追击,您说必败;用败兵追击,您说必胜。是何道理?"贾诩说:"您虽善于用兵,却难敌曹操。曹军排兵布阵没有失误,却突然撤退,必定是后方有事;刚开始退兵,曹操必亲自断后,所以追兵必败。曹操取胜后,必定轻装急行,这时用败兵追击却能取胜。"一番话,让张绣佩服得五体投地。军事斗争经验十分丰富的曹操,尚不能对付贾诩辅佐的张绣,从侧面可看出贾诩之能力和水平非比寻常。

六、审时度势,劝张归曹

官渡之战前,袁绍和曹操都想拉拢其他军阀,以孤立对方。袁绍派人笼络张绣，还特意给贾诩捎信结好。张绣觉得袁绍势力强大，就想答应。不料贾诩却当着张绣的面讥讽袁绍的使者："兄弟之间尚且不能相容，还能容纳天下贤才吗？"等袁绍使者离开，张绣惊惧地问："我们该怎么办？"贾诩说："不如归附曹操。"张绣十分不解："袁强曹弱，我们又与曹操曾是仇家，为何要投靠他？"贾诩说："第一，袁绍强盛，我们兵少，必会轻视我们，曹操弱小，定会看重我们；第二，曹操奉天子以令天下，名正言顺；第三，曹操的格局在于平定天下，决不斤斤计较。"张绣听后，便率部归附了曹操。曹操十分高兴，拉着贾诩的手说："能够让我以信义道德名扬天下的人，正是先生你啊。"奏请贾诩任执金吾，封都亭侯，留任参司空军事。正所谓格局决定成败，大气成就英雄。贾诩早已看出曹操的人品和潜力，遂不为眼前强弱所惑，毅然放弃袁绍，依附曹操。后来的事实证明，老谋深算、目光长远的贾诩这一步棋又走对了。贾诩从此成了曹操的谋士，那一年，贾诩五十三岁。

七、辅佐曹操，北战南征

官渡之战开始后，曹操粮食将尽，询问贾诩有何妙计。贾诩说："您明智胜过袁绍，勇敢胜过袁绍，用人胜过袁绍，决断胜过袁绍，有这四胜而不能平定袁绍，在于考虑万全之策。只要当机立断，不费吹灰之力就可平定袁绍。"在双方相持的困难之际，贾诩的建议无疑给了曹操最大的鼓舞，作用丝毫不亚于许攸的奇袭乌巢之计。曹操采纳了贾诩的意见，随即率兵袭击袁绍的营地。袁绍大败，终被平定。曹操兼任冀州牧，调任贾诩为太中大夫。可见，在击败袁绍的过程中，贾诩起到了举足轻重的作用。

208 年，曹操攻占荆州，想顺江东下消灭东吴孙权。贾诩劝阻说："您攻破袁氏，收复汉南，实力强大，威名远扬。不如招贤纳士，安抚百姓，不用出兵，江东地区就会俯首称臣。"曹操没有听从贾诩之计，遂有赤壁之败。宋代大文学家苏辙在《贾诩》一文中也叹息道："公不用其计，以兵入吴境，遂败于赤壁。"如果曹操听取贾诩之意见建议，暂不进攻江东，那么，三国的历史或许就会重写。

八、离间马韩，平定关中

赤壁之战失败以后，曹操养精蓄锐，伺机西进。211年，曹操采用先取关中再克凉州的战略，开始对关中用兵。以韩遂、马腾儿子马超为首的凉州兵团，聚集十余万人马，据守潼关抗击曹操。马超等人要求曹操用割地来换取和平，并以嗣子做人质。

曹操看到韩遂、马超兵强马壮，忧心忡忡，便向贾诩询问计策。贾诩建议一方面假装答应马超提出的条件，麻痹对方，另一方面积极备战，歼灭敌军。曹操又问破敌之计，贾诩只说了四个字"离之而已"，也就是用离间之计。曹操听后，转忧为喜，采纳了贾诩的计策，写信离间同床异梦的马超和韩遂，使他们互相猜忌，造成内乱。看到时机成熟，曹操主动对凉州兵团发起进攻，韩遂、马超败走凉州，关中自此平定。贾诩相比诸葛亮等人，虽然在三国的历史舞台上没有太多的出场和戏份，但每一次亮相却足够惊艳，足以改变战略局面。

九、不动声色，暗助曹丕

217年，曹操计划议立世子。那时候，曹丕还是一名默默无闻的五官中郎将，而曹植才华横溢，名气远扬，两人都有争夺世子的打算。曹丕暗中派人向贾诩讨教。贾诩表面上不敢有所偏袒，只是建议说："宽宏大度，体谅下士，孜孜不倦，不违背人子之道。"曹丕听取了贾诩的意见，不断学习，自我修行。曹操为此犹豫不决，有一次屏退左右，询问贾诩，贾诩却闭口不说。曹操催问道："先生为何不回答？"贾诩说："我正忙于思考一件事情。"曹操又问："思考何事？"贾诩回答："我在思考袁本初父子、刘景升父子之事。"袁本初就是袁绍，刘景升就是刘表，此二人都是因为"废长立幼"而造成内部混乱。贾诩这句话，虽然含蓄委婉，但"一语点醒梦中人"，暗示曹操不可废长立幼。曹操听后大笑，终于确定曹丕为世子。事实上，贾诩暗助曹丕的行动，对曹魏政权的最终确立，起到了决定性的促进作用。

十、为魏谋划，低调处世

曹丕继位后，向贾诩咨询一统天下之策："吴、蜀两国，先讨伐谁？"贾诩回答："攻城略地凭借军事实力，建国立本崇尚道德教化。若用文教道德来安抚并待其演变，那么不难平定。吴、蜀虽小，但现在人才济济，且占据险要之地，一时难以取胜。用兵之道，要估量对方的实力，先有胜算，再调兵遣将，这样才万无一失。臣下以为应采取先文后武的策略。"曹丕刚开始没有采纳，导致出兵失败。但贾诩之言，实质上为魏国吞并天下进行了战略谋划，制定了长远策略。

从依附曹操时起，贾诩就想到自己擅长谋略，虽然受到曹操的赏识，但并非曹操旧臣，容易受到曹操猜疑，于是采取闭门不出、谢绝私交的方法，明哲保身。他的子女娶嫁时，也不攀附高门大户。曹丕即位后，封贾诩为太尉，晋爵为魏寿乡侯。但贾诩依旧不居功自傲，不恋权位，选择隐忍，低调做事。

223 年，安享晚年的贾诩去世，享年七十七岁，谥号肃侯。

后世对贾诩评价甚高，如《三国志》作者陈寿就感叹说，贾诩是仅次于张良、陈平的人物。唐代大诗人白居易也赞叹说："天下论智计并归贾氏也。"宋人对贾诩称颂有加，如宋初王溥编撰的《唐会要》中，将魏晋时代八位谥号均为肃侯的名臣合称为"魏晋八君子"，尊贾诩为首；文学家苏辙专门著文记述贾诩事迹。元代郭钰在诗中称赞贾诩运筹帷幄、料敌制胜："扇挥白羽临风迥，甲锁黄金射日明。贾诩自期能料敌，山涛谁谓不知兵。"清代梁朝钟把贾诩与卫青相提并论，他在一首诗中写道："单于冬入残三辅，汉上秋成縶九营。勿虑卫青终失宠，无劳贾诩更谈兵。"

武威人贾诩"算无遗策，经达权变"，在汉末至三国的历史舞台上，叱咤风云，挥洒自如，游刃有余，留下了浓墨重彩的一笔，不愧为名垂青史的一代谋略家。

谁遣凉王破赵名

官从主簿至专征，谁遣凉王破赵名。

益信用贤由拔擢，穰苴不是将家生。

这是唐代周昙创作的《六朝门·前凉张轨》一诗。那么，张轨是何许人也？他担任凉州刺史期间政绩如何？

西晋永宁元年（301年），张轨出任凉州刺史。《晋书·地理志》记载，西晋凉州刺史治所在姑臧（今甘肃武威），辖金城郡、西平郡、武威郡、张掖郡、西郡、酒泉郡、敦煌郡、西海郡八郡，大致范围相当于现在的甘肃兰州以西，包括河西走廊、内蒙古部分地区、青海东部地区等。张轨以东汉窦融为榜样，采取了一系列行之有效、切合实际的措施，开始了治理凉州、建功立业的征程。

一、招贤纳士，任人唯贤

张轨（255—314），字士彦，安定乌氏（今甘肃平凉北部与宁夏固原南部一带）人，聪明博学，仪表堂堂，为人儒雅谦逊。他与同乡皇甫谧隐居在河南宜阳郡女几山，经常向皇甫谧请教学问。后来，张轨承继了父祖的恩荫，得到一个小小的五品官。皇甫谧将张轨推荐给朝廷重臣张华。有一次，张轨与张华谈论儒学经典以及政事利弊，张华赞赏他是"二品之精"，大意就是在二品等级官员里也是很优秀的。张华又把张轨推荐给卫将军杨珧，杨珧随即征召张轨为幕僚，后授职为太子舍人，又升任散骑常侍。296年五月，司马懿第八子司马肜担任征西大将军，都督凉雍二州诸军事，张轨兼任军司一职。301年，张轨出任护羌校尉、凉州刺史,时年四十七岁。

张轨来到凉州,首要任务就是招贤纳士,选拔人才。他礼贤下士的风度和求贤若渴的做法,得到了河西豪门大族的认可和支持。不久,张轨身边就聚集了许多济世安邦的人才,其中,宋配、阴充、氾瑗、阴澹被后世称为张轨的"股肱谋主"。

张轨一方面依靠凉州豪门大族中的人才,另一方面也向避难凉州的中原文士张开欢迎的双臂。当时北方大乱,饱经忧患的西晋显贵和黎民百姓都将凉州看作躲避战乱的好地方,许多官员、文人带着全家,前来投靠张轨。张轨对他们妥善安置,举其贤者,委以重任。如江琼、杜骥等的家族,这些家族都有学术根基及家学传承,壮大了河西的人才队伍。

此外,张轨还沿袭了魏晋旧制,即实行察举、征辟和九品中正制选举人才。选举原则上,除注重门第和为官经历外,还要根据志向、才学、忠诚、孝敬、节操、道义等标准选拔人才。这个举措,得到了凉州百姓的支持,"州中父老莫不相庆"。

二、平定叛乱,增修姑臧

当时的凉州鲜卑族反叛,盗匪纵横州里,抢劫财物,百姓苦不堪言。张轨精心组织,周密部署,率军讨伐叛军、盗匪。那些叛军盗匪毕竟是乌合之众,张轨初战告捷,斩首一万余人,初露锋芒。

过了几年,鲜卑族以若罗拔能为首,又发动更大规模的叛乱,张轨派第一谋士宋配进行了彻底镇压。宋配斩杀若罗拔能,俘虏十余万人,张轨威名大震于河西。消息传到洛阳,晋惠帝派遣使者任命张轨为安西将军。

张轨之所以能接连取得平叛战争的胜利,除了谋略得当、将领勇猛之外,更是因为拥有一支强悍的军队。张轨听取宋配等人的建议,招收各个民族之中骁勇善战、强壮彪悍之人,组成了一支威震八方的凉州骑兵,日常厉兵秣马,严加训练,成为安定凉州的重要保障。

张轨平定叛乱之后，开始增修姑臧城，并修筑宫殿。《晋书·张轨传》记载："于是大城姑臧。其城本匈奴所筑也，南北七里，东西三里，地有龙形，故名卧龙城。"西夏时期《凉州重修护国寺感应塔碑》[①]也记载"张轨称制□凉，制建宫室"，说明张轨至少在姑臧旧城内修筑了宫殿。张轨之后，张茂、张骏等又对姑臧城进行扩建，从而使姑臧城成为河西政治中心、军事重镇。

三、匡扶朝廷，两救洛阳

张轨在治理河西的同时，也展开了一系列效忠西晋、匡扶朝廷的举动。

305年，陇西太守韩稚因与秦州刺史张辅不和，便派人将其诛杀，一时之间，朝野震动。张轨得知消息，立即派兵讨伐韩稚，并给韩稚写了一封信，晓之以理，动之以情，韩稚便向张轨投降。张轨平息内讧后，派人觐见南阳王司马模，说明事情的经过。司马模听后，对张轨采用刚柔相济的策略处理内乱一事十分赞赏，当即将一把天子所赐之剑送给张轨，并说，自陇地以西，一切军政大事皆委托于张轨，此剑如同权杖。

308年，前赵国刘渊派王弥率数万之众，先后攻掠青、徐、兖、豫四州，横扫中原，进逼西晋都城洛阳。西晋朝廷派人向凉州刺史张轨求援。张轨派凉州名将北宫纯、张纂、马鲂、阴浚等人率兵向洛阳进发。北宫纯等率军抵达洛阳时，叛军王弥已攻至洛阳津阳门。北宫纯挑选一百多勇士，到洛阳城外列阵抗敌。面对数万叛军，北宫纯带领凉州铁骑横冲直撞，来回拼杀，把叛军阵型

---

① 张澍依据汉文碑铭落款"天祐民安五年岁次甲戌十五日戊子建"，将此碑称为《西夏天祐民安碑》，后世学者又根据西夏文碑铭和汉文碑铭内容，称其为《凉州重修护国寺感应塔碑》。西夏碑最初发现于清应寺内的碑亭，后又立于大云寺碑屋，故后世一些学者又称其为《大云寺西夏碑》。西夏碑碑铭中找不出"清应寺"和"大云寺"的字样，却有"护国寺感应塔""感通塔寺""感通下塔寺""崇圣下塔寺""圣容寺"等寺和塔名称的记载。寺院在不同时期经过了多次复建，故有不同名称。[清]张澍撰，周鹏飞、段宪文点校：《凉州府志备考》，西安：三秦出版社，1988年，第1—4页；[北齐]魏收撰：《魏书》卷一百一十四《释老志》，北京：中华书局，1974年，第3032页。

冲得七零八落，西晋后援部队趁势冲杀过来，王弥溃败逃走。

309年，前赵国刘渊派第四子刘聪率兵南进，大败西晋军队，一度进兵至洛阳附近的洛水。西晋再次请求张轨派兵援助，张轨仍然派北宫纯等率兵救援洛阳。

北宫纯率凉州铁骑，出其不意，夜袭前赵大营，斩杀刘聪部将呼延颢，军威大振。此时，刘聪手下另一位得力助手大司空呼延翼又死于军中内乱，再加上西晋其他各路勤王军的陆续到达，刘聪被迫退军。

两次解围，洛阳军民歌颂道："凉州大马，横行天下。凉州鸱苕寇贼消。鸱苕翩翩怖杀人。"此歌谣见于《晋书·张轨传》，后人称之为《京师为张轨歌》或《凉州大马歌》。

正是有了强大的战斗力，凉州骑兵才能在魏晋的历史舞台上叱咤风云，尽情演绎时代绝唱。

四、置郡设县，安置难民

西晋末年，中原大地接连发生了"八王之乱"和"永嘉之乱"，当时刘渊的匈奴兵横扫关中，氐族、羌族的乱军侵掠陇右，整个中原及关中一带，"流尸满河，白骨蔽野"，幸免于难的人们开始四处流亡逃难。

凉州由于地处偏远，再加上张轨的有效治理，局势相对稳定和安宁，成为中原士民眼中的世外桃源。长安地区流传一句歌谣："秦川中，血没腕，唯有凉州倚柱观。"在此形势下，凉州就成了各地人士争相前往"避难"的理想处所，他们纷纷挈妇将雏，向凉州而来。

那时，通往凉州的漫漫长路上，到处是离乡背井的难民。这种悲壮的场面，被史家描述为"中州避乱来者日月相继"。

面对数量巨大的难民，张轨上书朝廷，将流民安置于姑臧西北，另设武兴郡，下辖武兴、大城、乌支、襄武、晏然、新鄣、平狄、司监等八县。有专家学者考证推测，张轨新设武兴郡，容纳的人口至少有四五千户。前来凉州逃难的百姓每天都在增加，张轨又在西平郡（今青海西宁）设置晋兴郡（今青海民和县西北，湟水南岸）以收容流民。

五、平息内乱，抑制豪强

张轨治理凉州之时，一些豪强大姓势力发动了一场颠覆张轨统治的行动，代表人物就是张越。张越出身凉州大族，当时任梁州（今陕西汉中、四川东北部）刺史。他听到一句谶言，大意是说张氏将要雄霸凉州。张越自认为能力超群，或许这句谶言要在自己身上应验，于是，他托病回到凉州，迅速与其兄酒泉太守张镇及西平太守曹袪、凉州别驾麹晁等人勾结在一起，暗中谋划取代张轨。

308年，54岁的张轨身患中风，不能说话，暂由儿子张茂代管凉州。张越等人便诬陷张轨无视朝廷，打算让儿子张茂世袭凉州牧，计划先让秦州刺史贾龛代替张轨，然后再取代贾龛。张越派人到长安，在南阳王司马模面前诬陷张轨。蒙在鼓里的司马模不知其中有诈，当即派使者到达秦州，命贾龛出任凉州刺史。贾龛准备接受任命，其兄责备道："张轨乃当今名士，在凉州威名卓著，你有何德何能取而代之！"贾龛如梦方醒，坚决辞谢。朝廷又想任命侍中爰瑜担任凉州刺史。张轨下属杨澹正在陕西扶风，听说此事，便快马加鞭来到长安，采用割耳进谏的方式，向南阳王司马模控诉张轨遭人陷害。司马模恍然大悟，便上疏朝廷，停止更换凉州刺史。

张越、张镇眼见计谋不成，就擅自向凉州各郡县发出檄文，要求废黜张轨，由张越取代张轨。张轨看到檄文，心灰意冷，一面派人上书朝廷解释原因，一面准备车马，打算回河南宜阳养老归隐。凉州军民对张轨的遭遇既气愤又同情。长史王融、参军孟畅等人撕碎张镇发来的檄文，劝谏张轨诛杀张镇兄弟。武威太守张琠派儿子奔赴京师，代表凉州吏民上表朝廷说"听说朝廷听信流言，打算更换凉州刺史，百姓惊惶不安，如同将要失去父母"，强烈希望朝廷留任张轨。晋怀帝得知真实情况，特下诏慰劳张轨，下令张轨平定内乱，继续镇守凉州。

张轨派儿子张寔率兵讨伐张镇，同时派张镇的外甥令狐亚前去劝导。张镇悔恨不已，向张寔投降谢罪。凉州别驾麴晁畏罪潜逃，投靠西平太守曹祛，张轨随即派张寔和宋配等人讨伐曹祛，一举击溃并斩杀曹祛。幕后操纵的张越见势不妙，逃往邺城，凉州总算安定下来。

六、振兴文教，倡导教化

张轨明白，对待根深蒂固的地方豪强势力，用武力镇压只是权宜之计，最重要的是对豪强子弟和地方百姓进行儒学教育和倡导教化。于是，张轨把兴学重教作为治理之本，开始振兴文化教育。

首先，建立学校，并征召九郡贵族子弟五百人入学就读。且在学校设置学官，称之为"崇文祭酒"。崇文祭酒相当于文学祭酒、儒林祭酒等，是州级学官。而且给予崇文祭酒很高的地位，"位视别驾"，享受"从刺史行部，别乘传车"的殊荣。张轨此举，在西晋末年天下大乱、学校制度废弛之际，对教育制度的恢复实在是一件大事。

其次，采取劝学举措。张轨规定，在每年的春秋两季实行"以射选士"的礼仪，即恢复"行乡射之礼"，这是一种借用古老的礼制劝学的方式。

张轨敦崇儒学、振兴教育的举措，不但使凉州社会走向安定，文化逐步繁荣，而且为后世尊儒倡学树立了典范，对后凉、南凉、西凉、北凉诸政权的文教政策产生了重要影响。《魏书》记载："凉州虽地处戎域，然自张氏以来，号有华风。"

七、劝课农桑，发展商贸

张轨深知，没有强大的经济基础做支撑，就不可能谈治理。因此，张轨致力于恢复发展农业，提出劝课农桑的政策，下令命各级官吏务必考察农业生产情况。通过政府管理，强化对农业的组织督促，充分利用劳动力和土地资源，提高农产品的产量。

当时，大量流民来到凉州，也需要通过行政措施将他们安置到土地上。当然，张轨所依靠的仍然是凉州大族的庄园经济。张轨既把凉州著姓作为政治核心，又把他们作为经济中坚，从而推动劝课农桑措施的顺利实施。在发展农业的同时，张轨也兼顾畜牧业和手工业，努力实现经济的自给自足，安定区域内百姓的生活。

在此期间，张轨对凉州历史做出了一项重要贡献，那就是货币经济的恢复和发展。三国曹魏年间，政府下令停止五铢钱的行用。从此，开始了"百姓以谷帛为市"的时代。西晋初年，凉州商品货币经济完全进入萧条，货币交易随之废弃。张轨治理凉州期间，凉州经济状况和社会秩序初步恢复，扩大商业贸易、恢复货币经济，自然成为当务之急。313年，太府参军索辅向张轨建议道："如今，凉州用割布分段的方法进行交易，既浪费布匹，交易起来又十分困难，实为严重的弊病。应恢复使用五铢钱以畅通买卖贸易。"张轨采纳了这一建议，下令在凉州区域内恢复五铢钱的流通。

这样一来，原先散落在民间的大量钱币重新恢复流通，大大方便了凉州人民的生活，推动了商业贸易发展。凉州与西域的贸易很快畅通起来，西域商品大量流入河西等地。张轨恢复货币流通，注定成为魏晋时期的重大经济事件，其意义和影响无比深远。

八、六拒封官，青史流芳

张轨在治理凉州的同时，还有一段"六拒封官"的佳话。

308年，因为张轨派兵击退叛军、保卫洛阳之功，晋怀帝派人进封张轨为西平郡公，张轨认为这是为臣应尽之责，第一次拒绝封官；311年，因为张轨送物资接济洛阳，晋怀帝又派使者进拜张轨为镇西将军、都督陇右诸军事，封霸城侯，又升张轨为车骑将军、开府仪同三司，被张轨谢绝，这是张轨第二次辞谢封官；312年，秦王司马邺被众文武立为皇太子，司马邺立即派使者前往凉州，拜张轨为骠骑大将军、仪同三司，张轨坚决辞谢，这是张轨第三次拒绝封官；同年，皇太子司马邺又派使者向张轨重申先前的授命，张轨依旧推辞，这是张轨第四次拒绝封官；313年，晋怀帝被刘聪杀害，司马邺正式继位，是为晋愍帝，他再次派出使者升张轨为司空，张轨坚辞不受，这是张轨第五次拒绝封官；314年，晋愍帝派大鸿胪辛攀拜张轨为侍中、太尉、凉州牧、西平公，张轨又坚决辞谢，这是张轨第六次拒绝封官。

张轨此举，除了本身具有多干实事、不图升迁的高风亮节的品质之外，也是向世人及子孙表明自己对西晋朝廷的一片忠心，绝不做位高权重、图霸一方之人。

314年五月，张轨病重，对围在卧榻周围的文官武将留下遗言："……文武将佐咸当弘尽忠规，务安百姓，上思报国，下以宁家。素棺薄葬，无藏金玉。"张轨交代完后事，溘然长逝，终年六十，葬于建陵。朝廷追赠侍中、太尉。

张轨治理凉州十三年，为凉州的社会安定、经济繁荣、文化发展及人文教化等，做出了卓越的贡献。《晋书》称赞道："归诚晋室，美矣张君。内抚遗黎，外攘逋寇。世既绵远，国亦完富。"虽然他没有在真正意义上建立前凉政权，但他是前凉的奠基人，波澜壮阔的五凉历史也由此开启。

青海长云暗雪山

凉州，是古代西北重镇，位于今天的甘肃省武威市，有"天下要冲""河西都会"之称。在我国历史上，这一地名所辖地域差别很大。汉朝时，其范围相当于今天的大西北。到了三国时期，以今天的甘肃省武威市凉州区作为州治下辖九郡，所辖范围包括除天水、陇南以外的甘肃大部以及青海、宁夏、内蒙古的部分地区。唐朝景云年间，凉州成了河西以及新疆东部的首府。由于地处青藏高原、蒙古高原、黄土高原以及塔里木盆地的结合地带，凉州境内拥有雪山、沙漠、戈壁等不同的地理地貌。而这些极具特色的自然景象，成为文人骚客们源源不断的灵感来源。

王昌龄（698—756）是盛唐著名的边塞诗人，善写七绝，被称为"七绝圣手"。明代诗论家胡应麟曾在他的《诗薮》中称赞："少伯七言绝，超凡入圣，俱神品也。"大约从开元十二年（724年）起，王昌龄多次游历西北边塞，到过泾州、洮州、青海、玉门关等地区，写下了很多流传千古的七言绝句。《从军行》组诗，便是他这一时期的代表作。其中，第四首诗作以凉州为背景，借景寓情，极具意境之美，值得反复品读。全诗如下：

从军行七首·其四

（唐）王昌龄

青海长云暗雪山，孤城遥望玉门关。

黄沙百战穿金甲，不破楼兰终不还。

在这首诗作中，前两句写到了"孤城"附近的青海、玉门关，因而，要读懂这首诗作，首先就要了解"孤城"与这些地名的关系。且看，孤城之南，是绵延数千里的祁连雪山，翻过雪山，就是一望无际的青海湖。孤城之西，则是作为军事要塞的玉门关。当时的唐朝，正面临两大强敌——吐蕃和突厥。吐蕃活动的地区，即包括诗中所写的"楼兰"。公元前108年，汉武帝派兵讨伐楼兰并俘获其王。公元前77年，傅介子诱杀楼兰王，改其国名为鄯善。至唐朝时期，吐蕃在这一带崛起，"青海"一带成为唐朝军队与其多次作战的地区。而"玉门关"外，就是突厥的势力范围。由此，这里在军事上的重要性便显而易见了。

试想，驻守在此的士兵在戍楼上孤独地遥望青海湖和玉门关，青海湖上空风起云涌，祁连山也看起来一片阴霾，此番景象，令人顿感茫茫宇宙间人类的渺小。而唐开元以后，虽连年征战，却始终不能从根本上遏制吐蕃的侵扰。将士们驻守在边塞，深知自己面对的是怎样的战势，即使"黄沙百战穿金甲"，却始终不能打败古楼兰地区的敌人。这种深深的无奈与惆怅，与阴霾的天空和孤寂的城邦一起，营造出一种复杂的情绪。因此，一句"不破楼兰终不还"，究竟是因为战事的艰难和持久所产生的思乡和落寞，还是即使面对难以击退的强敌，仍不改初心，立下的豪言壮语？或许，诗人也并未打算写出唯一的答案。应该说，这种于自然之中的霎时感受，与边塞地区特殊的地理位置、历史使命相互交融，形成了独特的感官体验，被诗人敏锐地抓住，并得以放大，从而令读者感受到自然与人在片刻之间产生的强烈联系，而这种联系又是说不清道不明的。于是，一种神秘感和情感的力量便随之产生，从而增加了诗歌的可读性和审美价值。

类似的诗句，在《从军行》组诗中也多次出现，比如"烽火城西百尺楼，黄昏独上海风秋""大漠风尘日色昏，红旗半卷出辕门"。正如王昌龄在他的《诗格》中所指出的："诗有三境：一曰物境。二曰情境。三曰意境。""青海""长云""大漠""玉门关"等，在边关荒凉、孤寂的自然背景下成了种种意象，当它们与"独""昏""暗"等词语连接，便产生了情感上的巨大张力。

叶嘉莹先生说："王昌龄的诗重在情感，是以情感取胜的。"王昌龄的边塞诗，由写景产生意象，由意象产生情感，情感的力度又透过意象加重了，与此同时，因为意象的出现，这种情感变得朦胧、晦涩，令人不禁反复揣摩、玩味。所以说，他的诗是看似写景，实则写情，由景入情，从而创造出了一个"超以象外，得其环中"的诗境。

百代兴亡吐谷浑

"2021年度全国十大考古新发现"评选揭晓，由甘肃省考古研究所主持发掘的"甘肃武威唐代吐谷浑王族墓葬群"入选，成为全国关注的焦点。同时还被列入"中国社会科学院考古学论坛·2021年中国考古新发现"公布的六项重大考古新发现之一，引起史学界、考古研究界的极大兴趣和关注。

在西北地区灿若星河的历史文化中，吐谷浑文化堪称一颗璀璨的明珠。吐谷浑地处连接中原与西域各国的要地，在历史上影响深远，创造了几个世纪的辉煌。吐谷浑在其三百五十余年历史进程中有力地推进了多民族融合演进，发挥着中西商贸交流的纽带作用，开拓了西北多元文化兼容共存的格局，在文化构建中扮演着重要的角色，并经历史的涤荡终成鲜明的地方特色。

而古诗词中的有关吐谷浑的描写，也让人得以从侧面了解吐谷浑那段波澜壮阔、跌宕起伏的历史。

一、叶延立国吐谷浑

父雠已屠脍，射草复何为。
岂不念无益，其如罔极悲。

这是宋代诗人林同题写的《夷狄之孝十首·吐谷浑叶延》一诗，叙述的就是吐谷浑立国的事情。

东晋咸和四年（329年），吐谷浑部落首领慕容吐延与昂城羌族酋长姜聪争夺草场时，被其用剑刺伤，后伤重而亡。吐延临终前托孤大将纥拔泥，"吾死之后，善相叶延，速保白兰"，让他辅佐自己十岁的长子叶延保卫白兰（今青海巴隆河流域布兰山一带），以巩固其统治。叶延年龄虽小但很勇敢，他练习射箭时总是扎个草人比拟姜聪作为靶子，每当射中了就哭泣。

此后，叶延继位，在沙洲（今青海贵南穆克滩一带）建立慕克川总部，以祖父吐谷浑为其族名及国号，并置百官建立了政权。

二、唐军征讨吐谷浑

唐代边塞诗人王昌龄写有《从军行七首》，其中有"大漠风尘日色昏，红旗半卷出辕门。前军夜战洮河北，已报生擒吐谷浑"的句子，描写的就是唐军征讨吐谷浑的事情，侧面烘托出唐军战无不胜的军威。

唐贞观九年（635年），由于占据青海的吐谷浑不断侵扰河西，且阻断了中西陆路交通，唐太宗派李靖统率侯君集、李道宗、李道彦、李大亮、高甑生和归唐的突厥部契苾何力等率军征讨。唐军大破吐谷浑，吐谷浑首领慕容伏允自缢而死，其子慕容顺率部投降唐军。不久，慕容顺被部下所杀，唐朝遂立慕容顺子燕王诺曷钵为吐谷浑主。至此，吐谷浑成为唐朝属国。

这场战争的胜利被历代诗人写进诗中，抒发他们渴望建功立业的情怀。

如唐代文学家、诗人柳宗元在《唐铙歌鼓吹曲·其十·吐谷浑》中写道：

> 吐谷浑盛强，背西海以夸。
> 岁侵扰我疆，退匿险且遐。
> 帝谓神武师，往征靖皇家。
> 烈烈旂其旗，熊虎杂龙蛇。
> 王旅千万人，衔枚默无哗。
> 束刃逾山徼，张翼纵漠沙。
> 一举刈膻腥，尸骸积如麻。
> 除恶务本根，况敢遗萌芽。

> 洋洋西海水，威命穷天涯。
> 系虏来王都，犒乐穷休嘉。
> 登高望还师，竟野如春华。
> 行者靡不归，亲戚讙要遮。
> 凯旋献清庙，万国思无邪。

写出了唐军征服吐谷浑，威震西疆的气势和豪情。

明代徐祯卿跟随大军出征，想起当年唐军征伐吐谷浑的胜利，激情所至，挥笔写下《从军行五首·其三》一诗：

> 五垒神兵下玉门，倒倾西海蹴昆仑。
> 轻车夜渡交河水，斩首先传吐谷浑。

三、吐蕃占领吐谷浑

松赞干布去世后，吐蕃大权掌握在大臣禄东赞手中，吐蕃开始向外扩张，首当其冲的便是吐谷浑。663年，吐蕃大举进攻吐谷浑。吐谷浑大臣素和贵逃奔吐蕃，泄露吐谷浑真实的情况，吐蕃大军顺利攻入吐谷浑境内，大破吐谷浑，至此吐谷浑亡国。《旧唐书·吐谷浑传》记载："吐谷浑自晋永嘉之末，始西渡洮水，建国于群羌之故地，至龙朔三年为吐蕃所灭，凡三百五十年。"

吐谷浑被吐蕃占领之后，吐谷浑百姓的生活状况让人十分慨叹。804年，跟随侍御史张荐出使吐蕃的文学家吕温作《蕃中答退浑词二首》，其序文云："退浑种落尽在，而为吐蕃所鞭挞。有译者诉情于予，故以此答之。"此处的"退浑"就是吐谷浑。大意是吐谷浑虽然灭国，但部族还在，经常受吐蕃的欺压，有人把这种情况告诉我，我因此作诗答复。

蕃中答退浑词二首·其一

（唐）吕温

退浑儿，退浑儿，朔风长在气何衰。

万群铁马从奴虏，强弱由人莫叹时。

蕃中答退浑词二首·其二

（唐）吕温

退浑儿，退浑儿，冰消青海草如丝。

明堂天子朝万国，神岛龙驹将与谁。

从诗中可见，吐谷浑人经常被吐蕃统治者征调去打仗，经常受到吐蕃的压迫。

848 年，河西人民在张议潮的领导下，开展了反抗吐蕃的斗争。从 848 年到 851 年近四年的时间里，起义军先后收复沙州、瓜州、伊州、西州、肃州、甘州、兰州、岷州、河州、鄯州、廓州等地，唐政府命名起义军为归义军。期间，张议潮派其兄张议潭等人，奉十州图籍入长安报捷，面见唐宣宗。唐宣宗又封张议潮为归义军节度使。咸通二年（861 年）九月，张议潮攻克了凉州。河西虽然重归唐朝，但时局仍然不稳。敦煌唐人残卷《冬出敦煌郡入退浑国朝发马圈之作》诗云："西行过马圈，北望近阳关。回首见城郭，黯然林树间。野烟暝村墅，初是惨寒山。步步缄愁色，迢迢惟梦还。"

此诗题目中写了离开敦煌郡进入吐谷浑生活区域的情景，暗喻归义军收复河西后内部争权夺利的斗争，字里行间反映出对敦煌前途命运的忧伤之情。

四、凉州邂逅吐谷浑

吐谷浑政权存在的三百五十年期间，与周边政权、中原王朝交流交往频繁，战和不断。由于吐谷浑政权控制范围靠近凉州，史书上吐谷浑与凉州相关的记载也较多，现将西晋至唐初吐谷浑与凉州有关的事件梳理如下。

五凉时期，后凉吕光曾经攻打过吐谷浑。《资治通鉴》记载："浇河，吐谷浑之地，吕光开以为郡。"南凉建立后，由于吐谷浑经常受到西秦攻击，不得不暂时依附于南凉。《晋书·吐谷浑传》记载："乌纥堤大败，亡失万余口，保于南凉。"

占据凉州的北凉政权则与吐谷浑建立了稳固的同盟关系。《魏书·吐谷浑传》记载："慕璝招集秦凉亡业之人及羌戎杂夷众至五六百落，南通蜀、汉，北交凉州、赫连，部众转盛。"此处的"北交凉州"就是指占据凉州的北凉沮渠蒙逊政权。到义熙七年（411年）时，随着南凉的衰落，吐谷浑又与北凉不断进攻南凉。据《资治通鉴》，义熙七年二月，"吐谷浑树洛干伐南凉，败南凉太子虎台"。

沮渠蒙逊去世后，沮渠牧犍继位，继承了与吐谷浑的友好关系。后来北魏征伐北凉，其中一条罪状就是"北托叛虏，南引仇池，凭援谷军"，这里的"谷军"其实就是吐谷浑。

北魏攻占北凉都城姑臧之后，沮渠牧犍的弟弟沮渠安周出逃吐谷浑，说明北凉与吐谷浑双方关系密切。《魏书·列传·卷八十七》记载："初，牧犍之败也，弟乐都太守安周南奔吐谷浑，世祖遣镇南将军奚眷讨之。"

北魏占领凉州之后，郡县改设军镇管理，改武威郡为武威镇，后又改镇为州。翻检史书，吐谷浑与凉州有关的事件大概梳理如下。

由于吐谷浑经常侵犯边界，双方战事不断。470年，北魏任命长孙观为征西大将军、假司空、督河西七镇诸军事，率军攻打吐谷浑，吐谷浑首领慕容拾寅战败逃走。《魏书·列传第十三》记载："以征西大将军、假司空督河西七镇诸军讨吐谷浑。部帅拾寅遁藏，焚其所居城邑而还。"473年，吐谷浑派兵侵犯北魏的浇河郡。孝文帝任命长孙观为大都督，皮欢喜率敦煌、凉州等驻军为前锋，前往讨伐，击败吐谷浑。吐谷浑首领慕容拾寅请求投降，派儿子前往北魏充当人质。从此，吐谷浑每年都向北魏进贡。《北史·吐谷浑传》记载："拾寅部落大饥，屡寇浇河。诏平西将军、广川公皮欢喜率敦煌、凉州、枹罕、高平诸军为前锋，司空、上党王长孙观为大都督以讨之。观等军入拾寅境，刍其秋稼。拾寅窘怖，遣子诣军，表求改过，观等以闻。"后吐谷浑屡有进贡，双方结为盟友。

北魏后期，又改镇为州，改武威镇为凉州。北魏正光五年（524年），秦州人莫折念生造反，河西的道路断绝，凉州禁卫军将领万于菩提等人在东部响应莫折念生，囚禁凉州刺史宋颖，宋颖秘密派人到吐谷浑求援。同年九月，吐谷浑首领伏连筹亲自率军援救凉州，万于菩提弃城逃跑，伏连筹追上将其消灭，因此凉州得以保全。

西魏时期的凉州，领武威等九郡。西魏废帝二年（553年），魏丞相宇文泰勒军西巡陇山，到达姑臧城，耀兵河西，吐谷浑首领夸吕十分害怕，遣使贡献方物。

西魏废帝三年（554年），吐谷浑往北齐派出使节，被凉州刺史史宁活捉。555年，当时突厥的木杆可汗从凉州借路，准备袭击吐谷浑，宇文泰令凉州刺史史宁率骑兵跟随木杆可汗进军。军队抵达番禾时，吐谷浑已经察觉，向南山逃奔。木杆可汗、史宁分头追击。史宁大破吐谷浑，俘虏、斩杀数万，缴获各种牲畜数万头。木杆可汗也攻克吐谷浑重地贺真城，俘虏吐谷浑主的妻儿，获得许多珍奇物品。史宁回军青海，与木杆可汗会师。

北周时期，改都督诸州军事为总管，设凉州总管府。北周武成元年（559年），吐谷浑可汗夸吕进犯凉州，凉州刺史是云宝与吐谷浑军队作战失败，于军中阵亡。

同年，吐谷浑再犯凉州，北周派遣大司马贺兰祥与宇文贵率兵讨击吐谷浑，攻占了吐谷浑洮阳、洪和二城，以其地为洮州（今甘肃临潭）。566年六月，吐谷浑龙涸王莫昌率部落归附北周。

北周建德五年（576年）二月，周武帝命太子宇文赟巡抚河西，并率大军征讨吐谷浑，攻到伏俟城时，吐谷浑首领夸吕率部逃遁。《周书·卷七·帝纪第七》记载："五年二月，又诏皇太子巡西土，因讨吐谷浑。"第二年，即577年，夸吕又遣使入朝贡献，双方恢复了臣属关系。

隋朝建立初期，依北周旧制设凉州总管府，后改凉州为武威郡，双方在凉州进行过几次战争。581年八月，占据青海的吐谷浑部落大举进犯凉州，一时之间，河西防线告急。当时吐谷浑大将定城王钟利房率骑兵三千渡过黄河，与党项部落取得联络，势力更加强大。

隋文帝杨坚任命元谐为行军元帅，率行军总管贺娄子干、郭竣、元浩等步兵、骑兵几万反击敌人。元谐来到凉州，当即向凉州守军了解军情。他审时度势，大胆采取长驱直入、围魏救赵之计，率兵出鄯州，赶到青海，切断了吐谷浑的归路。吐谷浑军队闻听大惊，担心青海大本营失守，急忙后撤，并派兵抵抗元谐，双方主力相遇于丰利山（在今青海湖东）。元谐率领的隋军与吐谷浑的两万骑兵展开大战，以逸待劳的隋军一举打败了吐谷浑。

吐谷浑不甘心失败，派太子可博汗率骑兵五万前来增援。可博汗企图偷袭隋军，元谐早有准备，下令军队乘敌人立足未稳，迎头痛击，再次打败了吐谷浑，并追击三十多里，斩杀、生擒敌兵数以万计。吐谷浑上下十分惊恐。元谐看到时机成熟，于是派人给吐谷浑送上书信，晓之以理，动之以情，陈说利害关系。吐谷浑上下听到隋军不再攻打他们，各个感恩戴德，诸王十七人、公侯十三人，共三十人率所部前来归降。而吐谷浑可汗夸吕害怕遭到诛杀，率少量亲兵远逃。582年，凉州刺史贺娄子干深入吐谷浑境内，大败吐谷浑。583年，吐谷浑又侵扰凉州，为行军元帅窦荣定击破。

此后，隋炀帝虽然征服吐谷浑，西巡张掖，但隋朝对吐谷浑故地的统治力比较薄弱。不久，吐谷浑摆脱了隋朝的统治，又臣属于突厥。

隋朝末年，李轨在姑臧建立大凉政权，占据河西之地。唐朝初年，李渊为了攻灭占据河西的李轨，曾与吐谷浑联盟。李渊派遣使者到吐谷浑，说服吐谷浑出兵进攻李轨。

唐朝统一河西地区之后，与吐谷浑直接接壤，吐谷浑开始不断袭扰边疆。635年，针对吐谷浑的不断袭扰，唐太宗大怒，决定打击吐谷浑，派大将军李靖统率三军讨伐吐谷浑。李靖长驱直入、出奇制胜，大败吐谷浑各部。吐谷浑眼看无法抵挡，只好归降唐朝，臣属于大唐。

663年，吐谷浑被吐蕃攻灭，其部分王族成员逃奔到唐朝管辖的凉州。九年后，唐高宗将其徙于灵州。此后，又有许多青海故地的吐谷浑部落陆续前来凉州归附唐朝，得到凉州都督郭元振的妥善安置。

此外，吐谷浑灭国后，仍有部分吐谷浑人留居故地，受吐蕃控制。

甘肃省武威市凉州区、天祝藏族自治县是吐谷浑文化的富集区，自1915年弘化公主墓志发现以来，武威陆续发现了大量的唐代吐谷浑王族墓葬。从目前出土文物所见，吐谷浑王族墓葬群的下葬时间段为663年吐谷浑灭国至安史之乱前，主要分布在武威市凉州区青咀喇嘛湾至天祝藏族自治县祁连镇一带。

五、千古兴亡吐谷浑

吐谷浑是中国历史上立国时间最长的少数民族政权之一，鼎盛时期，其疆域东起甘肃南部、四川西北，南抵今青海南部，西至新疆若羌、且末，北隔祁连山与河西走廊相接。其兴亡的历史，自然也引起后世诗人们的凭吊。

如宋代诗人晁说之的《和十二弟见降羌过洛》一诗：

百代兴亡吐谷浑，圣主神谟不世恩。
解缚再生有孙子，无劳倚笑上东门。

又如清代诗人谭钟钧渴望战场杀敌，树立军功，报效国家，他在《边关行》一诗中以当年唐军讨伐吐谷浑的胜利激励自己和将士们：

安得生擒吐谷浑，壮士长驱入玉门。
狂飙催送关头立，浩浩无垠见戈壁。

诗词是历史的文化表达，一首首有关吐谷浑的诗词，宛如历史长河中一朵朵晶莹剔透的浪花，尽情展现吐谷浑的盛衰兴亡，让人回望历史，浮想联翩，回味无穷。

胡儿烽起大松山

明万历二十六年（1598年），明军彻底击溃盘踞在大小松山的鞑靼势力，收复了大小松山。

捷报传来，时任肃州兵备右布政司使的崔鹏连写下四首诗，一吐心中的喜悦之情。其诗曰：

其一

李牧安边临上郡，田丹移节镇甘州。
人来赵垒闲金虎、地转秦城纵火牛。
仗钺拥旄春寂寂，投胶挟纩日悠悠。
谩言青海长传箭，遥指黄河并运筹。

其二

都尉春耕陇麦闲，胡儿烽起大松山。
若非睥睨燕支塞，便是凭陵骆谷关。
雾集戈矛屯岔口，风传鼙鼓振军颜。
从来玉帐饶奇策，不遣匈奴匹马还。

其三

建牙吹角过边疆，积雪惊风冷战场。
元老指挥白羽扇，中军超距绿沉枪。
剑冲月窟西追兔，弓挽天弧北逐狼。

独倚辕门听号令，马前先伏左贤王。

其四

桓桓虎队出车期，漠漠龙沙奏凯时。
鲁灭全收唐土地，兵回争拥汉旌旗。
葡萄酒冷征人醉，苜蓿花深戍马迟。
听取琵琶弹夜月，短箫长笛咽凉圻。

品味着这四首诗歌展露出的金戈铁马、收复失地的豪迈意境，我们的目光投向了天祝松山古城。

一

松山，松林广布，水草丰美，为畜牧之胜地，相传因山势险峻、松林繁茂得名，明朝时藏语称为米哈山，意思是"肉食之地"。松山的地理位置十分重要，史书记载，其"左拥兰靖，右护凉古，前逼庄浪，两河则腹心，甘镇则喉咽，安能容得一房。山以西扒沙为凉古屯地，山以东芦塘为靖房膏地，山以南隆答、石炭以至红井皆庄浪屯牧坟地"。

松山自汉武帝时就已驻牧开垦，成为通往河西的一条便道，即从永登穿过中堡的石灰峡，从松山到景泰或古浪西进。史书称这条路为"松山古道"。

二

松山古城坐北向南，有内外两城，平面呈"回"字形，城垣基本完整。外城东西宽 350 米，南北长 320 米，城墙系夯土坂筑、堵筑，墙内壁有梯形木椽印迹，墙宽约 2 米，高约 10 米。距外城 12 米，有 10 米宽的护城壕，西、南辟有城门且皆有瓮城。四角筑角墩，墩长 9 米，宽 8 米，残高 6.5 米。内城东西宽 180 米，南北长 140 米，原为牧羊城。

据说，早于西夏时期，这里就建起了一座有规模的小城，作为放牧的据点，即牧羊城。元朝时期依然存在。明初大将军冯胜收复了河西，见松山东可依黄河、通中原，西可控河西，便将牧羊人赶回到游牧地带，在牧羊城正式驻军。到明神宗万历二十六年，三边总督李汶率军击败漠北鞑靼族后，于1599年将原牧羊城扩建为松山城。松山古城夯筑之时，使用了大量的黄土，古代的先民很好地利用了黄土的黏性，建造了这座守护一方的军事要塞。当时松山地区黄土缺乏，人们从远在七八十千米外的古浪泗水、大靖一带由骆驼运土夯城，工程量之大令人震撼。古城夯筑完毕，明廷在此驻守军队，从此松山城便成为明朝西北边境一座重要的军事堡垒，保障了当地百姓的安全，对朱明王朝稳定河西起到了很大的作用。

因此，相对于古老的牧羊城，松山古城也被称为"松山新城"。

站在松山古城的残垣断壁之上瞭望远方，大地一片苍茫。一阵疾风吹过，古城墙头的芨芨草哗哗作响，仿佛向我们诉说着历史上著名的"松山战役"。

三

从明朝宣德年间开始，鞑靼势力不断侵扰凉州地区。尤其在嘉靖三十八年（1559年），俺答汗"慕青海富饶"，携数万之众，从河套南下西进，经阿拉善、景泰、古浪、天祝松山、永登袭据青海。一年之后，俺答汗率部东返，但是留下丙兔部落占据青海，阿赤兔、宾兔等部落占据大小松山。至此，鞑靼势力从河套到松山、青海连成一线，盘踞三十余年，他们不仅劫夺商旅，而且抢掠百姓，各族人民深受其害。

在这种形势下，明军与鞑靼势力围绕松山的一场大战，箭在弦上，势在必发。

明军审时度势，认为只要控制了大小松山，就可隔断青海鞑靼和河套鞑靼之间的联系，战略上可处于主动地位，从而达到削弱鞑靼势力，保境安民的目的。

明神宗万历二十六年，兵部尚书兼三边总督李汶、大司马兼甘肃巡抚田乐上疏朝廷获准会剿松山。那年秋天，三边总督李汶组织甘肃、宁夏、固原、临洮四镇明军，"约两河之众，集七路之师"，统兵十万，进剿松山鞑靼，开始了收复大小松山的战斗。

李汶与甘肃巡抚田乐、甘肃镇总兵达云、甘肃镇副总兵马应龙等分道进军，经大小百余战，斩杀1.9万余人，迫降1.2万余人，占领了松山地区。

战役结束后的第二年，李汶亲自踏勘了边防地形，提出了新的防务计划。之后，明军筑大靖、镇虏、红水、松山等城堡，修筑了从古浪土门至景泰五佛寺长达二百公里的边墙，列戍而守，隔断了北部鞑靼与青海鞑靼的联系。

四

松山战役结束后，明军刻石记功，竖立于古浪大靖的《定松山碑》与《松山平虏碑》，记载了松山战役的经过。

这两块碑文都是由肃州兵备右布政司崔鹏所撰，为了增加历史的厚度，很有必要将这两块碑文转述如下，一来供历史爱好者参考研究，二来可见证松山古城的沧桑岁月。

《定松山碑》原文：

松山延亘两河，为阿赤兔等所窃据者百十年矣。明万历二十六年秋九月，巡抚甘肃兵部尚书田公谋谐帝幄，师应天弧，属鹏与西宁兵备右布政使刘敏宽、庄浪兵备按察使梁云龙、甘州兵粮分巡副使李景元、凉州粮储分守右参议张蒲，分麾五道，又署甘肃总兵都督同知达云、甘肃副总兵马应龙，凉州副总兵王铁块，镇番参将万赖，洪水镇夷凉庄游击保定徐龙、朱启来、张守信等，带甲万人，剿除兔鲁，恢复松山，宣庙略于河西，靖边烽于漠北，奏龙沙之捷，屯虎城之田，业与方召争流，名与天壤俱永。遂相与勒之琬琰以记岁月云。整饬肃州兵备陕西承宣布政使司右布政司使崔鹏谨书，树石于大靖察院。

《松山平鲁碑》原文：

明万历二十六年春三月，兔鲁既平，松山底定，凉州右参议张蒲为之碑，肃州兵备右布政司崔鹏为之序曰：翊庙堂者必修文德，任疆场者必奋武功。武以济文，乃盛世不得已而用之者也。驾酋阿赤兔倚松山为三窟，纠合宰僧寇五凉，自擅宜讨之罪久矣。今荧惑愈甚，早识逆鲁之衰。戊戌正统年又犯秦关之险，时总制太子太傅李公文运筹玉幄，巡抚兵部尚书田公乐借箸金符，西宁兵备右布政使刘敏宽挥戈青海之南，又属庄浪兵备按察使梁云龙控弦乌岭之北，属甘州副使李景元率两河壮士由黄羊川，又属甘肃总兵都督同知提五郡官将于黑马圈，属西宁同知龙应坚振军旅在前，又属凉州通判使王伦挽刍粟在后。于是田公秉钺扬麾，自发令公之骑，鹏等鸣弓环甲，重列冠军之营，督七校以顺天机，统六师而摇地轴。叱咤则风云是阵，张我虎队之威；战斗则草木皆兵，夺彼犬戎之魄。诛悍酋赤哈等八百级，投降番彝黄金等九千人。浑邪悬头，不啻绝居延之漠；先零落胆，岂徒留湟野之屯。三军奏凯而还，二公露布以进。朝廷嘉丕绩，锡圭。封龙骧之侯；边塞勒奇勋，载笔效燕然之椽。只赖军威远畅，敢云臣力遐宣，此文征武战之功，二百年来不数见者也。鹏敬赋诗数首，用以传信八弦巳尔。

《松山平鲁碑》原文后面还附有四首诗，已经置于本文最前面，在此不再赘述。

五

从明代万历年间夯筑之后，松山古城成为重要的军事要塞。

明末，李自成派遣部将贺锦、袁宗第等西向追击明军，攻取宁夏、甘肃、西宁等地。贺锦、袁宗第率部西渡黄河，攻下松山城，以此为据点，攻占河西。当时起义军中流传着"攻下松山城，河西不用愁"的说法，足见当时松山城战略地位之重要。

到了清代，康熙平定大小噶尔丹叛乱，平定西域。河西地区处于相对稳定的后方基地，松山古城的军事作用大大下降，它已完成了历史赋予它的使命，告别了往日的繁华与喧嚣，成为被人们遗忘的废墟和凭吊古迹之地。

新中国成立后，由于其独特的历史价值，松山古城于1982年被确定为甘肃省省级文物保护单位。

为了保护古城，天祝藏族自治县文物局还在松山古城派驻文物保护员（简称文保员），常年驻守保护。现在驻守古城的文保员名叫王锡林，他从1990年退伍后来到松山古城，守护古城近三十年。

由于古城城墙历经四百多年风吹日晒，导致墙体剥落，墙基不稳，天祝藏族自治县对古城开展了维修保护。调研中得知，维修保护工程负责人名叫张万虎，凉州区黄羊镇人，家庭住址距离当年率军收复松山的甘肃总兵达云的达氏祠堂不远，想来也是一种机缘。

2016年，大型古装剧《新射雕英雄传》在松山古城内取景，如今在古城内，依旧可见剧组拍摄时遗留下的帐篷底座、木质塔楼等建筑。

如今，四百多年过去了，这座历经风雨的古城早已不复往日的面貌，但站在古城之上，依旧可以感受到它曾经的雄伟壮观，依旧让人回想起当年那旌旗猎猎、战马嘶鸣的军营场面。

2017年，天祝松山古城历史遗址公园项目立项，项目包括天祝松山古城历史遗址的文物发掘、门址及城墙遗址、宫殿遗址等展示场馆以及服务区、停车场和旅游设施开发等。可以想见，松山古城独特的地理位置、美丽的风景和悠久的历史，对将来天祝乃至周边的旅游开发都会起到非常重要的促进作用。

第三辑 田园风情

凉州自古水草丰美，土地肥沃。从汉武帝进行大规模农业开发和土地利用以来，凉州农业开发和水利灌溉历经数千年的发展，辛勤的凉州先民们在这片绿洲上创造了璀璨的农耕文明。悠久辉煌的历史，使凉州积淀了丰厚的农耕文化遗产，在历代诗人的笔下，凉州的田园风情如诗如画。

嘉苗布原野，百卉敷时荣

翻阅历代咏凉诗词，诗人们留下了大量描写凉州四季美景的诗词，读来陶醉其中，令人浮想联翩。现摘录部分内容，以飨读者。

一

凉州的春天万紫千红，鸟语花香。

一千六百多年前的一个春天，前凉国王张骏闲暇之余，出姑臧城东门游玩。他看到禾苗遍野、百花盛开，池沼中绿萍茂盛，闻到花朵飘香，听到斑鸠、喜鹊、黄莺等众鸟啼叫和鸣。这一幅和谐悦目的春日图画，不禁让他心旷神怡。张骏十分高兴，遂写下《春游诗》一诗称赞姑臧的春日风光，诗曰：

嘉苗布原野，百卉敷时荣。
鸠鹊与鹂黄，间关相和鸣。
菉萍覆灵沼，香花扬芳馨。
春游诚可乐，感此日日倾。

约四百年后，历史已进入大唐，武威的春天又迎来了另一位大诗人岑参。751年的春天，岑参登上凉州城，看到漫天飘舞的塞外飞花，缕缕乡愁情不自禁地缀满了边塞垂柳，"片雨过城头，黄鹂上戍楼。塞花飘客泪，边柳挂乡愁"。下了城头，来到驿馆，眼前又是"边城细草出，客馆梨花飞"。来到凉州尹台寺游玩，也是满目梨花，"胡地三月半，梨花今始开"。诗人为武威春天的景色所触动，所陶醉，其中的心情，像一股涓涓细流，回荡在字里行间。

明代万历年间的一个春天，诗人张恒来到凉州，看到茂盛的苜蓿，闻着葡萄酒香味，听着凉州古曲，禁不住诗兴大发，提笔写下一首《凉州词》，来记忆凉州迷人的春天。诗曰：

垆头酒熟葡萄香，马足春深苜蓿长。
醉听古来横吹曲，雄心一片在西凉。

清代，武威人张玿美直接把凉州的春天美景以《绿野春耕》为题写入《凉州八景八首》之中，加以称颂。诗曰：

孚甲早分穑事兴，膏腴成亩各西东。
杏花人趁锄犁雨，乳哺鸦鸣柳陌风。
王税待靡收获后，云耕先入画图中。
边陲广有桑麻乐，祈谷占年处处同。

二

凉州的夏天绿树成荫，浮翠流丹，一点也不输春季。

明英宗正统九年（1444 年）盛夏，大明朝廷下令靖远伯王骥与都御史陈镒巡视延绥、宁夏、甘肃等边塞。时任陕西按察副使的明代著名学者张楷随同大军北上巡视。大军巡视甘肃路过凉州时，张楷看到清澈的河水环绕田地，地里的瓜还未成熟，成熟的麦子如同黄云翻滚一样，遂写下《过凉州》一诗记之，其中有"绿水绕畦瓜未熟，黄云翻垄麦初成"的句子。

清代张玿美于夏天游览莲花山时，连续写下四首诗赞美莲花山之夏日风光，即《夏五游莲花山四首》，里面的美景让人心动和向往：

其二

凿石诛茅反径穿，白云深处叩僧禅。
澄心印月台前树，潺暑风清岭外天。
接竹引泉流远韵，傍崖筑室卧苍烟。
入山何问人间事，一任沉浮逝大川。

其三

山色遥看近却无，招提处处缀璎珠。
药泉汲水供茶灶，松石点苍入画图。
宗室卧游辜胜景，匡庐结社得吾徒。
归来四载婴残疾，刚到壶天气象殊。

清代乾隆年间一个夏天的傍晚，武威人郭楷登上南城门楼，看到雨后树木葱茏，湖面碧波荡漾，远望乡野里的农家房屋炊烟袅袅，牧童走在回家的路上，欣然提笔，写下《登南城楼晚望》一诗，激情描绘道："千重树色收残雨，一派湖光漾晚晴。……茅篱几处炊烟合，稚子驱牛望屋行。"

清代武威著名学者张澍在盛夏酷暑游览海藏寺的时候，看到海藏寺前自然风光美不胜收，四周农田村舍环抱，寺内苍松古柏蔽日参天，提笔写下《游海藏寺》一诗称赞道：

虢虢清泉向北流，招提切汉惯来游。
不询僧腊嫌饶舌，久读碑文觉渴喉。
曲沼嘉鱼跳拨剌，高松怪鸟叫钩舟。
此间消夏真佳境，况有溪边卖酒楼。

三

凉州的秋天五彩斑斓，金风送爽，景色十分宜人。

754年秋天，大唐朝廷派窦侍御一行人前来边塞武威视察军情民生。河西节度使派时任河西节度使幕府左骁卫兵曹、掌书记的高适陪同。公务之余，高适陪窦侍御游览武威美景，欣然写下《陪窦侍御泛灵云池》《陪窦侍御灵云南亭宴诗得雷字》两首诗，诗中有"舞换临津树，歌饶向迥风。夕阳连积水，边色满秋空""新秋归远树，残雨拥轻雷。檐外长天尽，尊前独鸟来"的句子，写出了武威秋日优美独特的风光。

明代初年，诗人高启写下两首风格苍凉的《凉州词》，其一为：

关外垂杨早换秋，行人落日筇悠悠。
陇山高处愁西望，只有黄河入海流。

写出了武威塞外深秋时节，夕阳西下、草木凋零的景象，令人愁绪顿起。

清代留下的有关叙述武威秋天的诗歌数不胜数，如南平赵瑞鸿的《古浪感秋》写道：

群芳摇落起秋声，古浪城边望晓晴。
万点霜飞因塞早，一泓泉泻映楼清。

又如许苏荃的《古浪》："万树清秋带夕阳，昨宵经雨更青苍。"再如傅昂霄的《凉州词》："九月霜高塞草腓，征鸿无数向南飞。"

张珆美把凉州的秋景以《黄羊牧秋》为题写入《凉州八景八首》诗之中，诗曰：

一线中通界远荒，长川历历抱西凉。
草肥秋色嘶蕃马，雾遍山原拥牧羊。

苏武廿年持汉节，嫖姚万里拓秦疆。
几回听处横吹笛，杨柳春风忆夕阳。

武威边塞秋天的风光跃然纸上。

四

凉州的冬天，也是银装素裹，粉妆玉砌，自有一番独特的感受。

一年冬天，大雪纷飞，贬谪于镇番的明代诗人王慎机看到黑山堡白雪皑皑，寒枝挂雪如花盛开，在红日映照下格外迷人，遂赋诗一首，即《黑山积雪》。诗云：

空山连昼雪漫漫，天霁云开海宇宽。
琼树欹风银叶老，瑶林向曙玉枝寒。
晴空冷艳欺红日，阴气重凝锁碧峦。
离落冰花殊绝顶，阳和也自到河滩。

明代甘肃总兵郭登巡视河西边塞，看到祁连山高大雄伟，雪峰高耸，犹如玉树琼花，情不自禁想踏雪寻梅，于是诗兴大发，一首《祁连山》脱口而出：

祁连高耸势岧峣，积素凝花尚未消。
色映吴盐迷骁骑，光生玉树晃琼瑶。
寻梅蜡外春寒敛，杖策吟边逸兴飘。
几度豪来诗句险，恍疑乘蹇霸陵桥。

……

凉州四季皆有美景，徜徉在历代咏凉诗词的海洋中，享受别样的风景。

胡地三月半，梨花今始开

天宝十载（751年）三月，大诗人岑参来到春光初临的武威，在武威度过了近半年的军旅生活。那时的武威，虽处于边塞，但人民生活安定，经济繁荣，民风淳朴，景色优美，深受岑参喜爱，他不仅爱上了武威，也在这里写下了许多优美的诗歌。

751年三月，岑参于梨树花开时节游览尹台寺，作了《登凉州尹台寺》一诗，全诗如下：

登凉州尹台寺
（唐）岑参
胡地三月半，梨花今始开。
因从老僧饭，更上夫人台。
清唱云不去，弹弦风飒来。
应须一倒载，还似山公回。

此诗描绘了武威尹夫人台及尹台寺当年的情景。大意是，在凉州三月，梨花开始绽放。我同寺中的老僧吃完饭，又登上了尹夫人台。那清越的歌声令白云停歇，那淡雅的琴韵像清风吹过。如此雅致，我也应该倒骑着马，像山公那样大醉而归。

从这首诗中可以想见，那时的尹台寺相当热闹，就是一处名扬塞外的旅游胜地。再加上大诗人岑参的宣传，名气更盛。

岑参瞻仰的尹台寺建于尹夫人台之上，尹夫人台民间称为"皇娘娘台"，其前身就是窦融台。这座台经历过沧桑的历史，留下了悠久的文化，且让我们把目光投向远方，来一次千年之旅。

武威皇娘娘台，是四千年前新石器时代晚期典型的齐家文化遗址之一，遗址在今武威市凉州区金羊镇皇娘娘台，原台址业已不存。此台东汉初称"窦融台"，东晋十六国时期称为"尹夫人台"，因尹夫人为西凉昭武皇后，后人遂称尹夫人台为"皇娘娘台"，唐代在尹夫人台的基础上修建了尹台寺，明朝改称"刘林台"。武威皇娘娘台历史悠久，文化厚重，千年而下，单它的名称变迁就充满了诸多历史传奇。

一

在武威，皇娘娘台的名气很大，家喻户晓。它的历史可追溯到四千年前的新石器时代晚期。

考古发现，皇娘娘台遗址是一处新石器时代晚期至青铜时代早期典型的齐家文化遗址之一。遗址东西长 500 米，南北宽 250 米，文化层厚度 0.62—2.3 米，内涵丰富。遗址内住址、窑穴、墓葬齐全。房屋共发现六座，多为方形半地穴式建筑；窑穴围绕房屋，有圆形、椭圆形和长方形三种；墓葬皆为长方形竖穴土坑墓，共八十八座。从墓葬的方式来看，好多墓葬表现出女子对男子的侍奉之意，这反映出当时社会贵贱等级分明，男尊女卑，男性占有统治地位。

皇娘娘台遗址还出土有大量的陶器、石器、骨器、玉器和不少铜器，为人们研究史前文化提供了丰厚的物证资源。

皇娘娘台墓葬出土的陶器多破损成片，以泥质红陶最多，彩陶较少。石器种类很多，有斧、刀、凿、镰、镞、纺轮、刮削器等各种生产工具，多为磨制，证明当时农业经济已经有很大的发展。骨器种类亦较多，有针、凿、锥、镞等工具，还有牛、羊、猪等兽骨。兽骨的出现，反映出畜牧业的发达，而骨针则表明缝纫手工艺也相当盛行。箭镞的普遍使用，可知狩猎仍是人们的一种辅助性生产方式。皇娘娘台出土的玉石器，多达八十三件，主要是璧和璜。有一件青白色玉璧，质地接近和田白玉，现收藏于甘肃省博物馆，属于一级文物。从出土玉器的形制、数量、质量等方面，可以想象还原当年的文化场景，说明此地曾是"西玉东输"的必经之地。皇娘娘台遗址出土的三十件铜器都属红铜，形制有锥、刀、凿，为中国成批出土年代最早的红铜器。铜器的出现并使用，为当时生产力的发展起了促进作用，说明当时已进入铜石并用阶段，属新石器时代晚期。

皇娘娘台遗址是齐家文化的代表性遗址之一。齐家文化是以中国甘肃为中心地区的新石器时代晚期文化，其手工艺品内涵丰富，品种繁多，工艺精美，已成为探索中华文明形成与早期发展的重要研究对象之一，在海内外影响日益扩大。

二

东汉初年，大将军窦融驻守河西期间，曾令军民在今皇娘娘台遗址附近用土夯筑了一座高大的点将台，用以训练兵马。窦融离开武威后，当地人民便将这座点将台称之为窦融台。

窦融（前16—62），字周公，扶风平陵（今陕西咸阳）人。窦融年轻时，正值王莽当权，他在强弩将军王俊部下担任司马。23年王莽败亡后，四十岁的窦融投降刘玄的起义军，在大司马赵萌部下任校尉，后被推荐出任巨鹿太守。窦融是一个很有战略眼光的人，他见刘玄政权不稳，就不愿到巨鹿任职。窦融的高祖父曾为张掖太守，从祖父曾为护羌校尉，从弟为武威太守，几代都在河西镇守，有一定的政治基础。于是，窦融就对他的家人说："天下安危未可知，河西殷富，带河为固。张掖属国精兵万骑，一旦缓急，杜绝河津，足以自守，此遗种处也。"就这样，窦融辞去巨鹿太守，来到了河西，执掌张掖属国都尉一职。

河西民俗质朴，窦融"政亦宽和"，赢得了很高的声望。25年，更始帝刘玄失败后，天下大乱，窦融由酒泉太守梁统、金城太守库钧、张掖都尉史苞、酒泉都尉竺曾、敦煌都尉辛肜等推举为河西五郡大将军，统领张掖、酒泉、敦煌、武威、金城五郡，保境安民。

窦融在河西采取了比较宽和的政策，"上下相亲，晏然富殖"，使河西一带成为一个比较富庶与安宁的地区，特别是姑臧更为富饶。《后汉书》说："时天下扰乱，唯河西独安，而姑臧称为富邑，通货羌胡，市日四合，每居县者，不盈数月，辄致丰积。"为了保卫河西安宁，窦融不断加强军事力量，"修兵马，习战射，明烽燧之警，羌胡犯塞，融辄自将与诸郡相救，皆如符要，每辄破之"，为保障社会安定创造了良好条件。估计就在此时，窦融在武威调集军民夯筑了著名的点将台。

29年，窦融又一次展示出他远大的战略眼光，决定归附刘秀。那年，窦融遣长史刘钧向刘秀奉书献马，表示愿意归附。刘秀大喜，赐给窦融玺书，授窦融为凉州牧，窦融从此归附东汉王朝。32年，窦融率五郡太守及西北少数民族等步骑数万，辎重五千余两，与刘秀大军会师，共同击败天水隗嚣叛军，因功封为安丰侯。

36年刘秀平定甘肃、四川后，下诏让窦融与五郡太守奏事京师，窦融从此离开了他生活了十几年的河西，前去洛阳，被刘秀拜为冀州牧、大司空、代行卫尉事，兼领将作大匠。他离开武威后，当地人民怀念他的功德，遂将其指挥夯筑的点将台称为窦融台，并在台旁立《窦公台碑》，以歌功颂德。只是时过境迁，年代久远，该碑早已亡佚。

三

东晋十六国时期，窦融台又被称为尹夫人台，原因就是西凉国王李暠之妻、西凉昭武皇后尹夫人曾经在此台上居住过十七年。

尹夫人（363—437），冀县（今甘肃甘谷）人，十六国时期杰出的女政治家，是西凉国王李暠的妻子，名号西凉昭武皇后。她资质秀丽，才思敏捷，足智多谋，初嫁扶风（今陕西泾阳）仕宦马元正，马元正病故后，改嫁李暠。在李暠创建西凉大业的过程中，她出谋划策，成为李暠的得力助手。400年，李暠建立西凉政权，迁都酒泉，立尹氏为王后，共同参与朝政，故当时谚云"李尹王敦煌"，意谓西凉是"李尹政权"。

417年二月，李暠去世，其子李歆继位，尹氏被尊为皇太后。李歆骄横自专，不修内政，大修宫室，严刑峻法，逐渐丧失了民心。尹夫人多次规劝，李歆不听。420年，北凉沮渠蒙逊使用声东击西的战术，攻打张掖。尹夫人和众大臣极力劝阻李歆不要出兵，李歆却一意孤行，率步骑三万东伐。最后李歆兵败被杀，沮渠蒙逊随之占领酒泉，西凉灭亡。

西凉败亡后，五十八岁的尹夫人和家人被掳至武威。沮渠蒙逊在武威窦融台上为她修建了房子，供其居住，实质上是将尹夫人软禁于窦融台，这一住就是十七年。尹夫人从此一心皈依佛教，终日诵经念佛，不问尘世。此后，窦融台就被称为尹夫人台，又由于尹夫人此前为西凉昭武皇后，民间亦将此台俗称为皇娘娘台。

后来沮渠蒙逊为儿子沮渠牧犍娶尹夫人之女西凉公主为妻。433年，沮渠蒙逊死后，沮渠牧犍继承了北凉王位，西凉公主被封为王后。由于北凉控制丝绸古道，地理位置重要，为了安抚北凉，437年，北魏太武帝拓跋焘将妹妹武威公主嫁给沮渠牧犍为妻。迫于形势，沮渠牧犍只好废黜西凉公主，下诏将西凉公主和尹夫人从武威迁回酒泉。就这样，年已七十五岁的尹夫人走下窦融台，与女儿离开武威，长途跋涉，移居酒泉。

母女二人，一位是昔日的西凉皇后，一位是曾经的北凉王后，从420年被软禁于窦融台算起，她们在武威整整生活了十七年。到酒泉之后，郁郁寡欢的西凉公主不幸去世，尹夫人偷偷逃奔伊吾（今甘肃瓜州），和先前逃亡到那里的孙子李宝会合。由于年老体弱，再加上长途跋涉，到伊吾后尹夫人一病不起，不久病逝，就此走完了她一半辉煌，一半凄惨的七十五载人生。

四

尹夫人虽然离去了，但古台还在，让无数后人凭吊和观瞻。

618年，大唐王朝建立。大唐开国皇帝李渊认为得到天下既是周密谋划、英勇血战的结果，也得益于先祖的庇佑，于是便追念先祖，感恩祭祀。由于西凉王李暠是西汉飞将军李广的十六世孙，李渊又是李暠的七世孙，李渊在追念祖先的过程中，对李暠之妻尹夫人也格外尊崇。由于尹夫人信佛，李渊便下诏在尹夫人曾经居住过的武威尹夫人台的基础上，修建了一座大寺院，起名叫"尹台寺"，以示对尹夫人的怀念。

那时的尹台寺规模宏大，香火旺盛，吸引了无数文人墨客，其中就有唐代著名边塞诗人岑参。

五

尹台寺自修建之后，直到安史之乱之前，一直香火旺盛。但天灾可免，兵祸不断。764年，吐蕃攻占凉州，而后几百年凉州又先后在回鹘、西夏的统治之下。历经战乱，往日香火旺盛的尹台寺屡屡毁于战火，雄伟高大的尹夫人台也变得颓败不堪。

至明初，由于一次战争，尹夫人台又改名为刘林台。

明洪武五年（1372年），朱元璋派宋国公冯胜西征，平定武威等河西诸路，洪武九年（1376年）在武威设置凉州卫。由于战备需要，尹夫人台又成为防守凉州、抗击敌方势力的堡垒。凉州百户刘林率领部下占据尹夫人台，时刻防备敌人袭扰凉州。

明洪武十年（1377年）春，敌人首领也先帖木儿率兵进犯凉州，刘林率部严密防守。刘林身先士卒，与敌激战，后战死于尹夫人台下。刘林牺牲后，凉州百姓敬仰他舍生忘死、保家卫国的精神，于是把尹夫人台改称为刘林台，以示纪念。《明史卷一百三十三·列传第二十一》记载道："凉州卫百户刘林戍凉州，也先帖木儿叛，战死。边人壮之，名其所居窦融台为刘林台。"《大明一统志》也有记述："刘林台，在武威县西北五里，相传窦融所筑，旧名窦融台。明洪武初，千户刘林战死于此，人重其节，因改今名。"《读史方舆纪要·卷六十三》也有记载："刘林台，在卫治西北五里。相传汉窦融所筑，本名窦融台。明初，百户刘林与寇战，死其下，因易今名。"

从这些史料记载来看，在明初，当年香火旺盛的尹夫人台和尹台寺，成为明军和敌人争夺凉州的制高点，不可避免地受到了兵祸之灾，其破坏程度可想而知。

跨越千年沧桑，古台犹存；历经天灾人祸，空留遗迹。

清末，武威籍学者李于锴（1863—1923）曾撰《尹夫人台碑》，碑文叙述了尹夫人的生平和功绩，以及尹夫人来到凉州的原因和住在窦融台的经过，最后发出感慨。他在碑文中说："今榱桷虽颓，堂皇自昔。停云在望，重披岑参之诗；高台未倾，莫误窦融之迹。"大意是尹台寺建筑虽然毁坏，恢宏壮观成为过去。但登台望云，就能想起唐代岑参的诗句；高台尚未倾倒，就不要损害窦融留下的古迹。

六

1927年武威大地震后，台上建筑全部被毁，皇娘娘台也变得残缺不全。20世纪50年代在平田整地等生产建设过程中，本就残垣断壁的土台被拆毁，夷为平地，两千年的历史见证就此消亡。

1985年，在皇娘娘台遗址南边建起甘肃皇台曲酒厂（今皇台集团公司），20世纪90年代，皇台酒厂在厂内重新修建了尹台寺，也算是对历史的一种告慰吧。

皇娘娘台作为齐家文化遗址，证明从先秦时期，武威先民就在此繁衍生息，且经济发达。窦融在武威筑台点将、安定河西，后为大局着想、毅然归汉；尹夫人在西凉心怀天下、建言献策，后在窦融台上居住，皈依佛教；李渊追念先祖，感恩庇佑；岑参慕名而来，踏歌而去；刘林一心报国，战死沙场……这就是皇娘娘台，它历经几千年的沧海桑田，经过了无数的历史变迁，最终湮灭在历史的风尘之中。但它悠久而厚重的历史，始终伴随着历史文化名城武威，永远散发着古色古香的韵味。

边城细草出，客馆梨花飞

盛唐时期，边疆战事不断，国家鼓励文人出使边塞，立功报国。同许多文人一样，诗人岑参也选择了投笔从戎。

岑参出生于官宦之家，家族中先后出过三位宰相，分别是他的曾祖父、祖父的哥哥以及伯父。岑参的父亲也当过刺史，却不想英年早逝，导致家道中落，因而，他远赴西域，就是希望光宗耀祖，重振门楣。然而，天宝八载至天宝十载（749—751），岑参第一次出塞，却并不太适应充满艰辛的军旅生活，这加剧了他身为异乡人的孤独和伤感，遂常常以写诗来缓解自己的情绪。期间，他一共写了三十多首边塞诗，其中展现思乡情结的，就有十八首之多。

天宝十载三月，高仙芝获授武威太守、河西节度使，时任其幕僚的岑参随即前往凉州。这已是他离开家乡的第二个年头，年近不惑，事业又不尽如人意，难免思乡，难免伤感。这一天，羁旅凉州馆的岑参，看到馆外长出了细嫩的小草，微风吹来，梨花漫天飞舞。那一瞬间，想到长安的春天早已到来，身在凉州的他却不知何日才能回去，不禁思乡心切，写下了这首《河西春暮忆秦中》：

河西春暮忆秦中

（唐）岑参

渭北春已老，河西人未归。

边城细草出，客馆梨花飞。

别后乡梦数，昨来家信稀。

凉州三月半，犹未脱寒衣。

岑参似乎格外喜欢梨花，一树梨花往往能带出他许多的情绪。送别好友时，他写"客舍梨花繁，深花隐鸣鸠"；思念友人时，他写"徒教柳叶长，漫使梨花开"；心情烦闷时，他写"眼看春光老，羞见梨花飞"。兴许，是因为他的故乡荆州自古多梨树，于是，梨花就成为他最美好的年岁留下的，挥之不去的记忆。

唐代官修史书《晋书》有曰："汉改周之雍州为凉州，盖以地处西方，常寒凉也。"三月的凉州，天气还未暖和起来，人们仍旧穿着可以御寒的衣服。这让岑参仿佛从身体到内心都感觉到寒冷，想家的情感也愈发强烈。于是，他说自己离开家乡后，常常梦到故乡。梦中故乡的一切，皆是他所爱。可是，梦醒之后，手中却空空如也，没有任何事物是他能够看得见、摸得着的。唯有家信，唯有那沾染着亲人气息的墨迹，能让他孤寂的心灵得到安慰。然而，西行之路毕竟艰难，过去一段时间，家信似乎越来越少，实在无法一解乡愁。却不承想，这飞舞的梨花，竟似乎将自己带回了故乡。这是他梦中故乡的样子，那一树梨花，就是他心中的家园，就是他情感得以慰藉之所在。因而，看到满天的梨花，一股暖意便不自觉涌了出来。好在，凉州虽然春来晚，梨花终于悄然开。在有梨花的凉州馆，岑参的情感得以释放，想家的情绪一泻千里。

天宝十载（751 年）六月，岑参终于回到了日思夜想的故乡，结束了他两年多的边塞工作。两年间，恶劣的边塞环境、残酷的战争以及无限的乡愁交织在一起，充满了他的生活。可以说，他是在苦闷中度过这些时光的。因而，他将自己复杂的心境融入诗歌，写下了诸多流露真情的诗句。这些诗句，有追求功名的绝望，比如"丈夫三十未富贵，安能终日守笔砚"，有壮志未酬的苦恼，比如"寂寞不得意，辛勤方在公"，然而更多的，是对故乡的思念，以及孤寂烦闷情绪的表达，比如"故园东望路漫漫，双袖龙钟泪不干"，"愁里难消日，归期尚隔年"。这些诗句，虽与他二次出塞创作的充满豪情壮志的诗句大不相同，却是他生命中最真实情感的体现，通过它们，我们看到了一个更加真实的有血有肉的岑参。

绿水绕畦瓜未熟

想要了解一个地方古代的农业农村概貌，除了史书、档案记载以外，古诗词也可以起到印证、补充的作用。例如明代，在实行"移民实边"政策之后，凉州的农田水利情况怎样？面对敌人的侵扰，凉州境内是一幅怎样的景象？古人云："窥一斑而见全豹，观滴水可知沧海。"通过明代的一首咏凉诗词，我们也能大致感知当时的情景。

明英宗正统九年（1444年）九月，大明朝廷下令靖远伯王骥与都御史陈镒巡视延绥、宁夏、甘肃等边塞。时任陕西按察副使的明代著名学者张楷随同大军北上巡视。

大军巡视甘肃路过凉州时，张楷看到凉州山关险峻，旌旗猎猎，河水清澈，农田丰饶，百姓安居乐业，又联想到凉州的战略地位和悠久的历史，不禁有感而发，随即赋诗一首，这就是脍炙人口的《从军北征·过凉州》。全诗如下：

从军北征·过凉州

（明）张楷

曾听凉州惜远征，马蹄今过武威城。

番胡共指山为界，邮传皆凭堠记程。

绿水绕畦瓜未熟，黄云翻垄麦初成。

解鞍偶向河桥息，几处讴歌贺偃兵。

大意是，曾经听说过历史上从凉州出兵远征之事，大军今日正好经过武威城。和少数民族都以祁连山划定边界，邮驿传送都凭瞭望敌情的土堡计算路程。清澈的河水环绕田地，地里的瓜还未成熟，成熟的麦子如同黄云翻滚一样。解下马鞍偶尔对着小河桥歇息，不少地方的老百姓唱歌庆贺战争停止。全诗写出了明代凉州的边防安定、邮驿通达、农业丰饶等情况。

这首诗所描写的情景，应该是真实不虚的。既是作者亲眼所见，也是抒发真情实感。洪武年间，明太祖即下令凉州等地卫军进行屯田。永乐十二年（1414年），甘肃总兵官费瓛看到凉州卫尚有许多闲田没有开垦，请求朝廷再次实行军屯，得到明成祖的同意。在凉州乃至河西屯田过程中，朝廷贯彻以军屯为主，民屯、商屯为辅的屯田政策，既有效地巩固了凉州乃至河西之地，又不同程度地解决了边地戍军缺粮的困境。当时河西除新增的镇番卫外，凉州等十一卫下屯军士已达三万三千五百余人，屯地一万六千三百余顷。及至正统年间，凉州卫农田水利较以前更为发达，到处呈现出一派欣欣向荣之景象。

当时的张楷担任陕西按察副使，职责之一就是管理屯田水利。作为分管的官员，无论他走到哪里，屯田水利都是他最关心的事情，凉州卫也不例外。其农业情况，被张楷看在眼里，写入诗中。

此外，在巡视甘肃过程中，张楷还写有许多诗歌，写作手法与《从军北征·过凉州》如出一辙。如《陇头吟》：

玉门将军秦陇客，十载不归头半白。
夜闻陇水忆秦关，晓上城头听羌笛。
笛声呜咽送边愁，陇水滔滔日夜流。
壮士三千豪气尽，家人翘首望封侯。
年年虚建平边策，依旧黄沙陇水头。

又如《石峡口山》一诗：

白沙官道接羌胡，硗确难行是此途。

疑过井陉愁马蹶，似经云栈听猿呼。

两山影逼天多暝，五月风高草已枯。

明日西行望张掖，一川平似洛阳衢。

再如《和酒泉太守席上醉后作》一诗：

高台秉烛看剑舞，四坐欢声杂鸣鼓。

酒阑罗袖动轻寒，门外萧萧杏花雨。

张楷在西北任职八年，写下了许多优美的诗歌，在其生涯留下了浓墨重彩的一笔。史载，张楷作诗"常口占走笔，顷刻数首，或数百言，群莫能逐，其诗壮豪赡丽，格律严整，新意溢出，有唐诗之风韵。海内之士，皆耳熟其名而口腴其诗"。

张楷究竟是一个什么样的人呢？

张楷（1399—1460），字式之，号介庵，浙江慈溪人。张楷生于明建文元年（1399年）三月，于永乐二十二年（1424年）考中进士。宣德元年（1426年）入朝试职于兵部。张楷组织能力较强，当时北方征战急需车马，兵部尚书杨士奇知人善任，委派其到关中督办此事，张楷出色地完成了任务，回朝后升任江西道监察御史。在任上，张楷明察秋毫，断案如神，名声显赫。正统五年（1440年），张楷升任陕西按察佥事，管理屯田、督收赋税、兴修水利，政绩斐然，不久便升任陕西按察副使。按察副使的主要职责便是巡察地方的兵备、提学、抚民、驿传、水利、屯田、招练、监军等事宜。正统九年（1444年）九月，随同靖远伯王骥与都御史陈镒巡视延绥、宁夏、甘肃等边塞。张楷一同巡视，并向王骥进呈《安边十二策》，多被王骥采纳。

正统十二年（1447年），张楷离开了西北，升任都察院右佥都御史。天顺四年（1460年）十一月去世，终年六十一岁。

张楷一生经历明朝建文、永乐、洪熙、宣德、正统、景泰、天顺七朝，终其一生，除了为人称道的政绩之外，还涉猎并精通经史、天文、地理、医学、占卜、小说、道家、佛家之书，著有《四经糠秕》《大明律斛律条撮要》《陕西纪行》《介庵集》《归田录》诸书。写诗累计数百卷，如《和唐音》二十八卷、《和李杜诗》十二卷等，还篆刻有《孔子圣迹图》。当时的吏部尚书、大学士李贤评价张楷道："公好奖引士类，见人有善，必延誉之。遇患难者，必拯济之。尤笃于友道。其学浩瀚，善行草隶篆。"

张楷的《从军北征·过凉州》，从历史的回想到现实的景象，从景色的描绘到真情的流露，自然而然，浑然一体，读后让人浮想联翩，久久不能释怀。

五百七十多年来，诗人的凉州情结，一直深深地感染着无数读者。

杏花人趁锄梨雨

清代的凉州农村，美丽而富裕，恬静而清新。

乾隆九年（1744年），曾任广州雷琼道的凉州府人张珌美以父母年老为由辞官归乡。张珌美回到武威后，热衷弘扬家乡的文化，曾编修《五凉全志》，其中记载有他题写的《凉州八景》诗。诗前有"甲子初秋归田作"的句子，可知是其"甲子年"（1744年）卸任回家乡后的诗作。其中《绿野春耕》有两首，《武威县志》中的《绿野春耕》全诗曰：

> 孚甲早分稼事兴，膏腴成亩各西东。
> 杏花人趁锄梨雨，乳哺鸦鸣柳陌风。
> 王税待麋收获后，云耕先入画图中。
> 边陲广有桑麻乐，祈谷占年处处同。

描绘了凉州春播季节，田野间一派繁忙的景象。

《古浪县志》中，也有一首《绿野春耕》，诗曰：

> 地辟遐荒称沃野，三春力作令方东。
> 一犁不问沧桑事，四景初回黍谷风。
> 烟雨人家深树里，沟塍草色夕阳中。
> 归来好伴羲皇侣，击壤听歌稼穑同。

"一犁不问沧桑事"，写出了辞官归乡后的心情，大有陶渊明"归去来兮"

之田园诗的意境。

凉州地处河西绿洲,地势平坦,土地肥沃,农耕文明历史悠久,自古就有"地饶五谷""塞外江南"之称。那么,清代乾隆年间武威的农耕情况究竟如何呢?

清初,统治者更加重视对武威的经营,积极号召移民到武威屯田垦荒。多次发布劝农政令,倡导实行精耕细作的耕作方式,且"宽免钱粮赋额,以舒民力",采取借贷籽种、口粮、牛具等方式,以利农耕。实施平抑粮价、除积弊等政策以惠农业,从各个方面全力推进和发展武威及河西农业。清代耕地开辟的地域进一步扩大,以前的一些牧地、荒滩、"湖区"亦被辟为农田。

石羊河流域是明清时期河西地区开发强度最大、人口密度最高、经济发展最迅速的地区。乾隆时《五凉全志》云:"凉州附郭之武威,今之要县,古之要郡也,田肥美,民殷富。"

清代河西农业的发展离不开水利灌溉,随着河西屯田的扩大,水利建设也得到发展。雍正后期颁行的《河西屯田条例》规定:"凡开渠、筑坝、平地雇募人夫,每日每名给工价银六分、面一斤八两、米四合一勺五抄,若米面本色不便愿领折色者,照依各地方实价计算给银。"在这一政令的推行下,武威新修了一大批水利设施,水利事业取得了非常大的发展,其专业化达到了相当高的程度。

清代前期武威农田水利的发展,也离不开一些有作为的官员的治理。这里列举两位,一位是武廷适,另一位是蒋洞。

清康熙四十年(1701年),武廷适任凉庄道宪,来到武威。当时武威各渠在农田水利灌溉方面常有冲突,导致水案不断发生。武廷适经过认真考察调研,依据历史上已经形成的用水惯例,并根据当地实际,制定轮灌用水制度,具体措施是:用水时,签发执照,以明水权;更立红牌,以正水规;又选任水利老人,进行分渠管理,把这套做法沿用于武威已形成的六渠灌溉系统之中,做到了"渠口有丈尺,闸压有分寸,轮浇有次第,期限有时刻,总以旧案红牌为断",史称"康熙定案"。乾隆《武威县志》记载,武廷适"判断水利,永成铁案"。这一水规以纳税额、土地肥瘠及距离远近作为均水原则,建立了其后对武威灌区影响深远的轮灌用水制度。

蒋洄,江南常熟人,康熙五十六年(1717年)任职凉庄道。雍正十年(1732年),清政府在河西走廊屯田。蒋洄又调回到甘肃任职,管理军营屯田,为河西屯田的发展做出了积极的贡献。如雍正十二年(1734年),议订《屯田条例》十条等,为屯田提供制度保证。在镇番(今甘肃民勤)开辟柳林湖田十三万亩,得粮三万石。据《镇番县志》记载,柳林湖屯田所得之粮运往武威仓储,为军需之用。除此之外,蒋洄还筑河堤,修水渠,建粮仓,造福一方百姓,人称"屯田侍郎"。

正是在政府倡导农田水利开发及历代官员的有效治理下,清代前期武威的农耕文化才会较为发达,才出现了张玿美诗歌中"杏花人趁锄梨雨""边陲广有桑麻乐"的田园景象。

张玿美之后,无论是清代中期还是晚期,凉州这种田园风情始终延续,也在后世许多诗人的笔下不断体现。

清代嘉庆年间的一天傍晚,凉州府人郭楷登上南城楼,他向远处望去,看到的是一幅田园雨后晚景图画,于是写下《登南城楼晚望》一诗以记之。诗云:

> 薄暮高楼暑气清,倚栏吟眺豁心胸。
> 千重树色收残雨,一派湖光漾晚晴。
> 近郭岁登怜小有,比邻人语带欢声。
> 茅篱几处炊烟合,稚子驱牛望屋行。

再来看他的《偶过田家》:

> 野老生平见客欢,黄瓜紫茞并堆盘。
> 莫嫌贫舍无兼味,尚有青青麦索餐。

农村淳厚、热情的生活场景跃然纸上。

有一年秋天,郭楷独自到郊外田园散步,看到了丰收后的农村景色,一首《秋郊独步》挥毫而成。其前八句是:

  树色半黄匝南阡,一畦寒绿野菜香。
  禾稼刈尽登场圃,尚余细草纷芊绵。
  牧儿牵牛出土窦,短棰驱放露水田。
  双鹑争啄篱边谷,一犬独吠溪头烟。

农村风光优美,村民生活淳朴,牧童牵牛、家犬独吠等农村场景令人流连忘返。

凉州府人陈炳奎生活的年代处于清代晚期,咸丰元年(1851年)举孝廉方正。道光十七年(1837年),陈炳奎的父亲去世,他"遂弃举子业,专以家务自任"。他长期住在农村,过起了宁静的田园生活。他在道光至同治年间,写下了千余首诗歌,其中就有大量描写凉州府农村风土人情的田园诗,著名的有《清溪》《田家杂兴八首》等。如《清溪》(并序),描绘了城东大河驿附近的优美景色:

  大河驿北,二里许,清泉细流,曲绕树林,越百步,汇而成溪。清澈见底,对此汪洋,不觉心旷神怡。
  石罅泻玉髓,悠悠清且美。
  寒声穿树林,咽石含宫徵。
  中流浮绿萍,游鱼历可指。
  灵源非在山,何独清如此。
  数武积成溪,泠泠清见底。
  忽对此汪洋,襟怀畅适耳。

掬手偶一饮，其味甘如饴。
细浪皱龙鳞，时有凉风起。

陈炳奎《田家杂兴八首》第二首曰：

负耒看云满岫，荷锄带月回家。
妻女灯前笑语，淡妆鬓插野花。

农夫虽然早出晚归十分辛苦，但家庭和谐幸福，充满生活的情趣。
再如第七首：

村近牛羊满地，秋高禾黍登场。
闲坐二三父老，向阳共话羲皇。

"牛羊""禾黍"，展现出一幅丰收的田园画面；父老闲谈，反映出农家生活的恬淡与自然。

《田家杂兴八首》其余六首辑录如下：

当牖青山如约，横门绿水长流。
忽闻农歌四起，回首麦浪盈畴。

村外水流曲径，阶前风扫落花。
无事不来城市，逢人但说桑麻。

三寸润沾新泽，十分共望有秋。
沽酒偶来村店，晓寒六月披裘。

日午鸡鸣莎径,雨晴水涨莲塘。
麦垄山妻馌饷,风来饼饵俱香。

绣陌绿云漠漠,藓阶微雨凄凄。
留客西窗夜话,聊供斗酒只鸡。

茅屋聊遮风雨,竹篱共杂鸡豚。
荷笠来觇泉脉,完粮偶到县门。

有清一代,凉州发达的农耕文化让人浮想联翩,阅读这些描写凉州农村田园生活的诗歌,一种浓厚的农村生活气息扑面而来。

第四辑

驼铃远去

先秦时期，凉州就有了最原始的商贸交换。汉代丝绸之路开通以来，一直到明代，凉州作为丝路古道的必经之地，在承接东西方贸易交流交往方面发挥过极其重要的作用。车马交错的姑臧合市，熙熙攘攘的边境互市，见证了凉州丝路贸易的繁荣发达。清代，大量外地客商云集武威，创建会馆，有力地促进了商贸的发展。

闻说凉州种，遥从绝域传

康熙年间，陕西提学道、诗人许孙荃（一作许荪荃）来到武威视察，对武威葡萄及葡萄酒赞不绝口，写下《凉州紫葡萄》一诗称颂道：

闻说凉州种，遥从绝域传。
风条垂磊落，露颗斗匀圆。

诗中"闻说凉州种，遥从绝域传"两句，道出了凉州葡萄悠久的历史，来自两千多年前的西域；"风条垂磊落，露颗斗匀圆"赞美了凉州葡萄果实累累，宛如琼玉露珠。

武威酿酒历史非常悠久，在四千年前的齐家文化遗址皇娘娘台墓葬中就有酒具出现。

公元前138年、前119年，汉武帝派张骞先后两次出使遥远的西域，开通了丝绸之路。张骞不仅联通了广袤的西域，还带回了葡萄种子，开始在武威大地上种植。汉武帝于太初元年（前104年）派贰师将军李广利讨伐大宛国，胜利后又把葡萄品种、种植技术和酿酒技术引进到凉州，酿出了令世人惊叹的凉州葡萄美酒。《史记·大宛列传》载："宛左右以蒲陶为酒……汉使取其实来，于是天子始种苜蓿蒲陶肥饶地……"当时，随着葡萄种植的普及推广，武威也培育出适应当地自然条件的紫葡萄。

东汉时期，凉州葡萄酒以味美醇厚闻名遐迩，成为稀世珍品，显赫于京师。《汉书·地理志》载，凉州"酒礼之会，上下通焉，吏民相亲"。《艺文类聚》卷八七引《续汉书》记载："扶风孟佗以蒲萄酒一升遗张让，即拜凉州刺史。"意思是东汉灵帝时陕西扶风县人孟佗给张让进献一斛葡萄酒，竟然换得"凉州刺史"。

曹魏时，凉州葡萄已成为贡品。曹丕特别喜欢凉州葡萄和葡萄酒，还把自己的喜爱和见解写进诏书，告之于群臣。《凉州府志备考》记载了《魏文帝凉州葡萄诏》，全文曰：

> 旦设葡萄解酒，宿醒掩露而食。甘而不饴，酸而不脆，冷而不寒，味长汁多，除烦解悁。又酿以为酒，甘于麹米，善醉而易醒。道之固以流涎咽唾，况亲食之耶。他方之果，宁有匹之者。

大意是，早晨放置葡萄醒酒，夜晚喝醉吃沾有露水的葡萄。甘甜适中，微酸而不易碎，微冰而不寒冽，味道悠长汁水很多，可排忧解躁。酿造成酒，比米酒甘甜，容易喝醉也容易清醒。说出来就可以让人流下口水，何况亲口吃呢。别的地方的水果，难有能与它相比的。魏文帝高度评价凉州葡萄及葡萄美酒并下诏书，这种导向使凉州葡萄美酒受到王公大臣、社会名流的追捧，有力推动了凉州葡萄种植及葡萄酒酿造业的快速发展。

唐代，武威到处飘荡着葡萄酒香。唐代描写葡萄酒的诗赋中，最著名的莫过于王翰的《凉州词》：

> 葡萄美酒夜光杯，欲饮琵琶马上催。
> 醉卧沙场君莫笑，古来征战几人回？

诗人岑参陶醉在凉州酒楼里的酒香与春光中，写下《戏问花门酒家翁》：

> 老人七十仍沽酒，千壶百瓮花门口。
> 道傍榆荚仍似钱，摘来沽酒君肯否。

他还在《凉州馆中与诸判官夜集》中写道：

弯弯月出挂城头，城头月出照凉州。
……
一生大笑能几回，斗酒相逢须醉倒。

元稹《和李校书新题乐府十二首·西凉伎》描绘道：

吾闻昔日西凉州，人烟扑地桑柘稠。
蒲萄酒熟恣行乐，红艳青旗朱粉楼。

唐明皇与杨贵妃时常在宫中"持玻璃七宝杯，酌西凉州葡萄酒"，一边品饮武威葡萄美酒，一边欣赏宫廷歌舞。

2019年，武威唐代吐谷浑慕容智墓葬中首次发现国内年代最早的唐代白葡萄酒，既可说明墓主人生前喜饮白葡萄酒，饮白葡萄酒也是吐谷浑上层人物的生活喜好和家庭时尚，又可佐证，唐代葡萄酿酒技艺经不断改进，在当时已相当熟练、发达。同时从另一个侧面印证，唐代的凉州作为河西都会，商业贸易繁荣，葡萄酒交易活跃。

宋代，武威葡萄及葡萄酒酿造技术已在中原地区广为流传。苏东坡《老饕赋》中有"引南海之玻黎，酌凉州之葡萄"的句子；李纲在《椰子酒赋》中写道："谢凉州之葡萄，笑渊明之秫米。"章甫则在《葡萄》一诗中直抒胸臆："磊落堆盘亦快哉，无人能寄一枝来。平生不识凉州酒，汉水遥怜似泼醅。"

明时，武威葡萄及葡萄酒也是诗人笔下赞美的对象。张恒在《凉州词》中写道：

垆头酒熟葡萄香，马足春深苜蓿长。
醉听古来横吹曲，雄心一片在西凉。

清代是武威葡萄酒又一个发展时期，许荪荃除了写下《凉州紫葡萄》一诗，还写有《凉州》，里面也提到了凉州葡萄酒："葡萄却醉凉州酒，藜烛虚摇汉阁光。"清代著名学者、武威人张澍题有《凉州葡萄酒》四首，其中的两首是：

凉州美酒说葡萄，过客倾囊质宝刀。
不愿封侯县斗印，聊拼一醉卧亭皋。

大好红醪喷鼻香，滃滃入口洗愁肠。
琵琶且拢弹新曲，高调依然在五凉。

清同治时期进士、定西人王作枢在《过凉州》中写道：

白石黄沙古战场，边风吹冷旅人裳。
琵琶不唱凉州曲，且进葡萄酒一觞。

1941年，教育家、书法家于右任途经武威时挥笔写下《河西道中》一诗赞叹武威葡萄。全诗曰：

山川不老英雄逝，环绕祁连几战场。
莫道葡萄最甘美，冰天雪地软儿香。

凉州葡萄美酒传世两千多年，多少文人墨客曾为之倾倒，留下了无数历史典故和名言绝句。悠久的酿造历史、优越的自然条件、厚重的文化底蕴，让"武威葡萄美酒"成为一张享誉千年的文化名片。2012年，中国食品工业协会命名武威市为"中国葡萄酒城"。

千壶百瓮花门口

在唐代边塞诗人岑参的眼中,凉州的花门楼绝对是友人相聚、开怀畅饮、吟诗高歌的首选之地。

那时的武威,虽处于边塞,但经济繁荣,民风淳朴,景色优美,深受岑参喜爱。他在这里写下了许多优美的诗歌,其中多次提到了花门楼。

751年三月,安西节度使高仙芝调任河西节度使。在安西节度使幕府任职的岑参和其他幕僚一道来到春光初临的武威,在武威度过了近半年的军旅生活。

边城武威,春光醉人,街市一派繁华景象。在经历了漫漫长途的辛苦旅程之后,岑参忙里偷闲,小游武威城。他来到武威大云寺附近的花门楼前一家小酒店,看到道旁榆钱初绽,一位年近七十的老翁安然沽酒待客。这宁静祥和的画面深深吸引了岑参。他在小酒店驻足片刻,一边欣赏迷人的春光,一边让醉人的酒香驱散旅途的疲劳,并当即作了《戏问花门酒家翁》一诗:

老人七十仍沽酒,千壶百瓮花门口。
道傍榆荚巧似钱,摘来沽酒君肯否?

在欣赏诗歌之余,也应该注意到,这首诗无论是题目还是内容,都提到了"花门"。

这里的"花门"就是花门楼,指凉州馆舍的楼阁,是唐代凉州的一座标志性建筑。河西学院贾小军教授在《五凉都会姑臧城略论》一文中认为,"花门楼"应当是凉州城中具有代表性的酒肆,也即诗人与友人聚会的地方。

唐初,为防御需要,在居延海北三百里的花门山设立堡垒。天宝年间为回纥占领，后因此以"花门"为回纥的代称。但武威的"花门楼"应该还有别的说法。武威花门楼位于大云寺附近，估计与当时寺院里的"花楼""花楼院"有关。唐景云二年（711年），当地对大云寺进行维修，维修完工之后，便刻石立碑记载其事，即《大云寺古刹功德碑》，由前頒修文阁学士刘秀撰文，朝行郎、凉州神鸟县主簿、谯郡夏侯湛篆额。原碑早已湮灭，明代重刻，更名为《凉州卫大云寺古刹功德碑》。

碑文上有这样的记载："当阳有花楼重阁，院有三门回廊，依宝林而秀出，干瑶光而直上，洵人天之福地，为善信所皈依也。""花楼院有七层木浮图，即张氏建寺之日造，高一百八十尺，层列周围二十八间，面列四户八窗。"碑文中不仅叙说禅院、楼阁、佛塔、彩绘等维修情况，而且提及"崇草园林，列莳花果；琪树争妍，璃台森列"等，其中就包括"花楼""花楼院"。维修后的大云寺雄伟壮丽，且有园林楼阁，自然吸引"法域之侣，朝夕来游，行李之徒，瞻仰不辍"，可以说是当时的一处旅游胜地。

或许"花门楼"就是在"花楼""花楼院"门前或附近修建的馆舍，用来吸引四方游客及文人墨客在此赏景住宿、饮酒诵诗。

岑参便是其中之一。

751年夏天，岑参离开武威回到长安。三年后的754年夏秋之间，岑参又赴北庭都护、伊西节度使封常清幕府，任节度判官。他从长安出发，路过曾经生活过半年的武威，带着浓厚的感情在武威停留了好几天。看着武威的繁华与热闹，岑参禁不住豪气迸发，在武威的花门楼与友人痛饮一番，发出爽朗的大笑，挥毫写下《凉州馆中与诸判官夜集》一诗，其中也提到了花门楼："花门楼前见秋草，岂能贫贱相看老。"

此诗从多个侧面刻画了武威城的建筑规模、多民族共同生活的情景以及贸易兴盛、店铺林立、美酒飘香的都市生活。而让岑参淋漓尽致地抒发豪迈情怀的地方，仍然是梦牵魂绕的花门楼。

当年的武威花门楼早已无迹可寻，但诗人留下的诗歌却千古流传。捧读其诗，犹如翻阅古色古香的唐代武威历史画卷，令人回首千年，浮想联翩。

胡人半解弹琵琶

西汉初年,北方的匈奴占据了河西地区,汉武帝为解除边境的威胁,先派张骞出使西域,后又派霍去病攻打匈奴,终于将其赶出了河西。随后,一条贯穿东西,连接中亚、南亚、西亚和欧洲的商路——丝绸之路诞生了。汉武帝元封五年(前106年),在西北设凉州刺史部,凉州成了这条商路上的重要城市。盛唐时期,凉州一度成为仅次于扬州和洛阳的经济中心,波斯、粟特、昭武等九姓商旅囤居于此,其中以商胡数量最为众多。因而,凉州不但是隔绝羌胡、守护长安的屏障,更成为多元文化交流汇聚之地。

唐玄宗天宝十三载(754年),诗人岑参出塞奔赴北庭,任北庭节度使封常清幕僚。而早在天宝八载至天宝十载(749—751),他就曾任安西节度使高仙芝幕僚。此番二次出塞,途经凉州,在凉州节度使幕府中夜饮会友,写下了《凉州馆中与诸判官夜集》一诗,全诗如下:

凉州馆中与诸判官夜集
(唐)岑参

弯弯月出挂城头,城头月出照凉州。
凉州七里十万家,胡人半解弹琵琶。
琵琶一曲肠堪断,风萧萧兮夜漫漫。
河西幕中多故人,故人别来三五春。
花门楼前见秋草,岂能贫贱相看老。
一生大笑能几回,斗酒相逢须醉倒。

岑参的诗向来以"语调奇峻"著称。此诗共十二句，诗人在前六句采用顶针的写法，由月出城头引出凉州，由凉州引出琵琶，语调不断上扬，制造出一种节奏感，吟诵之时，这种感觉更为强烈，令该诗显得特别有气势。

结合诗句来看，诗人首先以月光照亮凉州城这一意象，将笔锋对准入夜后的凉州，紧接着一句"凉州七里十万家"，显示出当时的凉州人口众多，繁华无比。而"胡人半解弹琵琶"，又体现了这里胡汉杂居，胡人能歌善舞，大多会弹琵琶的特点。且看，在皎洁月光的笼罩下，凉州城灯火辉煌，不时回响着琵琶的乐曲声，令人感受到祥和安宁气氛的同时，更体会到非凡的盛唐气象和异域情调。这几句极具画面感的描写，寥寥二十八字，全景式地展现了一个歌舞升平、热闹非凡的国际化大都市的样貌。

下一句接续前句的"琵琶"，承上启下，由城中此起彼伏的琵琶声转到诗人所在的夜宴琵琶声。仿佛电影镜头般，从远景推到近景，带领读者快速领略了凉州的风采。然而，此时一句"风萧萧兮夜漫漫"，不但令诗句节奏由快转慢，更在语意上发生了转折。凉州虽极尽繁华，却到底是西北边塞地区。于岑参来说，凉州终不是家乡，那满城繁华终究不属于自己。一曲琵琶夹杂着呼啸而过的风声，顿时令人想到茫茫戈壁与大漠，仿佛加重了身处异乡的孤寂与落寞。这种感受，虽只是一瞬，但相信很多人都曾有过。在极尽喧哗热闹之时，会在某个时刻突然感到孤独和伤感，似乎那些热闹都是别人的，与自己无关。

然而，凉州毕竟是故地，岑参有很多故友在这里，比如高适、严武等人。想到和朋友们三五载未见，难得聚在一起，人生匆匆，这样的机会或许屈指可数，诗人的情绪便发生了转变。因此，他说"人生大笑能几回，斗酒相逢须醉倒"。这种及时行乐的态度，不但十分豁达，也非常符合当时的情境。此时正值大唐盛世，经济繁荣，政治开明，文化发达，对外交流频繁，一切都显得欣欣向荣。即将前往北庭赴任的岑参，也感到这是建功立业的好时代。于是，面对眼前的老友，岑参想说：让凉州馆的花门楼为我们作证，我们都要努力干出一番事业。

历史学家严耕望曾说："唐人行旅所经之能详考者，莫过于玄奘与岑参。"在这首诗中，我们已然能看出端倪，诗人对于凉州城的描写，从"七里十万家"到"弹琵琶"，从"花门楼"到"斗酒相逢"，完全就是一首凉州的风物志。岑参两次出塞，前后共六年，留下八十多首边塞诗歌，其中有多首关于河西、关于凉州的诗作。于岑参而言，凉州是故地，是承载他友情与乡愁的地方，更是他得以寄托自己诗心之所在。同样是边塞诗，王昌龄是借景寓情，他则是以写景取胜；王昌龄是写意，他则是写实；王昌龄是"景中全是情，情具象而为景"，他则是将景色描写得极尽细致，利用诗歌形式和语调上的特色，从视觉、听觉、感受等全方位地展现着边塞的风土人情，使我们真实地感受到一个强大、昌盛的唐朝。

紫驼载锦凉州西

元仁宗延祐四年（1317年），时任监察御史的元代诗人、文学家马祖常出使河西。

这是诗人第一次来到河西。河西走廊迷人的自然风光和多姿多彩的民族习俗，让诗人流连忘返。他在公务之余，写下了不少诗歌，其中也描写了河西地区繁荣的商贸活动。如《河西歌效长吉体》一诗，对河西一带的风土人情、民俗风物进行了勾勒，形象而生动。诗云：

贺兰山下河西地，女郎十八梳高髻。
茜根染衣光如霞，却召瞿昙作夫婿。
紫驼载锦凉州西，换得黄金铸马蹄。
沙羊冰脂蜜脾白，个中饮酒声澌澌。

"紫驼载锦凉州西，换得黄金铸马蹄"两句，描写了河西地区繁荣的商贸活动。大意是，驼队载着美酒一路经过凉州向西而去，换回来的是黄金铸成的马蹄形的金币。

那么，元代凉州的商业贸易情况究竟如何呢？

元朝时期，统治者注重商贸，设立驿站，包括凉州乃至河西在内的丝绸之路贸易也得到极大的发展。河西地区物产丰富，除了粮食、畜牧产品之外，还有大黄、锁阳、甘草等药材以及食盐、硇砂、硝石等矿藏品。河西地区产盐，其产品价廉物美，畅销各地。

忽必烈继位后，选择以"务实"兴国，鼓励通商、减轻商税、保护商道安全、维护商贾资财，在一定程度上成为推动包括凉州乃至河西在内的丝路贸易发展的内因。尤其是驿站制度的设立与推广，成为保护对外贸易的手段，对东西方之间、中原北方各地区、各民族之间的经济交流的畅通和扩大，起了相当重要的作用，也使得凉州成为当时丝绸之路上重要的贸易中转站和地区性商业中心之一。

元朝时期，河西地区与内地商业贸易往来频繁，既有官方贸易，也有官民贸易与民间贸易。元朝时期的河西走廊，汉族、蒙古族、畏兀儿、吐蕃等民族在这里开展频繁的活动和贸易。这种贸易多在边疆民族地区，以固定的形式进行，被称为"民族互市"。凉州是当时的河西政治经济中心，各族人民在凉州交流交往频繁，加深贸易往来。

"紫驼载锦凉州西，换得黄金铸马蹄"正是当时凉州商贸情况的真实写照。

那么，马祖常究竟是何许人也？

马祖常（1279—1338），字伯庸，光州（今河南潢川）人。他少年时候就喜欢读书求学，后来在蜀中名儒张揽门下学习。他不拘泥于书本，常提出不少质疑，很受老师器重。延祐二年（1315年），朝廷刚恢复科举，他就在乡、会两次考试时皆中第一。廷试为第二，"于是声震京师，出则群人争先睹焉"。被授予应奉翰林文字，拜监察御史，后授御史中丞官。元仁宗时，由于他"荐贤拔滞，知无不言"，多次因弹劾、举荐获罪，累遭贬黜，愤而辞官归乡。后来奸臣去世，马祖常又到朝廷任职，自元英宗至元顺帝朝，历任翰林直学士、礼部尚书、参议中书省事、江南行台中丞、御史中丞、枢密副使等职。

马祖常崇尚儒学，曾出资赞助光州郡守修孔子庙，又于淮南构筑别业，命名为"石田山房"，以耕读相标榜，教授《孝经》《论语》等。并建言："国族及诸部既诵习圣贤之书，当敬事诸母，以敦厚人伦。"

马祖常广游甘肃、宁夏、内蒙古、河北、河南、湖北、安徽、江苏、浙江、福建等地区，对这些地区的民俗风情以及社会状况多有了解，留下了许多诗歌，存世有《石田文集》十五卷，附录一卷。《四库全书总目》称祖常诗文

"后生争效慕之，文章为之一变"。诗多为送人赠答之作，山水诗脱于江湖派，对仗工整，隐约有田园之志。

至元四年（1338年），马祖常去世，享年六十。但他描述凉州商贸的诗词，流传至今，一直为人称颂。

道路车声百货稠

清代乾隆年间，有一位名叫沈翔的诗人，看到凉州市井繁华热闹，想起凉州历史悠久，文化底蕴深厚，遂写下《凉州怀古》十首，内容涉及凉州的地理特征、历史人物、乡贤仕宦、战争风云、文脉绵延、山水景色、风土人情、语言特色、商业贸易、文物碑刻等多种内容。

其第一首诗文字曰：

山开地关结雄州，万派寒泉日夜流。
峰向南来皆有雪，城当西面独无楼。
市廛人语殊方杂，道路车声百货稠。
塞北江南称此地，河西千里尽荒陬。

其中，"市廛人语殊方杂，道路车声百货稠"一句写出了凉州商业贸易的繁华。大意是，集市上不同民族的人，操着不同的语言进行交流，街道车马来往，店铺里百货琳琅满目。

读着诗歌，我们仿佛回到了清代乾隆年间，看到了凉州的繁华景象。那么，当时的商业贸易情况究竟是怎样的呢？

清代，外地客商在武威创建会馆，城乡大量出现市场、集镇、庙会等形式，贸易活动频繁。我们通过历史记载，了解一下清代凉州的商业贸易情况。

乾隆时期《武威县志》记载："河以西之商货，凉庄为大，往者捷买资甘、肃，今更运诸安西、沙、瓜等，以利塞外，民用所赖以通泉货者重矣。"凉州城内"开张稠密，四街坐卖无隙地，凡物精粗美恶不尽同，鲜有以伪乱真者"。

城内商业资本以"晋陕帮"商人最为雄厚,冀鲁豫次之。由此,凉州成为河西地方性中心市场的所在地。

清代的武威乃河西贸易重镇,形成了陕西、山西客商云集武威的局面。清代武威陕西会馆、山西会馆,是清代陕西、山西商人与武威本地商号在武威联合捐资建设的聚会、议事、祭祀和举行庆典的场所,会馆遗址在今武威市凉州区东大街会馆巷一带。陕西会馆与山西会馆一墙之隔,两座会馆组成的建筑群规模宏伟,成为武威城内一大游览胜地。清代武威陕西会馆、山西会馆,见证了当时武威的商贸繁荣。

我们重点梳理一下陕西会馆的来龙去脉。

清代武威陕西会馆,是清代陕西商人与武威本地商号在武威联合捐资建设的聚会、议事、祭祀和举行庆典的场所,会馆遗址在今武威市凉州区东大街会馆巷一带。

那么,清代武威陕西会馆始建于何时呢?答案只能在现存的几通碑刻文字中寻找。

立于清乾隆五十七年(1792年)十月的《清陕西会馆捐款题名碑》记载道:"凉郡有陕西会馆,创之于始也,(状)貌之(宏伟),祀事之严谨,详哉其言也矣。"立于清嘉庆二十一年(1816年)的《清陕西同州府蒲城县众姓捐资题名碑记》记载道:"同乡有贸易五凉者。驰书于余云:凉郡旧有陕西会馆,我邑人从乾隆五十八年间,共捐金二百余两。"立于清嘉庆二十五年(1820年)五月的《清重绘陕西会馆诸建筑题名功德碑》记载道:"陕西会馆,五凉之名胜也,其创之于前人者,规模也备焉。"

以上三通碑刻虽然提到武威建有陕西会馆,但都没有提及陕西会馆的具体始建年代。黎大祥、宋立彬《武威会馆考述》一文对此论证道,清代武威陕西会馆应建于清雍正、乾隆年间。

立于清乾隆四十六年(1781年)的《清创修陕西会馆碑》记载了陕西会馆的创建原因以及范围。

清代武威陕西会馆之所以创建,最重要的原因就是武威乃河西贸易重镇,大量的外地客商来武威经商,形成了陕西客商云集武威的局面。在这种局面下,很有必要创建会馆,开展联络乡情、加强内部团结、调解商业纠纷、扩大商会业务、祭祀、演戏等活动。因此,创建一座"以馆为会、以会为馆"的场所就提上了议事日程:"会馆者何以会众,馆即以馆为会也,曷言乎以会为馆也。"

此碑阴面记载有陕西会馆的四至范围:"乾隆三十八年十二月……购置董姓衙署一处……今将改修殿廊屋宇。墙外火道四至尺寸绘置于兹,以示不朽如左。"并附有陕西会馆四全图,其四至范围如下:

南至赵府房墙,通长三十四丈;北至尚、韩二姓房屋,通长三十四丈;西至骆、马、苏三姓房墙,横计一十四丈;东至官街,横计一十四丈。

据收藏于武威大云寺碑林的清乾隆三十八年(1773年)《清创修陕西会馆首事督工捐施银两碑》,清乾隆四十六年(1781年)的《清创修陕西会馆碑》《清重修陕西会馆捐款题名碑》《清创修陕西会馆捐助银两碑》,清乾隆五十七年(1792年)的《清陕西会馆捐款题名碑》,清嘉庆二十一年(1816年)的《清陕西同州府蒲城县众姓捐资题名碑记》,清嘉庆二十五年(1820年)的《清重绘陕西会馆诸建筑题名功德碑》等碑刻记载,在创修陕西会馆期间,陕西各地商号、武威本地商号纷纷捐款,此外张掖、镇番、皋兰的个别商号也参与捐款,还有一些武威本地手工业者也捐出银两。

上述碑刻中出现了许多捐款的武威本地商号,如永裕成、泰昌店、长裕含、长裕兆、全盛鸿、恒兴元、永庆合、恒裕和、合盛茶、庆裕和、丰兴恒、永丰善、永盛和、兴顺裕、三德堂、顺合裕、长丰堂、通盛裕等,这些商号应该就是当时武威城中的"老字号"商铺,从侧面反映了清代武威城中商铺鳞次栉比、老字号招牌林立、贸易繁荣的场景。

这些碑刻碑额篆刻"付日月之未光""一日千古""闻风而起""永志碑记""斯一乡之善士""福缘善庆"等字样，显示了当时陕西各地商号和武威本地商号踊跃捐款、修建会馆之善举。

由此可知，陕西会馆从创建开始，一直不断捐款维修，经历了漫长的过程，终于渐成规模。每次维修的"首事督工"分别出自陕西、武威。他们既捐施银两，又负责监督工程实施、收支情况等。

从目前所见碑刻记载可知，陕西会馆由照壁、山门、月楼、戏台、钟楼、鼓楼、碑亭、园亭、土主神祠、牌坊、天棚、看台、正殿、东西两廊、春秋阁等建筑组成。会馆内"名花异卉、翠竹苍松植其中"，树木参天，花草繁茂，为"五凉之名胜也……规模也备焉"。而且会馆内"演会戏"的次数较多，看戏的城乡群众摩肩接踵、热闹非凡。当时的陕西会馆建筑规模宏伟，北边一墙之隔还有山西会馆。两座会馆组成的建筑群，成为武威城内一大游览胜地。

陕西会馆创建以来，为武威当地经济、文化发展起到了重要的推动作用。当时，商贾云集，名流唱和，门庭若市，熙熙攘攘，成为人文荟萃之地。据说林则徐、牛鉴、于右任还分别为陕西会馆题写"浩气凌霄""日在天上""陕西会馆"等匾额。

清代武威陕西会馆历经风雨的洗礼，早已湮灭在历史长河之中，但会馆巷的地名保留了下来，继续传承着会馆的古韵遗风。

黎大祥、宋立彬《武威会馆考述》一文记述道，陕西会馆遗址至今已荡然无存，现在只留存大云寺内保存的1980年迁移过来的春秋阁和东西两廊，以及七块记载会馆重修事项的石碑（此七通碑刻铭文收录于《凉州金石录》）。

清代武威陕西会馆，见证了清代武威的商贸繁荣，从这些残存的建筑、碑刻上，我们仍然能回想起陕西会馆当年的辉煌与沧桑。

此外，清代庙会节日市场在武威扮演着十分重要的角色，当地民众通过庙会的形式进行交易活动。

而且在清代，武威有不同的集市，有满足日常生活需要的一般性集市，有民间定期举办以农具、牲口、种子为交易内容的集市，还有便于物货交流的大型的特色商业集市。

从上述可知，沈翔笔下的"市廛人语殊方杂，道路车声百货稠"之句，就是客观真实的反映。

附沈翔《凉州怀古》其余九首：

凉州怀古·其二

（清）沈翔

崇山叠抱众山朝，风卷黄尘万里遥。

陴壁连云荒草木，旌旗蔽野警鹰雕。

平沙牛过旋成路，乱石泉行不辨桥。

为问开疆是何代？土人犹说汉嫖姚。

凉州怀古·其三

（清）沈翔

累代功勋屈指过，前贤经济近如何？

马隆壮业传屯戍，郭振奇猷冷鹡鸰。

白露紫霾平野闭，黄羊青兕万山多。

登临既倦闲凭吊，把酒高天发浩歌。

凉州怀古·其四

（清）沈翔

武帝恢疆百代功，宣皇光复启提封。

蕃戎杂处崇刚气，张吕文兴有夏风。

势控九边风土异，地连五郡□泉通。

独怜遗献消亡后，大泽苍茫一望空。

凉州怀古·其五

（清）沈翔

武略文谟几废兴，空余灌莽塞乾坤。
时遥莫记君鱼绩，天远难招佘阙魂。
财赋三州供巨镇，戈矛百道拥军门。
昔人方略垂青史，莫使蕃见六部尊。

凉州怀古·其六

（清）沈翔

风流经济总成虚，索靖阴铿未有居。
安乐圮倾成逸蒸，铜驼荆棘想长嘘。
金钟鼛鼓空东序，大剑长枪遍比闾。
欲振前徽资后起，守疆岂独畏休屠。

凉州怀古·其七

（清）沈翔

塞土边乡少见闻，我来搜讨事纷纭。
澄华井没张芝笔，忏国碑残危素文。
一路云横金塔树，千年烽灭白亭军。
筹边为问今时帅，戍鼓烟墩插夜云。

凉州怀古·其八

（清）沈翔

沙寒烟冷水粼粼，二月郊原未见春。
广泽断流寻潴野，荒台雕额指灵钧。
纸钱飘塚招新鬼，社鼓阗村祭野神。
此俗由来他处少，五凉人事半三秦。

凉州怀古·其九
（清）沈翔

荒荒斜日转孤城，寒燄连天野烧明。

五姓地空遗路寝，三明人去播贤声。

云栖大壑豺狼斗，风卷边沙矢石鸣。

闻说当年毳猎地，至今空迹少人耕。

凉州怀古·其十
（清）沈翔

一年住此意悠悠，物候天时总不侔。

绿醑气清偏傲火，白杨枝动易惊秋。

马嘶鼙鼓风千戍，人醉琵琶月一楼。

独有江南岑寂客，不堪听谱古凉州。

第五辑

印象凉州

五千年前的新石器时代，开启了文明曙光；两千年前的武功军威，吹来了大汉雄风。祁连山下，石羊河畔，天马的嘶鸣，长城的沧桑，罗什的经卷，石窟的佛光，展开了历史名城的壮美画卷；汉简的印迹，文庙的儒风，西夏碑的华光，白塔寺的灵气，传承着凉州文化的深厚底蕴。

骈肩比立插青霄

因为历史的原因,古代凉州的名气很大。对于每一位来到或者路过凉州的人而言,驻足游览城内的文化景点,便成为必不可少的一项内容。

明代初年,有一位名叫丁昂的江苏人,由于某种原因,谪戍凉州。据《武威县志》记载,丁昂曾任朝廷侍从。丁昂到达凉州之后,自然不会错过欣赏凉州美景的机会。当他慕名来到闻名遐迩的大云寺时,看到大云寺塔与清应寺塔双塔峰立,直上云天,不胜感叹,遂写下《双塔》一诗记之。诗云:

骈肩比立插青霄,入夜还看挂斗杓。
挥汉双毫霞作简,擎空两柱蝀为桥。
同穿碧落长河漏,共鉴寒潭倒影摇。
雨霁通缠云一缕,直如白玉带围腰。

明清时期,武威城内大云寺塔与清应寺姑洗塔、罗什寺罗什塔呈东西一线,像三支笔立在笔架上,号称武威城内"文笔三峰",为古凉州小八景之一,是人们的必游之地。

那么,这几座塔有什么来历?

一、大云寺塔

大云寺塔,民间又称镇海塔。塔台为土筑台,用砖围砌,六角略呈圆形,高约 3.7 米。大云寺塔比清应寺姑洗塔高一点,状如宝瓶,十三层,六棱六角,有飞檐、风铃,高约 41.3 米。第一层为 4.3 米,第二层为 3.7 米,第三层为3.3米，其余各层依次缩减。塔身每层东西南北都有门，东西各门能通人，南北各门供有石雕佛像不能通人。塔身周围层层塑有菩萨像，号称"千千菩萨"。塔身内空，通过螺旋式阶梯，可直登塔顶。塔顶为生铁铸成，用半米长的六根铁链子各吊着一个铁疙瘩，如碗口大。遗址约在甘肃省武威市凉州区和平街小学操场北边。

大云寺历史悠久，是凉州最早的寺院，位于武威市凉州区和平街钟楼巷18号。据《魏书·释老志》记载：

> 有王阿育，以神力分佛舍利，于诸鬼神，造八万四千塔，布于世界，皆同日而就。今洛阳、彭城、姑臧、临渭皆有阿育王寺，盖承其遗迹焉。

阿育王（约前304—前232）是印度孔雀王朝的第三代君主，可见武威大云寺年代久远，其前身为阿育王寺。

东晋十六国时期，统治武威的为前凉张氏。前凉王张天锡因"宫中，数多灵瑞"，遂"异其事"。又听说王宫乃阿育王奉佛建造的八万四千舍利塔之故基之一，于是，张天锡在升平年间"舍其宫为寺，就其地建塔"，并将重建的寺院命名为宏藏寺。据传，所建之塔因有许多神灵感应故事，故名感应塔。

至唐时，武则天于天授元年（690年）七月，在全国颁《大云经》，十月下诏各州郡修建大云寺，凉州遂将宏藏寺改名为大云寺。后"因则天大圣皇妃临朝之日，创诸州各置大云，遂改号为天赐庵"。到唐睿宗景云二年（711年），又对大云寺庙进行了一次较大的维修。竣工后刻《大云寺古刹功德碑》，这是最早的大云寺碑铭，但原碑早已亡佚，幸有明代重刻为存。碑铭记载，唐代时大云寺有"七级木浮图，即张氏建寺之日造，高一百八十尺，层列周围二十八间，面列四户八窗，一一相似"。

西夏占领凉州后，该塔仍完好无损，而且"灵应"更多。西夏天祐民安三年（1092年）冬天，武威大地震，导致佛塔倾斜。西夏梁太后及国王李乾顺崇奉佛教，相信这座佛塔有护国的神灵，为了旌表佛塔的"灵应"，便下诏动用大量人力、物力和财力，于天祐民安四年（1093年）六月动工，重新修建装饰了感应塔及寺庙，第二年完工，将大云寺更名为护国寺，塔名"感通塔"，并立碑铭记。西夏碑碑文除了记录重修凉州护国寺及感应塔的经过，还记载着许多神奇的传说。传说塔因年久失修、地基塌陷，导致佛塔倾斜，但每次塔身倾斜后，当夜就会风雨大作，人们竟能听见锤打斧凿的声音，第二天一看，宝塔已经直立如初。又传说，西夏惠宗时期，西羌来攻凉州，夜晚电闪雷鸣，塔的上面突然出现了几盏神灯，敌人恐慌退兵。西夏的第四代皇帝乾顺三岁时便继承了王位，母亲梁太后当朝理政。在她掌权期间，听说民间传有凉州护国寺感应塔能显灵的说法，便叫人时时来向宝塔祈祷，果然对北宋用兵连年取胜。

元代，大云寺基本保持了西夏时期修复的状况。元末至正年间，寺庙毁于兵燹。

明洪武十六年（1383年），日本净土宗第十一代弟子沙门志满，远渡重洋来朝拜佛教圣地凉州大云寺，看到寺院残破不堪，遂主持募化重修，成为中日民间交流的一段佳话。

此后，大云寺在明天启二年（1622年）、雍正十二年（1734年）、乾隆二十五年（1760年）续加修葺，规模不断扩大。天启二年《增修大云寺碑记》记载：

> 旧有浮图五级，未及合尖，至万历壬辰岁（万历二十年，1592年），本城副将鲁光祖施砖瓦砌补，完前功。隆崇百八十尺，与清应寺塔双峰插天，称五凉一奇观云。

大云寺古钟楼，因其巍峨壮观、古朴典雅、历史悠久而被称为"凉州八景"之一。1927年四月，武威发生8级地震，除了古钟楼，大云寺塔及其他建筑几乎完全坍塌。

地震后的古钟楼在大云寺的遗址旁孤独地屹立了五十多年，直到 1980 年，武威文物部门从别处搬迁来建于明代正德元年（1506 年）的火庙大殿和原山西会馆的清代建筑春秋阁，与古钟楼组成了今日大云寺的规模，后又对古钟楼进行了维修、翻新。1993 年三月，大云寺被甘肃省人民政府公布为省级重点文物保护单位。

二、清应寺姑洗塔

清应寺姑洗塔塔台为条石所包土台，高三米多，塔台四周用砖砌有半人高的护塔墙。塔高十三层，六棱六角，层层角上系风铃，层层有门，塔门向南。每隔一层，门龛里供有佛像。塔身空心，从塔门入内，可直上塔顶。第一层至第五层有夹层道，是关煞洞子，可旋转而上。从第六层开始为螺旋式台阶。塔顶为生铁铸造。

清应寺位于大云寺旁边，海子南侧，坐北向南。寺中的姑洗塔在武威的历史上声名显赫，但随着岁月的流逝，寺院与宝塔早已湮没于尘土之中，只留下几块碑文和史书的零散记载。那么，清应寺的具体位置在何处？它经历了怎样的兴亡盛衰呢？

从目前已发掘文献来看，最早与清应寺有关的记载当属明嘉靖四十一年（1562 年）《沈膺北斗宫新创藏经楼碑记》。碑文记载：

> 北斗宫号清应庵，在武威卫治之东北隅，大云寺居左，北斗宫居右。

当时城南古亥母洞寺的高僧常往来于北斗宫，把北斗宫当作修禅入定之处。但历经风雨，"寺院崩颓，台基尚在。于是在斗刹之南隅，建藏经楼一座，高宏壮丽"。藏经楼由钦差陕西等处分守西宁道右参政吴天寿及甘肃地方官员胡汝霖、吕经、王光祖等捐资，嘱咐凉州卫掌印指挥徐恩于嘉靖四十年（1561年）主持创建，第二年建成，立碑记载其事，碑文由太学生沈膺撰写。藏经楼修成之后，便有高僧在此驻锡。从这篇碑文中可知，北斗宫一度号称"清应庵"，而且明确指出了北斗宫与大云寺的位置，即大云寺居左，北斗宫居右。此碑文中虽没有清应寺之名，但有了清应庵的说法。

而清应寺的名称与来历，则在明万历十六年（1588年）《袁宏德敕赐清应禅寺碑记》中有详细记载。碑文云：

> 凉州为西域襟衽之地，而番僧杂出乎其间。其城之东北隅，旧有北斗宫遗址，相传始于至正时，兵火残燹，永乐间敕为清应禅寺，殿宇巍峨，廊楹绘绚，世称古刹，迄今二百有余祀。

从这一记载看来，清应寺在明永乐之前，应该叫作北斗宫。元末寺院被战火烧毁，明永乐年间修复时，"敕赐清应禅寺"，故名清应寺。

《袁宏德敕赐清应禅寺碑记》还记载，清应寺在明嘉靖、隆庆、万历三朝进行了大规模复原修葺。万历年间参与维修的有分守西宁道督理粮储屯田水利陕西等处承宣布政司右参议袁宏德及张思忠、陈霞等官员。修复后的清应寺规模有多大呢？寺院除了有山门、天王殿、钟楼、鼓楼等建筑，在"北斗宫故址东西两楹各列罗汉于内，宫两隅左祠祖师，右祠伽蓝，中为正殿画廊各一十有一间。后分两殿，一名弥陀，一名地藏。中道扁曰'梵王宫'，直抵姑洗塔。禅堂、僧舍环绕联络于左右，一海位于元武而万壑潆焉"。修复完成后，清应寺"敞庄严之胜概，壮保障之奇观，甲西凉之雄镇也"。除了清应寺，姑洗塔也出现在碑文中。

明代时，大云寺感应塔与清应寺姑洗塔并称为双峰宝塔。明代丁昂路过武威时写的《双塔》诗云：

骈肩比立插青霄，入夜还看挂斗杓。

挥汉双毫霞作简，擎空两柱蝀为桥。

到了清代康熙八年（1669年），都察院右副都御史刘斗巡抚甘肃，他来到武威，看到清应寺"历年已久，檐败墙颓。古塔倾颓若此"，不禁慨然长叹，便与甘肃官员孙思克、朱衣客、王阶、刘友元、李栖凤、李栖鹛等捐款维修。康熙八年《刘斗重修清应寺碑》记载道，此次维修，对清应寺"缺者补之，坏者易之，旧者新之"，使清应寺"焕然改观"。该碑文同时也记载了清应寺的来历和规模，"兹清应寺，乃北斗宫遗址，建自永乐间。殿宇在前，觐龙颜以拜仪；宝塔居后，凌霄汉而镇海"。

康熙十一年（1672年），镇守陕西甘肃等处总兵官、振武将军孙思克主持捐资，又对清应寺塔院及塔进行了修葺，并对佛像金装。《孙思克重修清应寺塔记》记载：

清应寺本名北斗宫，北斗宫之有姑洗塔，盖始于晋张重华舍宫内地建寺立塔。今此塔与大云寺塔并峙，镇塞水口而摩穹碍日，光耀非常，盖凉州一胜概也。

从这段文字也知，清应寺在明以前叫北斗宫，有塔曰姑洗塔，最初创建于前凉王张轨曾孙张重华时。张重华舍其王宫空地，创立了北斗宫与姑洗塔。

康熙二十二年（1683年），孙思克看到清应寺藏经楼"楼阁空存，函柜虚设"，他经过问询，原来藏经楼历经叛乱，"将藏经遗失无存矣"。孙思克不禁感慨万分，于是有了重新藏经之心愿。他从康熙二十二年开始，到康熙三十二年（1693年）结束，总共十年时间，在西宁静宁寺请高僧造写"三藏五大部梵字藏语，共一百零五卷，共计一百零五帙"，并将经卷迎请到凉州，安放在藏经楼之中，并刻写《重造梵音藏经碑》记载其事。

清应寺历经多次维修，殿宇焕然一新。但到了康熙四十八年（1709年）秋天，由于雷击，清应寺内姑洗塔塔顶砖瓦掉落。后于康熙五十年（1711年）重修。康熙五十年的《李如荫重修清应寺塔顶碑记》对建塔的原因及塔高进行了详细记载，原来武威城东北地势低洼，因此填土筑台，"上建浮图一座，高一百八十余尺，其身一十三层，重檐叠翠，八面玲珑"。对塔顶维修之后，希望"天地清宁，历千劫而不朽；皇图永固，绵百世而常新"。

文献史料中，清应寺之名再次密集出现，是在武威名儒张澍的《养素堂文集》卷十和卷十九中。卷十记载了张澍的《偕同游至清应寺观西夏碑》七律四首，卷十九记载了他在武威城内北隅清应寺中发现了西夏碑。那时，已经到了嘉庆年间。可见，嘉庆年间，清应寺仍然香火旺盛，为一大游览胜地。清代一些诗人也对清应寺姑洗塔进行了描述，张翙有诗云："姑洗云低塔，灵钧树拥台。"段永恩有诗云："双峰宝塔孤城里，一角危楼夕照中。"

1927年，武威发生大地震，清应寺被毁为一片废墟，姑洗塔也轰然倒塌。姑洗塔遗址约在今甘肃处武威市凉州区和平街小学院内北墙处。

时至今日，清应寺和姑洗塔早已没有了一丝痕迹，人们只能在史书和碑文的记载中感受它曾经的宏伟与辉煌。

三、罗什寺塔

现存的罗什寺塔八角十二层，高三十二米，全以条形方砖砌成。从下起第三、五、八层均设门，顶部是葫芦形的铜质宝瓶，最上层东西各有小佛龛，龛内有佛像。

罗什寺塔位于武威市北大街的鸠摩罗什寺内，是全国唯一以鸠摩罗什命名的寺院，是具有国际宗教文化意义的佛教圣地之一。据史料记载，寺院最早建于后凉，距今已有一千六百多年的历史，是为纪念我国古代著名的西域高僧、佛经翻译家鸠摩罗什在武威弘扬佛法、翻译经典的功绩而建造的，其中的罗什寺塔，相传是鸠摩罗什大师圆寂后"薪灭形碎，唯舌不坏"之舌舍利塔。

鸠摩罗什于343年生于新疆库车，后因佛学造诣很深，被龟兹王奉为国师。382年，前秦王苻坚令骁骑将军吕光等率兵进军西域，385年吕光破龟兹，征服西域三十余国，得到鸠摩罗什和两万多峰骆驼以及几千匹骏马满载而归，后在武威建立了后凉政权。鸠摩罗什也随之留在武威，这一留就是十七年。在武威的十七年间，鸠摩罗什讲经说法，培养弟子，了解中原风土人情，并且钻研汉语知识，达到十分精通的程度，为他后来的翻译事业打下了坚实的基础。

401年九月，鸠摩罗什被后秦国王姚兴迎到长安，尊为国师。从此，鸠摩罗什在长安译经说法。413年八月，鸠摩罗什在长安圆寂，享年七十岁。鸠摩罗什本人翻译经典，严肃认真，一丝不苟。相传鸠摩罗什在圆寂前对众人起誓："若所传无谬者，当使焚身之后舌不燋烂。"大意是"所译经典，要是没有违背原意的地方，死后焚身，舌头不烂"。大师圆寂焚身之后，果然"薪灭形碎，唯舌不坏"，这正应验了大师生前的誓愿，留给我们无尽的敬仰和缅怀。相传，武威罗什寺塔就是埋葬鸠摩罗什大师不烂之舌的地方。

罗什寺历经沧桑，多劫多难，塔及寺院在唐时大力扩建，在明、清皆有修葺。传说大唐贞观年间，大将军尉迟敬德（后来的门神之一）统兵远征西域，行至武威地界，忽然他看到城内一座古塔顶上放射金光，宛若千佛降世；祥云生处，花雨飞舞。他相信这一奇观是一种神示：如此祥瑞之处必定是佛教的圣地，于是前往礼拜。敬德见到罗什寺塔后十分敬仰，遥想罗什法师功德，于是他下拨饷银，召能工巧匠，亲任监工，经一年多时间，寺塔完工。为彰此德，他在塔下立石碣为记，上刻"罗什地基，四至临街，敬德记"。此碑至今仍完好保存，可为一段历史明证。

到了唐末、宋、元时，由于汉族和西域少数民族频繁的战乱，凉州在很长时间里成为西域吐蕃领地，与汉文化隔绝。唐安史之乱后，凉州被吐蕃长期占据。元朝时忽必烈将凉州作为牧场。至此，罗什寺失去了早期的历史面目。

明朝开国初年，社会逐渐稳定，经济有所发展，凉州城内的庙宇楼阁开始进行恢复性修缮，但罗什寺因为毁为一片瓦砾之地，一直没有进入修缮范围。

到了明朝永乐元年（1403年），一个在张掖从军的鄱阳军夫石洪客居凉州。发现"寺堂基址，瓦砾堆阜，榛莽荒秽丘不存"的罗什寺废墟时，心存悲凉，萌生了要在废墟上建一幢房屋的想法，并择定吉日，破土动工。工匠们就在地下挖出一块银牌，上面清楚地镌着"罗什寺"三个大字。石洪到这时才知道这是姚秦朝代为三藏法师鸠摩罗什建造的罗什寺旧址。他大感意外，决心重新修缮鸠摩罗什寺。明永乐二年（1404年）秋八月，罗什寺重建正式动工，到年底就完成了正殿的修建，第二年完成全部修复工程，雕塑彩绘，一应俱全。明永乐十三年（1415年）末，又修复了观音殿和罗汉殿。石洪于明永乐十七年（1419年）三月立的《重修罗什寺碑》对此进行了详细记载。

明代鸠摩罗什寺成为陕西凉州大寺院，英宗正统十年（1445年）二月，为罗什寺院颁发了大藏经。并下圣谕道：

> 刊印大藏经，颁赐天下，用广流传，兹以一藏，安置陕西凉州大寺院，永充供养。

此谕现完好保存于武威市博物馆。清朝顺治十一年（1654年）对罗什寺进行过维修，维修完毕后立有《重修罗什寺宝塔碑》。清康熙二十八年（1689年），罗什寺又有过一次大型的修缮，这是继顺治十一年以后又一次比较大的修复工程，清康熙二十八年十月立的《重修罗什寺碑》记载，经过这次重修，罗什寺"前后三院，焕然一新，乃五凉之福地，壮丽改观，诚河西之胜地也"。此外，这块碑刻还出现了鸠摩罗什舌舍利奉葬于凉州罗什寺塔中的记载："用火焚尸，薪灭形碎，惟舌不灰，今现藏于塔内。塔光倒影，屡显灵异。"

1927年武威大地震，罗什寺院被震毁。1934年，毁坏的罗什寺塔被重修。1998年，武威市人民政府批准修复鸠摩罗什寺。同年，经甘肃省宗教局批准，成立了鸠摩罗什寺筹建处，罗什寺正式开放为佛教活动场所。

罗什寺塔历经风吹雨打，一身风尘，兀自巍然屹立，卓尔不凡，为省级重点文物保护单位。鸠摩罗什寺以及罗什寺塔，象征着武威古城悠久的文明和历史，也是一千六百多年前中西文化交流的见证，现已成为佛学研究、佛教建筑研究等的重要场所，在武威文化旅游景点中，也是一颗璀璨的明珠。

新秋归远树，残雨拥轻雷

一千两百多年前的一个秋天，唐代大诗人高适陪同朝廷使者游玩武威灵云池，看到树木苍苍，水波粼粼，景色无比优美，不禁诗兴大发，写下了《陪窦侍御灵云南亭宴诗得雷字》一诗，其中就有"新秋归远树，残雨拥轻雷"的句子。

高适是盛唐边塞诗人的杰出代表。高适曾出塞三次，而就在他出塞的经历中，高适与武威结下了一段不解之缘，留下了一段千古佳话。在武威丰富的生活经历，为诗人提供了展示才华的舞台，更为高适的诗歌创作打下了坚实的基础。

一、任职武威

唐时，武威称作凉州，经济繁荣，市井繁华，人口众多，是西部军事重镇和战略要地。鉴于其在战略上的重要地位，唐王朝在凉州设置了河西节度使，并在河西、陇右布驻重兵，史称"猛将精兵，聚于西北，军镇守捉，烽戍相望"。高适正是在这样的背景下出入边塞幕府，并驻足武威，留下了一首首脍炙人口的诗篇，字里行间洋溢着诗人对武威的深厚感情。

高适（704—765），字达夫，河北景县人，早年生活困顿，随父旅居岭南。年轻时曾入长安求仕，并北上蓟门，漫游燕赵，希望立功边塞，但最终无果而还。后寓居宋州近十年，贫困落魄至极。天宝八载（749 年），四十五岁的他，因有人举荐，试举有道科中举，授封丘尉。但小小的封丘尉与高适心中追求的不朽功名有较大的差距，使高适常怀不平，终于在三年后弃官。史书记载道："非其好也，乃去位，客游河右。"

约在752年秋冬之际，高适盼到了他一生进退的第二次契机。他怀揣着一封田梁丘写的推荐信，到边塞武威，去投靠威震河西的河西节度使哥舒翰。史书说"河西节度哥舒翰见而异之"。正是由于哥舒翰的赏识与挽留，高适遂入河西节度使哥舒翰幕府，表为左骁卫兵曹，掌书记。就这样，直至五十五岁，高适大部分时间都在河西度过，也在此期间，他与武威有了真正意义上的亲密接触。

刚来到武威，年过半百的高适好像获得了重生，精神很是振奋，在其《送李侍御赴安西》诗中说：

> 行子对飞蓬，金鞭指铁骢。
> 功名万里外，心事一杯中。
> 虏障燕支北，秦城太白东。
> 离魂莫惆怅，看取宝刀雄！

大有一种壮志满怀、雄心勃发之豪情。但在艰苦的边塞武威生活一段时间后，他在豪情之外又多了一层悲凉，变得更加成熟和深沉起来。是啊，虽然自己如愿进入幕府，毕竟已是五十多岁、两鬓染霜的老人了，功名依旧空空，前途依旧迷茫，不由得生出一种悲壮苍凉之感。因此，他便在闲暇之余，寻古探幽，找朋访友，一边欣赏着边城武威的别样景致，一边尽情品尝着武威的葡萄美酒，借此抒发他怀才不遇的无尽伤感。且看他在天宝十三载（754年）秋日写的《武威同诸公过杨七山人，得藤字》一诗：

> 幕府日多暇，田家岁复登。
> 相知恨不早，乘兴乃无恒。
> 穷巷在乔木，深斋垂古藤。
> 边城唯有醉，此外更何能。

身在武威的高适，常常打马出城，到处散心。登高望边塞茫茫，抬头见鸿雁南飞，不由慷慨激昂，意气风发，每每生出一种立功边塞的豪情，但也分明透露出一种人生悲凉。追求不朽功名的高昂意气，与冷峻直面现实的悲慨相结合，使他的诗有一种慷慨悲壮的美。武威，已在他的心目中成为人生难以磨灭的记忆。如他写的《登百丈峰二首》：

朝登百丈峰，遥望燕支道。
汉垒青冥间，胡天白如扫。
忆昔霍将军，连年此征讨。
匈奴终不灭，寒山徒草草。
唯见鸿雁飞，令人伤怀抱。

晋武轻后事，惠皇终已昏。
豺狼塞瀍洛，胡羯争乾坤。
四海如鼎沸，五原徒自尊。
而今白庭路，犹对青阳门。
朝市不足问，君臣随草根。

没有对武威边塞生活的实地体验，是不可能写出这样身临其境、感同身受的诗句的。

二、赋诗武威

754 年秋天，朝廷派窦侍御一行人前来边塞武威视察军情民生。河西节度使派高适陪同，公务之余，高适陪窦侍御游览武威美景。因窦侍御乃朝廷派来之人，高适自然不肯放过这个千载难逢的展示才华的机会。他在陪同窦侍御泛舟武威灵云池（武威古灵云池，又名灵渊池，史称原址在武威县治南，后凉吕光尝宴群臣于此。大约在今武威大云寺、海子巷一带，因年代久远，又兼武威地下水位下降，现早已不存）中时，便挥手写下《陪窦侍御泛灵云池》一诗，诗中吟唱道：

  白露时先降，清川思不穷。
  江湖仍塞上，舟楫在军中。
  舞换临津树，歌饶向迴风。
  夕阳连积水，边色满秋空。
  乘兴宜投辖，邀欢莫避骢。
  谁怜持弱羽，犹欲伴鹓鸿。

  既写出了武威秋日优美独特的风光，又借边塞秋景抒发自己的情怀，隐隐道出自己渴望得到荐赏和重用之情。后又在酒席宴上，与窦侍御等人唱和酬酢之时，赋有《陪窦侍御灵云南亭宴诗得雷字》一诗，表达了自己渴望仕进的强烈愿望：

  人幽宜眺听，目极喜亭台。
  风景知愁在，关山忆梦回。
  只言殊语默，何意忝游陪。
  连唱波澜动，冥搜物象开。
  新秋归远树，残雨拥轻雷。
  檐外长天尽，尊前独鸟来。
  常吟塞下曲，多谢幕中才。
  河汉徒相望，嘉期安在哉。

  几天后，他又陪同窦侍御攀登武威西郊莲花山，并成功登顶。莲花山峰顶之上，有一七级浮图砖塔，巍然屹立，雄伟壮观。高适在向窦侍御介绍完景点之后，欣然赋诗一首，即《和窦侍御登凉州七级浮图之作》，诗曰：

> 化塔屹中起，孤高宜上跻。
> 铁冠雄赏眺，金界宠招携。
> 空色在轩户，边声连鼓鼙。
> 天寒万里北，地豁九州西。
> 清兴揖才彦，峻风和端倪。
> 始知阳春后，具物皆筌蹄。

借景抒情，流露了自己不甘寂寞、急于用世的雄心。

从泛舟灵云池到攀登莲花山，可见，高适对武威已是相当熟悉了，对武威的名胜古迹、风土人情如数家珍。在这次陪同朝廷要员的过程中，高适巧妙地利用边塞武威独特的自然人文景观，借一首首诗作展示了自己的才华，他只想能在窦侍御心目中留下一个较好的印象，希冀日后窦侍御能向皇帝举荐自己，实现自己的愿望。在窦侍御回京前，高适在武威设宴款待，"醉后欢甚"，又写了《送窦侍御知河西和籴还京序》，"追台阁之旧游，惜轩车之远别"，与窦侍御依依惜别。

当时武威佛教兴盛，庙宇香火旺盛，在窦侍御离开后，年过半百的高适思虑再三，在武威皈依佛教。也许，在他的心中，只有神佛才能助他完成心愿；也许，年过五十，前途未知，高适顺知天命，产生了宿命论的思想，已把武威当作自己的人生归宿。

岁月蹉跎，随着在武威停留的时间一天天延长，想着岁月的无情流逝，看着自己日益老去，高适心中也不时流露出一种英雄迟暮、廉颇老矣的悲凉，在武威每次送友人的时候，就不禁展现出这种心态。在《河西送李十七》一诗中，诗人写道：

边城多远别，此去莫徒然。

问礼知才子，登科及少年。

出门看落日，驱马向秋天。

高价人争重，行当早著鞭。

三、离开武威

历史常常变幻莫测。755年，安史之乱爆发，高适随哥舒翰离开武威，前去戍守潼关。当他走到古浪县时，想到自己就要离开生活了两年半的武威，又将奔赴别处，不知前程如何，心中不禁忐忑，便作了《入昌松东界山行》诗一首，以壮心志。昌松，即今武威市古浪县。诗曰：

鸟道几登顿，马蹄无暂闲。

崎岖出长坂，合沓犹前山。

石激水流处，天寒松色间。

王程应未尽，且莫顾刀环。

吟罢，高适轻轻拭去噙在眼角的沧桑泪，挥手向武威告别。此后，高适再也没有回过武威。

安史之乱是大唐衰败的节点，却又是高适人生的起点。哥舒翰兵败潼关，高适向玄宗陈潼关败亡之势，随即受到玄宗赏识，拜谏议大夫。一年之中，连迁左拾遗、监察御史、侍御史、谏议大夫、御史大夫数职，后又任扬州大都督府长史、淮南节度使等职。并先后入朝为刑部侍郎、左散骑常侍，进封渤海县侯。在此过程中，那位窦侍御从中起了多大作用，已不得而知。

武威，在高适的仕进历程中，如同一块跳板，将他抛上了权力的高层，加之在武威生活了近两年半的时间，无论走到哪里，武威，永远是高适心中抹不去的记忆。

在河西的新天地里，在鞍马风尘的征战生活中，在冰天雪地的塞外风光下，高适经过长期的观察与体会，诗境空前开阔，成为边塞诗的领军人物之一。而武威，在他的边塞诗中占据了非常重要的位置，这源自他在武威度过的那段难忘的岁月，源自他对武威产生的深厚的感情，他留存的那么多有关武威的诗歌，便是他热爱武威、思念武威的最好证明。

高适把武威当作他一生最重要的人生驿站之一，他以自己的精神力量，为武威的自然景物与人文气象注入了独特的美。高适停留在武威是在五十二岁至五十五岁之间，这样的年龄，正是诗歌创作的成熟时期。而武威的丰富经历又为他的诗歌创作注入了新的动力，使他的艺术才情得到了升华，他笔下的边塞诗意境因此而更为高昂、悲壮和瑰丽。古城武威，因高适的到来而在文化上显得更加厚重，更加熠熠生辉，而武威的生活经历，也洗礼和提炼了高适的创作，为他的边塞诗增添了无穷的魅力，使其诗作显得更加悠远壮美……

此间消夏真佳境

虢虢清泉向北流，招提切汉惯来游。
不询僧腊嫌饶舌，久读碑文觉渴喉。
曲沼嘉鱼跳拔剌，高松怪鸟叫钩辀。
此间消夏真佳境，况有溪边卖酒楼。

约两百年前，清代武威著名学者张澍游海藏寺写下的诗句，生动描绘了海藏寺的自然风光和人文景象。

海藏寺，位于武威城西北 2.5 千米处，占地 13460 平方米，是河西走廊保存较完整的古建筑之一，被誉为"河西梵宫之冠"。

一

海藏寺得名之由来，众说纷纭，莫衷一是。

第一种说法十分笼统，也见诸许多有关海藏寺的书文中，对寺名之来历是这样解释的：因为海藏寺四周树林茂密，泉水遍布，寺院坐落其中，犹如"海"中藏寺，故而得名。有人甚至撰写了一副"海里藏寺寺藏海，林间涵湖湖涵林"的回文对联，以和寺名印证。如此一来，海藏寺的读音便成为海藏（cáng）寺了。

第二种说法和第一种异曲同工，来源于明成化二十三年（1487年）立的《重修古刹海藏寺劝缘信官檀越记》碑，石碑上有这样的记载："相传，灵钧台原为水中小岛，寺建于台上，故名海藏寺。"前凉时期修筑的灵钧台，因四周泉水环绕，已成为一座小岛，而寺院正建在灵钧台之上，看上去就像海中藏寺，故名海藏寺。海藏寺藏语称为香嘉措岱，汉语意思就是北部大海寺，正是采用此说。

第三种说法来自武威籍学者李鼎文先生的《武威历史考辨三题》一文中。李鼎文先生经过多方考证，认为"海藏"是佛教用语，相传佛教大乘经典藏在大海的龙宫中，故称"海藏"。唐代文学家张说在《唐玉泉寺大通禅师碑铭》中写道："海藏安静，风识牵乐。不入度门，孰探玄要？"唐朝李德裕在《赠园明上人》诗中也写道："远公说易长松下，龙树双经海藏中。"唐朝另一位诗人皮日休也有"取经海底开龙藏，诵咒空中散蜃楼"的诗句，都是用的这个典故。而"海藏"在汉语词典中的基本解释，就是传说中大海龙宫的宝藏。

以上三种说法似乎都有根据，但究竟哪一种说法更确切呢？

二

因为海藏寺建于灵钧台之上，所以，海藏寺的历史，最早可以上溯至距今近一千七百年的东晋元帝大兴四年（321年）。那一年，凉州刺史张茂开始修筑灵钧台（灵钧台遗址一说是武威城北的东岳台）。

《晋书·张轨传》记载："茂筑灵钧台，周轮八十余堵，基高九仞。"武陵人阎曾劝说张茂，说先帝不希望劳民伤财，张茂听后，下令筑台工程暂停。

两年后，即323年，张茂重新修筑灵钧台。那一年，军阀刘曜进攻凉州，大军长驱进入河西，百余里中，钟鼓之声，沸河动地，"自古军旅之盛，未有斯比"。凉州为之震怖，张茂遂以牛羊、金银、女妓、珍宝、珠玉及凉州特产贡献刘曜，向其称藩，刘曜署张茂为西域大都护、凉王等职，旋即班师。为增强防御力量，迫使张茂重新"大城姑臧，修灵钧台"。

20世纪80年代，在海藏寺台下挖出一块清光绪三十四年（1908年）立的《晋筑灵钧台》碑记，上书"东晋明帝太宁中凉王张茂立古台"，其后此碑正式立于大殿前西侧。

海藏寺无量殿内描金大柱上有一对联，上书"阙影身池塘，足下龟蛇低戏水；台灵高坎位，座旁旗剑上凌云"，笔力浑厚雄健，文辞清丽，深刻描绘了灵钧台的高大壮观。

海藏寺灵钧台上建有"无量殿"，为珍藏清代皇廷所赐明版藏经之处。殿前有一眼"药泉井"，亦称"海心"，相传井水与西藏布达拉宫的龙王潭相连。

药泉井开凿于何时已无可考证，而让此井闻名天下的，正是萨班大师。据《凉州佛寺志》记载说，蒙古阔端王子因经常行军打仗，得了一种龙毒湿疹之病，就医服药无济于事。萨班大师从西藏到达凉州之后，就在此井旁边不停诵经，终于降伏了妖龙，并用井水治愈了阔端缠身多年的龙毒湿疹病。从此之后，这口水井名气不胫而走，甘肃、青海等地的藏族同胞不辞辛苦，千里跋涉，专程来此取水敬献神灵或医疗疾病，此井水被视为"神水"。久而久之，四方游客、当地民众游览海藏寺时亦进行品尝。

据说，药泉井水与一般的水不同，人喝了之后神清气爽，可延年益寿，祛灾除病。

三

海藏寺最早建于灵钧台之上，后扩建至周遭。但海藏寺究竟建于何年，已无法考证，几种说法也难以断定。

据清乾隆年间的一块石碑记载，建寺当在宋元之间。《甘肃旅游》载："寺建南宋淳祐九年（1249年），距今已有七百年的历史。"而真正大规模扩建海藏寺的则是元朝。当时，阔端王驻守凉州，邀请藏传佛教萨迦派第四代祖师萨班到凉州，萨班先后主持修建金塔、白塔、莲花、海藏四寺，建筑宏伟完整。海藏寺因此成为凉州四部寺之一。故另一说为"元定宗三年（1248年）扩建，毁于元末"。

海藏寺建成后，因历史的变迁，经历了诸多兴亡。

元朝末年，香火旺盛的海藏寺不幸毁于战火，成为一片废墟。明代成化二十二年（1486年），太监张睿监军于凉州，得知此地乃海藏寺遗址，于是募捐重修。规模宏大，金碧辉煌，海藏寺又恢复了往日的兴盛。

据《成化御敕修海藏寺碑记》记载，明成化十七年（1481年），因为太监张睿深受明宪宗宠信，所以明宪宗命张睿到凉州监督军务，"以能声闻于上，特承简命"。而张睿也不辱使命，"至凉数年，戎羌不敢轻犯"。

成化十九年（1483年），张睿来到当年海藏寺的遗址，当听说"此古海藏寺之遗址也"，他不禁感慨道："寺以海藏名，将以藏其佛氏之宏且远也……且寺之兴废，则系乎其人之得与不得耳，非有系乎佛也。"当即决定重新修建海藏寺，"是寺之兴，我当任之"。

张睿重修海藏寺的倡议，得到了总镇甘肃太监覃礼、总戎刘晟、协副李宽等官员的大力支持。重修工程自成化十九年（1483年）二月十九日开工，至成化二十三年（1487年）八月十五日竣工，前后历经四年，建筑规模宏大，使先前成为废墟的海藏寺又重放异彩。工程完工后，明宪宗赐名为"清化禅寺"。

明代成化年间重修后，海藏寺就以风景优美著称当地。《重修古刹海藏寺》碑云：

海藏之胜概也，环四山之秀，带诸涧之流；树密鸟繁，而弋者可射；水清鱼肥，而渔者可钓；以酹以歌，以行以止，仰焉俯焉，悠悠不知身世之在何地。

清朝康熙、乾隆年间又重修。海藏寺无量殿外立着两通清乾隆年间的碑刻。一通是叙述清乾隆五十四年（1789年）海藏寺重修经过；一通为《海藏寺藏经阁记》，里面记载了海藏寺藏经的曲折故事。

康熙年间，海藏寺经过重修，焕然一新。寺僧明彻、实印欲赴京请回全部藏经，但中途遭凶变，第一次请经没有成功。雍正年间，际善法师成了寺院的主持。他看着修葺一新的寺院，百感交集，欲继承前人遗愿，亲自赴京请经。际善法师以唐代高僧玄奘、鉴真为楷模，拄杖托钵，沿路乞斋，艰难东行，正所谓"玄奘光大,际善步尘"。而这一路,竟然走了整整八年。经过八年的长途跋涉,际善法师终于到达北京。际善法师的行为,使许多朝廷大臣深受感动,经过一番努力,朝廷赐给海藏寺明版藏经6820卷,并施银920两作为资助。际善法师携经回来后供奉在灵钧台上的无量殿里,并将此殿取名为"藏经阁"。

四

康熙三十一年(1692年),振武将军孙思克在牌楼题立"海藏禅林"四个大字。那么,孙思克是谁?他与凉州有什么渊源呢?

孙思克(1628—1700),字荩臣,号复斋,清朝名将,河西四汉将之一。

康熙二年(1663年),孙思克擢升为甘肃总兵,镇守凉州。期间,孙思克在扁都口西水关到嘉峪关一带修筑边墙,使得厄鲁特蒙古在边境放牧的部落尽皆迁走。山陕总督卢崇峻奏知朝廷,加孙思克为右都督。

康熙十三年(1674年),陕西提督王辅臣在平凉响应吴三桂叛乱,兰州陷落,陕西总督哈占命孙思克前往救援,孙思克率军夺取靖远。这时,厄鲁特部的墨尔根台吉趁机入寇凉州,副将陈达战死。孙思克率精兵返回凉州,击退墨尔根台吉。又率军赶赴甘州,击退黄番部落,然后东渡黄河,与张勇会师,一同围困巩昌(今甘肃陇西),巩昌府十七州县全部收复。

康熙十五年(1676年),王辅臣出降,孙思克返回凉州。康熙帝为表彰孙思克的功劳,擢升他为凉州提督。康熙十八年(1679年),康熙帝命图海率军南下四川,孙思克与将军毕力克图出军略阳,夺取文县、成县、沔县等县。不久,康熙帝命孙思克返回凉州,后又将他调往庄浪。

康熙二十三年(1684年),孙思克又担任甘肃提督。康熙三十一年(1692年),孙思克加封太子太保,不久请求退休。康熙帝下诏慰留,又加封他为振武将军。康熙三十二年(1693年),准噶尔部噶尔丹作乱。内大臣郎岱率禁军出镇宁夏,并以孙思克为参赞。康熙三十五年(1696年),康熙帝御驾亲征,任命大将军费扬古为西路主帅。孙思克率军出宁夏,与费扬古在翁金(今蒙古国海尔汗杜兰县）会师。

费扬古率军截击噶尔丹，在昭莫多交战。当时，孙思克所率的陕甘精锐有凉州总兵董大成、肃州总兵潘育龙、宁夏总兵殷化行三部。各军并力奋战，大败噶尔丹，追奔三十余里。康熙帝下诏褒赞，将孙思克召到京师，加以赏赐，又让他镇守肃州，侦察噶尔丹的下落。

康熙三十九年（1700年），孙思克病逝，追赠太子太保，赐谥襄武。孙思克久镇边关，深得军民之心。他的灵柩运回京师时，自甘州至潼关，所经之处，军民无不号哭。康熙帝听闻后，叹道："孙思克如果平时为官不善，怎能得到如此拥戴！"

五

乾隆元年（1736年）十月，奉政大夫分守甘肃凉庄道、清代著名书法家郭朝祚得知藏经阁的故事，挥笔写下了苍劲峻拔的"藏经阁"匾额，还撰文书写了《海藏寺藏经阁碑记》，以赞颂际善法师的宏愿善举和高尚精神。

清代乾隆年间曾任甘肃西宁道、陕甘总督的杨应琚（1696—1766）游览海藏寺，即兴写有《海藏寺》一诗，描写海藏寺清幽的景色，抒发辞官归隐之情。诗曰：

> 凉州畜牧甲天下，谷贱年年盗贼寡。
> 汉时风俗今犹然，吏不苛刻所致也。
> 出城十里见朝暾，水花风叶满山门。
> 清溪环寺松架屋，苍翠遥接西山根。
> 此生最乐归田事，宛转白云驱鹤使。
> 头颅老大未投簪，公余且复来斯地。

同治年间，寺院又毁，唯后殿及山门未受损害。光绪时，又加修葺，恢复旧观。经过明、清扩建翻修，海藏寺殿宇宏伟，佛像庄严，成为丝绸之路上一处重要的寺院。

海藏寺坐北向南，寺前湖光山色美不胜收，四周农田村舍环抱，寺内苍松古柏蔽日参天。每至日出时分，红色宫墙外的牌楼东侧一缕青烟袅袅直上，盘旋于白杨、垂柳之间，缥缥缈缈，给海藏古刹增添了一种神奇绝妙的氛围，被称作"海藏烟柳"，或曰"日出寒烟"，为凉州八景之一。

清光绪年间，武威人段永恩作《登灵钧台》一诗：

> 依旧灵钧结构工，溪边流水绕台东。
> 双峰宝塔孤城里，一角危楼夕照中。
> 拱翠梯山高入座，参天松柏秀凌空。
> 登临最是春秋日，才有风光便不同。

道出了站在海藏寺灵钧台上眺望四野的美丽景色。

民国七年（1918年）夏天，陇西县人、甘凉道区众议员王海帆先生因监督选举的事来到武威，参观海藏寺，写有一首诗，即《海藏寺即前凉张茂之灵钧台，同少谷诸人往游经日》，描写了海藏寺古台老树的景致，全诗曰：

> 六朝旧梦散如烟，闻说此台尚岿然。
> 下马人来千里外，栖鸦树老百年前。
> 碑摩苔色从头读，风送钟声到耳传。
> 忽忆吾家仲淹事，不禁惆怅夕阳天。

诗中的"仲淹"指的是王权，字仲淹，甘谷县人，道光二十九年（1849年）曾到武威游览海藏寺，武威名儒李铭汉邀请他到海藏寺游览，并在酒楼畅饮。

1927年武威大地震，海藏寺大部分建筑被毁坏。海藏寺的藏经在新中国成立前遭到了严重的破坏，损毁1944卷。1952年，藏经收交大云寺佛教会代管，1956年又由文化馆收藏，现存武威市博物馆。二十世纪八九十年代以来，当地政府陆续重修，使海藏寺又展现出当年的雄姿，香火旺盛。

现海藏寺外已开辟为湿地公园。每年农历正月十五、十六，武威人民有"逛海藏，消百病"之习俗，游人如织，摩肩接踵，热闹非凡。

松石点苍入画图

乾隆十二年（1747年）夏日，辞官归乡已经四年的武威人张玿美，忽然想到要去游览家乡的莲花山。

看到险峻挺拔的莲花山风光无限，如诗如画，张玿美一时兴起，挥毫写下四首诗作，这就是《夏五游莲花山四首》。

夏五游莲花山四首·其一
（清）张玿美

未到灵岩意已闲，踏苔扪壁闯松关。
悬崖绀宇云封径，断涧红桥石作斑。
五月榴花香火地，廿年蕉梦鼎湖山。
偕行徐孺头颁白，老扣禅扉一畅颜。

夏五游莲花山四首·其二
（清）张玿美

凿石诛茅仄径穿，白云深处叩僧禅。
澄心月印台前树，溽暑风清岭外天。
接竹引泉流远韵，傍崖筑室卧苍烟。
入山何问人间事，一任浮沉逝大川。

夏五游莲花山四首·其三

（清）张珆美

山色遥看近却无，招提处处缀璎珠。

药泉汲水供茶灶，松石点苍入画图。

宗室卧游幸胜景，匡庐结社得吾徒。

归来四载婴残疾，刚到壶天气象殊。

夏五游莲花山四首·其四

（清）张珆美

济胜芒鞋九节藤，莲花峰顶更同登。

沙明远塞黄成海，水绕孤城绿满塍。

古塔镇魔真法藏，前身转世说番僧。

却看岭外梯山雪，盛夏常如玉井冰。

那么，张珆美是何许人也？武威莲花山又有着怎样的历史文化底蕴呢？

一

武威大云寺藏有一块《清雍正圣旨碑》，内容是清雍正十三年（1735年）朝廷对武威人张珆美父亲张振英的封赠圣旨。碑刻铭文曰：

皇帝制曰：求治在亲民之吏端，重循良，教忠励资敬之忱，聿隆褒奖。尔张振英为广东廉州府知府张珆美之父，禔躬淳厚，垂训端严，业可开先式谷，乃宣猷之本，泽堪启后，贻谋裕作牧之方。兹以覃恩封尔为中宪大夫、广东廉州府知府，锡之诰命。于戏！克承清白之风，嘉兹报政，用慰显扬之志，畀以殊荣。

雍正十三年九月初三日。制诰之宝。

乾隆十三年岁次丙寅桂月下浣吉旦

原任广东分巡雷琼兵备道按察使司副使加三级臣张珆美蒭勒上石

此圣旨内容是封赠张珆美的父亲张振英为中宪大夫、广东廉州府知府，以示皇恩浩荡。清代有严格的封赠制度，官员如果功绩卓著，都有机会得到皇上封赠其前代的"诰命"或"敕命"，此即所谓"光宗耀祖"。"诰命"用于封赠五品以上的官员，"敕命"则用于封赠六品以下的官员。"覃恩"是朝廷有重大活动如新君即位、庆寿婚礼等典礼举行时对臣下广布恩泽的封赏。此圣旨按照日期来看，应该是雍正帝去世后、乾隆帝即位这天颁发的。

圣旨颁发十三年后，即乾隆十三年（1748年），张珆美将这道圣旨刻于石碑之上，以示永久留世。

那么，张珆美有着怎样的人生经历呢？

张珆美，字崑岩，凉州府人，生卒年不详。《武威耆旧传》记载，张珆美于雍正元年（1723年）应孝廉方正科荐举，授广东惠来知县。但《惠来历代县长考略》《惠来县志》等对此有不同说法，其记载张珆美任惠来知县的时间是雍正五年（1727年）。其中雍正二年至四年（1724—1726）由奉天王人杰任惠来知县，张珆美于雍正五年冬接替王人杰任知县。

《雍正惠来事略》记载了张珆美在惠来县的一些事迹。现摘录如下：

雍正五年，陕西武威廪膳生员张珆美任知县；奉文司库领银建先农坛一所于华埔乡之东，并置耤田。雍正六年（1728年），知县张珆美捐俸重修沿海炮台并营房；奉文捐俸建立文明塔一座，并撰写匾联。雍正七年（1729年）二月，重建常平仓，共建仓廒一十七间，至四月竣事；知县张珆美捐资重修察院；详请设立葵潭巡检司，获报可，建署于寨内，凡屋九间。雍正八年（1730年），知县张珆美捐资重建县署川堂、大堂、仪门，并建六房；以原北山驿废址建义学，东八间，内祀文昌，大堂、西八间，内祀魁星。举人张蟒作《记》。并捐俸买入《十三经》《康熙字典》等，以供生员们使用。知县张珆美详入膏火之资,并八个地块。雍正九年(1731年),知县张玿美主持纂修《惠来县志》,邑人谢元选、陈天生、朱翼等参与编修;知县张玿美以靖海孤悬径口关外,离县远,详请将神泉巡检移驻靖海,兼管神泉旧守御所衙署地。奉文领银一百二十两,并设法捐俸,建为巡检衙署,凡十二间。

除上述记载之外,张玿美还加强惠来盐场管理,"以隆井场所管神山、古丁、古埕、平湖等栅,与潮阳仅一河之隔,历来大使俱驻潮阳,议详于潮阳城内置买地基,购料修建"。

由于政绩显赫,张玿美于雍正十一年(1733年)升任廉州知府。在任职当年修葺了海角亭,撰写《重建海角亭记》镶刻于亭壁,同时题刻诗词。《重建海角亭记》云:"……余癸丑莅郡,偶一游,憩亭中,见此情景,不忍其湮失,即会同地方官绅,商议重修此将倾之亭,左右隙地也增设学舍十数楹。"还重修廉州还珠书院(乾隆十八年,即1753年改为海门书院)砥柱亭,并写下《重修还珠书院砥柱亭记》,记述了修建砥柱亭的前因后果,完整地保存了砥柱亭的史迹。

张玿美在廉州府任上履职尽责,雍正帝去世、乾隆帝即位当日,朝廷下圣旨嘉奖其父张振英。

乾隆年间,张玿美任职广州雷琼道。但不知牵扯到何事,于乾隆八年(1743年)降职调任。《乾隆实录·卷一百九十八》记载,乾隆八年八月,"谕曰:广东雷琼道张玿美,缘事降调。著吏部行文调取来京引见"。大意是张玿美因事降职调任,到京城由官员引导入见。也许是所犯之事让张玿美感到委屈,那时的张玿美无心留恋官场,遂于乾隆九年(1744年)以父母年老为由辞官归乡。

《武威耆旧传》记载,张玿美归乡之时,"行李萧条,惟载书数千卷至家"。梁新民《武威历史人物》记载,张玿美关心地方教育事业,向书院赠送"十七史"等书籍九百五十五册。乾隆十一年至十四年(1746—1749),张玿美主持编修了《五凉考治六德集全志》,武威、镇番、永昌、古浪、平番各一本。另著有《濯砚堂诗钞》。

张玿美回到家乡后,也写了不少歌颂武威地方风景名胜的诗歌,著名的如

《凉州八景》《夏五游莲花山》等。

"入山何问人间事，一任沉浮逝大川"，这是张玿美辞官回乡四年后，登临家乡莲花山的诗句，抒发了他看淡一切的旷达胸襟。

张玿美早已作古，但著述还在，诗歌还在，碑刻还在。

二

莲花山在武威旅游景点中，并不算最有名的，但自有其独特的情趣与深远的意境，让人心旷神怡，流连忘返。那小路，那巨石，那高山，那云天，那野性，那静谧……让人感到一种无拘无束的自由，一种任意挥洒的清闲，一种山高云飞的苍茫，一种居高临下的气概。唐代边塞诗人高适曾为它咏诗抒怀，宋元时西藏宗教领袖萨班之妹索巴让摩把它当成了人生的归宿，清代凉州名士张玿美称其为"莲花壶天"，近代著名画家张大千曾两次登临并作《莲花山图》……可以说，莲花山拓满了历史的、宗教的、文化的种种烙印。更重要的，是它蕴含着一种坚韧，历史的坚韧，文化的坚韧，人生的坚韧。而最能体现这种坚韧的，就是索巴让摩。是她，吸引了我登山的脚步。

莲花山海拔近三千米，奇峰环列有十二，如莲开十二瓣，"层峦合抱，叠起如莲"，故名。从汉唐开始建寺筑庙，千年以来，渐成规模，逐渐形成了儒释道三教共处一山，和谐相融的景象，显示了莲花山包容天下的宽广胸怀。山上佛寺道观，殿宇相接；亭榭楼阁，错落有致，自古就是游览胜地，被称为武威城外八大景观之一。可惜后来由于地震及人为破坏，景点存留不多，但仍然吸引了众多游客的目光，尤其是每年农历五月十三，数以万计的善男信女进山朝拜，成为莲花山旅游的一大亮点。

登莲花山，从山脚下的莲花寺（亦称善应寺）才真正开始。寺庙大殿四角悬挂有风铃，山风吹拂，风铃发出清脆悦耳的声响，山谷显得越发悠远而空旷，静谧而寂寞。山路弯弯，时有碎石，有时如羊肠小道，七曲八弯，有时又峰回路转，豁然开朗。正如一篇文章中所说："是历史，是无数双远去的脚，是一代代人攀登的虔诚，把这条山道连结得那么通畅，踩踏得那么殷实，流转得那么潇洒自如。"我们随着山道蜿蜒而上，脚踏实地，一步一个脚印，向上攀登，去寻找萦绕在心间的索巴让摩。尽管汗流浃背、气喘吁吁，但登山的那种愉悦、快意与信念把一切劳累都驱赶得无影无踪。

渐渐地，巧夺天工的龙王庙，依崖耸立的财神殿，险跨峡谷的状元桥，石级陡峭的观音殿，香火缭绕的娘娘殿……一座座依山而建的建筑被我们甩在身后。登顶前的一百多米，山路陡峭，窄及容身，向上看，天云近在眼前，触手可摸；向下望，峡谷幽深，触目惊心，真有一种"身登青云梯""浩荡不见底"之感。

出人意料的是，莲花山山顶却格外平整宽敞。一座八角七级砖塔寂寞地耸立在面前，砖塔下面就是索巴让摩——一位坚忍不拔的女性藏传佛教传教者的墓地。在我登顶的那天，恰逢塔前有一位年轻的女性佛家弟子，自称是从新疆慕名而来。她一边诵经念佛，一边磕头朝拜，额头都磕起了青包，却丝毫没有停下来的样子。那专注的神情，虔诚的姿态，不由得让人肃然起敬。抚着斑斑驳驳的砖塔，望着苍苍茫茫的大地，我们又回想起了那段厚重的历史……

藏传佛教之所以在西凉大地扎根、繁衍，除了当时统治者的需要与推崇外，还有很重要的一点，就是那些传教者的虔诚与执着。乃马真后三年（1244年），西藏宗教领袖萨迦班智达（简称"萨班"）应西凉王阔端太子邀请，前来凉州（武威）会谈关于西藏归属问题。经过近两年的跋涉，终于在元定宗元年（1246年）秋到达凉州。让人感叹的是，萨班的妹妹索巴让摩竟也尾随而来，并以苦行僧身份定居在莲花山静修坐禅。就是这样一位女性，以她无与伦比的坚忍，以用身体丈量朝拜路程的执着，来到了西凉府，来到了莲花山。多少文人墨客，都只是莲花山的匆匆过客，而索巴让摩，一位藏传佛教的虔诚传教者，却把莲花山当成了自己的归宿。

在那刀光剑影、血雨腥风的年代，萨班一行不远万里来到西凉，是为追求和平而来的，只有和平才会带来安宁。当和平的曙光到来时，索巴让摩也定居在了莲花山，她用自己的肉体和灵魂见证着和平，守护着和平，祈祷着和平，直到永远。佛教的"无缘大慈""同体大悲"在她身上展现得淋漓尽致。山顶上的那座塔，叫作八角七级浮图金顶塔（又称镇魔塔），正是索巴让摩的圆寂之地，其灵骨就葬于宝塔之下。莲花山成了索巴让摩漫长人生的精神皈依点，而金顶塔俨然成了她的精神支柱，千百年来，她俯视着武威大地，默默地为这片美丽富饶的土地祈福，为她的第二故乡祝愿。

高适站在莲花山上，发出"天寒万里北，地豁九州西"的感叹，是一种"怅寥廓"的大气；在张玿美和张大千眼中，"松石点苍入画图"，莲花山处处展现出一种雄伟壮美的秀气；而索巴让摩看到的却是莲花山的灵气，并将自己的灵魂和身体与莲花山融为一体，与大自然和谐共处，达到天人合一的境界。在中国宗教史上，这样的例子不胜枚举，每次都深深震撼着人们的心灵。信念的执着与精神的坚忍塑造了索巴让摩，成就了索巴让摩。其实，莲花山到处也都展示着这种坚韧：那塔砖，是虔诚的弟子顺着崎岖险窄的山路一块一块背上山的；那女弟子，是用无数次的虔诚把头磕破的；那些在悬崖上寻找食物的山羊，任脚下碎石滑落，仍然不停地向上攀登；那在峭壁间坚强挺立的树木，任凭风吹雨打，兀自岿然不动。想想我们的人生，不也需要一种坚韧吗？

忽然想起一副对联：登高一呼，山鸣谷应；举目四顾，心阔天空。实在是贴切至极。立于山顶，临风远眺，凭吊历史，思考人生，此种情趣，溢于言表。那些古人，当他们在莲花山顶漫步沉思的时候，肯定也在怀古叹今，张玿美就有"入山何问人间事，一任沉浮逝大川"的感慨。一边回味着莲花山乃灵山一朵千年莲花下凡的美丽传说，一边环顾四周，不觉一惊：四面山峰果真如莲叶片片展开，自己不正站于莲叶中间吗？

高适走远了，索巴让摩圆寂了，张玿美作古了，张大千离去了……但诗情画意、灵光四射的莲花山还在。半山腰山门亭的风铃声又轻轻柔柔地传来，仿佛天籁之音，诉说着莲花山千百年来的历史沧桑……

登一登莲花山，走一走坎坷路，自有收获在心头。再见了，索巴让摩，你留给武威这片热土的绝不只是坚忍！

午夜钟声出梵宫

光绪二十七年（1901年），武威籍人段永恩中举，那年端阳节，他与友人同登武威大云寺古钟楼，感悟抒怀，并写下了《辛丑端阳偕友人登大云寺钟楼》一诗：

> 百尺危楼巨刹东，高歌倚剑啸长空。
> 三峰塔势耸天表，午夜钟声出梵宫。
> 雪积山南终古白，沙流漠北夕阳红。
> 与君把酒酬佳节，到此谁为一世雄。

"午夜钟声出梵宫"，指的就是敲击大云寺古钟楼上的大铜钟发出的震天钟声。

在武威市大云寺内，矗立着一座年代久远、古色古香的二层木质古楼阁。远远望去，古楼挺拔巍峨，廊槛彩绘，高高耸立，雄伟壮观，能清晰地看到南向的匾额上飘逸隽秀、醒目大气的三个大字"古钟楼"。这，就是武威著名的大云寺古钟楼。

一

古钟楼建在九米高的砖包台基上，基底约125平方米。台基上矗立着一座檐牙高翘、雕梁画栋的木质楼阁。楼为二层，四周绕廊，重檐山顶，五踩斗拱，下饰风铃。共有28根红色立柱支撑，其中一层有12根，二层有16根。上下层共挂有八块匾额，上层有"声震蒲牢"（题于乾隆十一年，1746年）、"秀挹天山"（题于民国七年，1918年）、"古钟楼"（题于民国二十年，1931年）、"金奏高宣"（题于民国二十一年，1932年）四块；下层有"大棒喝"（题于乾隆九年，1744年）、"慈海鲸音"（题于乾隆九年）、"声震陇右"（题于1983年）、"玉塞清声"（题于1984年）四块。八块匾额字体不一，各有特色，每向两块，望之气势不凡，为古钟楼增添了不少韵味。

古钟楼最有名的当数悬挂在二楼正中的一口大铜钟。乾隆二十五年（1760年）《重修大云寺碑记》称此钟"若铜、若铁、若石、若金，兼铸其中，真神物也。如响震之，则远闻数千里，发人深省，为郡脉之一大助也"。钟体由合金铸成，呈黄色，鼓腹，铸六耳，钟钮铸蒲牢像，钟口已多剥蚀。铜钟通高2.26米，口径1.15米，厚12厘米，重约5吨。钟体上饰有图案，计三层十八格，图案线条丰满流畅，生动传神。《范振绪书牍》描绘得比较详细："承嘱审定大云寺铜钟……钟之花纹六面，面分上中下三格。其三面中格，均坐一披甲人，著靴，胯下各跪伏一人，两旁各侍二人，皆赤足、肉袒。披甲人，一持弓引满，一执短叉，一高举一椭圆形物。此三面上下二格，中间均有六爪花纹，爪尖折转，由花纹中伸出斜线，直达四角；又上面上格飞仙；下格云龙，姿势活泼可观；中格与前三面上下格同。又一面上格飞仙，下格武士持戈两旁，挺立左右，臂际有带如蛇，自上而下旋其尾，交穿于脑后。中格花纹与前二面同，每面每格下均有小格，有兽二，左独角张口，脊有鬐，虎爪蛇尾；右顶有长鬣张口，虎爪蛇尾。其余下格图案已磨损不全，漫漶不清。"

二

大云寺铜钟体积较大，形状古朴精美，声音雄浑洪亮，是罕见的古代铸造艺术珍品。因钟体上没有铭文，故大钟铸造年代不详，晚清武威著名学者张澍在《养素堂诗集》自注中说："大云寺钟……故老相传，张轨居凉，日大水漂钟至境上，轨筑台悬之。"此乃民间相传，"实据莫考"。有人认为是五代时期所铸，如《陇右金石录》中就说："此钟时代传闻各异，其形状甚古朴。所传闻以五代为最近。"但从钟体造型和所饰图案分析,大多专家认同为唐代铸造。

铜钟周边有四根红色撑钟立柱,上有两副对联,其一为:"若铜若铁若金若石,警世警迷警梦警心。"其二为:"千余年佛土庄严大云寺,八百杵人心觉悟海潮音。"置身于古钟楼之上,细细品味这两副对联,心中难免若有所悟。

至于楼阁的建造年代,《清维修大云寺古钟楼碑记》说:"大云晓钟……相传创自前凉王张氏,史乘失载……但历唐宋元明,几经年岁,或兴或废,难以枚举。其间补台建阁者代有伟人。"说明钟楼所历岁月久远,历代多有修葺。明万历十六年(1588年)《敕赐清应禅寺碑记》有这样的记载:"增补天王殿三楹,钟鼓楼各一,主司晨昏。"清应禅寺与大云寺只一墙之隔,因此有专家认为现存的古钟楼楼阁当为明代重建而成。

三

武威古钟楼为大云寺建筑的重要组成部分。大云寺历史悠久,是闻名遐迩的佛教古刹。《魏书》记载道,阿育王用神力分散佛家舍利,在人间筑造了八万四千座佛塔,都是同一天建造而成,内装舍利子。那时的洛阳、姑臧、彭城、临淄等地都建有阿育王寺,大概就是佛塔的遗迹。阿育王是古印度国王,所在年代为公元前3世纪,可见大云寺的前身就是阿育王寺,年代非常久远。五凉时期,前凉最后一个国王名叫张天锡。因为前凉宫殿中发生了许多灵瑞之事,张天锡就拆除宫殿,建造寺院,并修筑了一座佛塔,寺院名曰宏藏寺。此事在《十六国春秋·前凉录》也有记载:"……三年,姑臧北山杨树生松叶,西苑牝鹿生角,东苑铜佛生毛,延兴地震,陷裂水出。天锡避正殿,引咎责谢。"

唐代武则天统治时期的690年,武则天下诏在各地颁赐《大云经》,并且命令各地都要修建大云寺,于是凉州的宏藏寺改为大云寺。711年,凉州地方又对大云寺进行维修。可惜当时的《大云寺古刹功德碑》没有留存于世。

西夏乾顺天祐民安四年(1093年),统治者动用了大量人力、物力和财力对大云寺进行了大规模的修缮,第二年完工,将大云寺更名为护国寺,并立碑铭记。

元代，大云寺基本保持了西夏时期修复的状况。元末至正年间，寺庙毁于兵燹。

到了明代，1383年，来自日本的佛家弟子沙门志满来到凉州，看到大云寺十分破败，于是募捐重修。后来在明清时期屡有修葺。尤其是乾隆二十五年（1760年）那次维修，碑载："用砖砌石嵌，浑如铁柱磐石……又彩绘阁楼，题额壮威。"古钟楼土台首次用砖石包砌，使之坚固如磐石。正因为如此，在1927年4月23日武威发生8级地震时，大云寺其他建筑几乎完全坍塌，只有这座古钟楼经受住了大地震的考验，兀自岿然矗立。

四

清代，武威大云寺古钟楼被称为"凉州八景"之一，成为当时城内的旅游胜地。

因大钟"晓击则破长夜、警睡眠""暮击则觉昏衢、疏冥昧"，故此大云寺铜钟名称说法不一，有的称之为"大云晓钟"，如《清维修大云寺古钟楼碑记》说："凉镇八景，大云晓钟其一也。"《明敕赐清应禅寺碑记》也说增补"钟鼓楼各一，主司晨昏"，即钟楼司晨，鼓楼司昏，正所谓"晨钟暮鼓"，钟声悠悠，唤醒梦中人，迎接旭日朝霞；但也有人称之为"大云晚钟"，夕阳晚霞之中，大云钟更显得苍劲古肃。如雍正、乾隆年间的武威学者张昭美，就以《大云晚钟》为题，写过一首诗：

> 梵天幽静暮烟深，声教常闻震远音。
> 花雨一天云外落，松风满院月中吟。
> 南园归雁惊寻侣，北渚眠鸥稳趁心。
> 吼罢蒲牢僧入定，更无响度绿萝阴。

但不管是"大云晓钟"还是"大云晚钟"，大云钟都以它独特的魅力吸引着无数游人。

清代武威籍进士李于锴也曾经写过《大云寺钟》一诗，全诗曰：

飞楼百尺云与平，雕梁倒挂宛虹明。
洪钟万钧不可以径度，轩然一跃昆明之石鲸。
或云铸自五代时，红羊黑劫谁见知？
或云潮音远藉河伯力，捧剑金人说化臆。
江心不闻凫氏铸，睢泽孰将烈裔勒？
紫盖黄旗久寂寞，钲舞广修无人识。
摩挲栾乳蚪华红，三品错杂金银铜。
仙衣无缝飘戌削，天葩琢秀争蒙戎。
大叩应宫小应征，一叩铿鎗掩人耳。
丰山雪降不闻声，一夜龙吟知失水（城中将有火灾，则钟自鸣）。
我闻铜山西崩洛钟应，子母相感理堪证。
火生金死亦偶尔，神物何缘机先定？
阑干八角风萧骚，寸筳不敢惊蒲牢。
僧察沉沉晚涅起，仰看浮图上插青天高。

每逢农历传统节日，如正月十六、五月端午，当地都有登台击钟的习俗。在武威人民的心目中，大云钟已为神物，在农历佳节登上钟楼，敲击大钟，钟声轰鸣，响彻云霄，以此来祈求风调雨顺，保佑全家平安。

<h2 style="text-align:center">五</h2>

大云寺历经沧桑，但钟声却千年不断。1980年，因修建学校，山西会馆内的春秋阁被文物部门搬迁到大云寺内，一同搬迁而来的还有明代建筑火庙大殿。这些建筑，与古钟楼相邻，都属于大云寺的一部分。1993年，大云寺被甘肃省公布为省级重点文物保护单位。

凿龛古壁禅静参

虎踞龙盘数重天，云借苍松上岭巅。
群峰玉砌高揽月，凿龛古壁禅静参。
秋来春去万年雪，时是沧海亦桑田。
白首从容千里望，黄沙树绿亘相连。

这首古诗，是古人对武威天梯山石窟美景的激情描绘。此外，清代武威人张玿美还写有两首有关天梯山的诗，一首是《天梯古雪》，另一首是《天梯山》，也写出了天梯山白雪皑皑、山明水秀的景象。

天梯古雪
（清）张玿美

神龙西跃驾层峦，万古云霄玉臂寒。
北海当年毡共啖，南窗此日练同看。
晶莹不让乾坤老，霜鬓徒惊岁月残。
未便屯膏空积素，融流分润六渠宽。

天梯山
（清）张玿美

漠漠青冥不可梯，梯山高出辟层蹊。
朝天有路风云合，隐雾何人竹石栖。
玉塞万年凭作障，泉源六出各成溪。
振衣千仞曾寻梦，一览晴川绿树低。

这些诗词，激发了人们对天梯山的无限向往。

天梯山峰峦叠嶂，风光绮丽，风景这边独好。古人因其山道崎岖，形如悬梯，故名天梯山。站在山间，向上仰望，山巅白雪皑皑，如白纱覆盖，似梦似幻；环顾四周，山坡草木丛生，泉水叮咚，似人间仙境。因此，武威人民把"天梯积雪"称为凉州城外八大景观之一。

一

如果只以风景来讲，它远比不上中国有名的三山五岳，但天梯山自有其独特又令人向往的一面，那就是它怀抱千年的石窟艺术。

据统计，我国现存的石窟有两百多处，其中重要的有莫高窟、云冈石窟、龙门石窟、榆林窟、麦积山石窟、炳灵寺石窟、大足石窟等，还有散布在新疆、宁夏、山东、辽宁等地的许多石窟和摩崖造像，但真正影响中原石窟风格的，却是天梯山石窟。

3世纪时，中国西域地区开始开凿石窟。4—5世纪，石窟遍布河西，因天梯山石窟有别于其他地区的石窟艺术，被当代考古大家宿白先生称之为"凉州模式"。这种具有浓郁河西特色的艺术风格在后来逐渐传到中原。5—9世纪，中国石窟雕凿达到极盛时期，完成了中国石窟艺术由龟兹模式向凉州模式再向平城模式的发展，并最终在洛阳龙门完成中国化的全过程。

可见，天梯山石窟影响了云冈石窟、龙门石窟等的艺术风格，是中国早期石窟艺术的杰出代表，也是中国石窟文化艺术的发祥地之一，具有深厚的文化底蕴。

二

天梯山石窟也称大佛寺，位于武威城南五十千米处，地处凉州区中路乡灯山村。据有关史料记载，此石窟是北凉时期开凿的，距今约有一千六百年的历史。《武威县志》记载："大佛寺，城东南一百里，有石佛像，高九丈，贯楼九层，又名广善寺。"石窟里面藏有北魏至明、清历代塑像、壁画、经卷等文物。

顺着山路曲曲折折，蜿蜒而行，右边是碧波荡漾的黄羊河水库，左边则是陡峭高耸的天梯山。当你来到最大的一洞石窟前时，它带给你的绝不只是震撼与惊叹。一尊高28米、宽10米的释迦牟尼大佛，依山而坐，右臂前伸，指向前方，巍然端坐，庄严肃穆，脚下碧波荡漾，薄云缠绕其身，有气吞烟霞、挥斥乾坤之势。释迦两旁有文殊、普贤菩萨，广目、多闻天王，迦叶、阿难六尊造像，造型生动，神态威严，彩绘华丽。佛像面相丰满端庄，颊丰颐满。塑像衣纹表现尤为出色，工匠熟练地运用了"曹衣出水"式样，既表现出轻纱特有的质地美，又充分体现了体魄健康、比例适中的形态美，使外在美与内在美达到了和谐统一。南北两壁绘有大幅壁画，有云纹青龙、大象、梅花鹿、经卷、猛虎和树木花卉。壁画舒展流畅，潇洒飘逸，真实自然，极富质感，达到了得心应手、出神入化的境界，展现出一幅山、水、佛、云浑然一体的壮观奇景。在久久的惊叹中，我们的思绪又回到了北凉那个烽烟四起的时代。

三

412年十月，北凉沮渠蒙逊由张掖迁都姑臧。沮渠蒙逊信奉佛教，于412年至433年，召集凉州高僧及能工巧匠劈山开路，开凿天梯山石窟，大造佛像。《集神州三宝感通录》记载，北凉沮渠蒙逊"于州南百里连崖绵亘，东西不测，就而斫窟，安设尊仪。或石或塑，千变万化"。

那么，沮渠蒙逊为什么要开凿天梯山石窟呢？据一些史料记载，或与他的母亲有关。

车太后乃西域龟兹国人氏，一生信佛。北凉迁都凉州后，沮渠蒙逊称河西王，尊其母亲车氏为王太后。但居留凉州不久，车太后不幸身患重病，这让沮渠蒙逊焦虑万分。413年，沮渠蒙逊下罪己诏为母亲祈福，表示愿意替母亲分担痛苦，并且广散钱财于民众，以求神佑。

诏书全文曰：

孤庶凭宗庙之灵，乾坤之祐，济否剥之运会，拯遗黎之荼蓼，上望扫清氛秽，下冀保宁家福。而太后不豫，涉岁弥增，将刑狱枉滥，众有怨乎？赋役繁重，时不堪乎？群望不絜，神所谴乎？内省诸身，未知罪之攸在。可大赦殊死已下。

但是事与愿违，沮渠蒙逊的做法没有挽回母亲的生命，不久车太后去世。据唐代高僧道世编撰的《法苑珠林》记载，母亲去世后，沮渠蒙逊悲痛欲绝，他决定开凿天梯山石窟，并在山中"为母造丈六石像"一尊，形似泣涕之状，以示忏悔与孝悌。

但十多年后，沮渠蒙逊也曾有过毁佛之举。429年，沮渠蒙逊的次子沮渠兴国进攻西秦被俘，431年负伤而死，这让沮渠蒙逊心生怨恨，一怒之下便决定捣毁寺塔，驱逐僧人。沮渠蒙逊带着将士们来到天梯山，忽然发现雕刻在山崖上的母亲石像涕泗横流。沮渠蒙逊幡然悔悟，急忙和众将士下拜，从此更加敬佛信佛。由此，天梯山石窟也得到了更好的保护、发展与完善。

四

433年，沮渠蒙逊去世，沮渠牧犍继位。439年，北魏军队进攻姑臧，沮渠牧犍投降，北凉灭亡。北魏"徙凉州民三万馀家于京师"，其中有僧侣、工匠三千多人。这三千僧人、工匠实际上就是"凉州模式"的创造者，推动着北魏崇佛风气日渐兴盛。

迁往平城的工匠、僧人中不乏高僧法师。凉州僧人师贤到平城后，任道人统（管理宗教事务的官职）。460年，师贤去世，凉州高僧昙曜继其职，改道人统为沙门统，继续主持造像工作，并于平城近郊开凿云冈石窟，完成了云冈石窟的代表作品"昙曜五窟"的建造。

在云冈石窟这些宏大精美的雕塑背后，凉州僧人及其工匠起了极其重要的作用。而龙门石窟的建造艺术风格，也无不体现着天梯山石窟和云冈石窟的特点，因此，天梯山石窟被称为中国早期石窟艺术的杰出代表。

五

天梯山石窟的开凿，使西域高僧接踵而至，他们在凉州讲经说法，翻译佛经，使天梯山石窟更具盛名。其后，隋唐各代陆续开凿，西夏至明清仍有重修。据碑铭记载，明正统十三年（1448年）还有二十六窟。因历代战乱，加上自然灾害频繁，石窟残损严重，特别是1927年的大地震，对天梯山石窟造成毁灭性的破坏，大部分洞窟顷刻间震毁，许多塑像被损坏，幸存下来比较完整的有八窟。

1958年四月，武威决定兴修黄羊河水库，而天梯山窟址恰好地处水库淹没区，石窟中大量的塑像和壁画被拆了下来，搬运到甘肃省博物馆保存。1992年，国家文物局批复在原址原位修复天梯山石窟文物。1993年，甘肃省政府办公厅批复同意进行修复。2001年六月，天梯山石窟被国务院公布为全国重点文物保护单位，拨款维修。先后维修了大佛窟防渗水围堰、天梯山石窟陈列馆，并进行了环境道路整治工作。2005年12月24日，甘肃省举行天梯山石窟文物交接签字仪式，标志着文物正式回归武威。

天梯山石窟虽然历经沧桑，但仍然以它独特的湖光山色和古老的佛教文化吸引着国内外的专家、学者和游客。

瑰奇早闻西夏碑

1918年夏天，陇西县人、甘凉道区众议员王海帆受命来到凉州监督选举工作，其间游览凉州文化遗址、风景名胜。当他来到大云寺，看到寺院中珍藏的西夏碑，得知西夏碑的来历之后，感慨万分，遂赋诗一首，这就是《城东北隅大云寺中有西夏碑》。全诗如下：

> 随着钟声入梵宫，砖塔千尺摩苍穹。
> 石级层层拾衣上，西山雪色落望中。
> 凭窗四顾偶回首，天上乱云东西走。
> 平原莽莽沙漠漠，龙城霸气吞八九。
> 瑰奇早闻西夏碑，非龙非蛇认蝌蚪。
> 此儿颇有制作才，历年四百知非偶。
> 千年遗迹动古愁，摩挲欲吊还复休。
> 英雄都已归黄土，明月依旧照凉州。

"瑰奇早闻西夏碑，非龙非蛇认蝌蚪"描写了西夏碑早已闻名天下，碑刻上的西夏文难以辨认。

那么，西夏碑是怎样被发现的？它身上有什么神奇的历史故事？

一

在武威市西夏博物馆内，陈列着一块"稀世国宝"西夏碑。

西夏碑的来历，和它碑上的西夏文字一样，充满着神奇色彩，经历过千年沧桑。

西夏占领凉州后，西夏梁太后及西夏第四个国王李乾顺崇奉佛教，遂改凉州大云寺为护国寺。西夏天祐民安三年（1092年），凉州地震，导致矗立在护国寺的感应塔倾斜。梁太后下诏重修感应塔，同时修缮寺院。工程于1094年完工，并立碑刻铭，以示纪念和庆祝，这就是后来的西夏碑。元灭西夏后，西夏文化遭到毁灭性的破坏，当时作为西夏辅郡的西凉府也未能幸免于难，大量的西夏建筑、史册遭到破坏，而立于凉州护国寺的这块西夏碑，却被当时的有识之士砌一碑亭封闭，侥幸得以保存。护国寺约在元朝至正年间遭到毁坏，明朝永乐年间始建清应禅寺时，有人将湮没在废墟中的西夏碑砌碑亭封存在清应寺内。

1804年（一说1810年），回到家乡养病的武威学者张澍到凉州清应寺游玩，突然看到一座砌封得严严实实的亭子。寺里的和尚告诉张澍，这个亭子封在这里已有几百年了，当地流传着一种说法：一旦打开封砖，便有风雹之灾，因此几百年来无人敢动。张澍不以为意，提出要打开砌封看个究竟。在张澍的一再恳求下，亭子被打开了，一块高大的黑色石碑显露出来，它就是被称作"天下绝碑"的《凉州重修护国寺感应塔碑》，从此，一扇认识西夏文字的大门打开了，一个神秘的王朝浮出了水面。

斑驳陆离的千年石碑，在度过人世浩劫之后，终于重见天日。虽然是伤痕累累，但在它身上，我们看到了历史的厚重，读出了文化的沧桑。历史树立了西夏碑，而西夏碑却镌刻了历史，填补了历史的空白。曾经的破坏者早已化为尘土，而西夏文化的使者千百年来却兀自站立着。如今，它静静地伫立在武威市西夏博物馆内，犹如一位饱经风霜的历史老人，默默地诉说着西夏往事，解读着西夏文字。

二

《凉州重修护国寺感应塔碑》，是全国保存最完整、内容最丰富、最有价值,西夏文和汉文对照字数最多的西夏碑刻,现保存在武威市西夏博物馆内。

西夏碑碑首呈半圆形,通高2.5米、宽0.9米、厚0.3米。碑文记录了当时重修凉州感应塔的缘起和经过。缘起是前凉张天锡始建护国寺塔数有灵验,至西夏天祐民安四年(1093年)修复因地震而倾斜的塔身。文末列修塔之功德人员姓名,尾题"天祐民安五年岁次甲戌十五日戊子建",张政思书并篆额。碑文一面为西夏文,楷书28行,每行65字。碑阴为汉文,额篆"重修□□寺□□塔碑铭",碑文楷书,竖行26行,满行76字。碑中的西夏文和汉文所述的内容虽然大体相同,但不是互译的,西夏文部分另具特色,在叙事前后、叙述详略和描绘的色彩上有所不同。所以对此碑的西夏文翻译,也引起了国内外专家的极大关注。

此碑保存了许多史料,对研究西夏语言文字、社会经济、土地制度、官制、民族关系、佛教盛况等具有十分重要的价值,堪称瑰宝,被中外学者称为研究西夏文的"活字典"。西夏碑,成为解密"天书"的一把钥匙。

1956年,叶剑英元帅视察河西走廊,在武威曾写下"气压低过乌鞘岭,机车夜入古凉州。五凉故事谈遗老,西夏钟文在土楼"一诗,称赞张澍发现西夏碑一事。

1997年,著名西夏学学者李范文根据西夏碑碑文及其他资料,经过整整25年潜心研究,出版了国内第一部也是唯一的一部西夏文字典《夏汉字典》,这为破译西夏文、打开西夏文献宝库提供了方便。

1961年3月4日,国务院将该碑刻列为第一批全国重点保护文物;1998年被国家文物局定为国家一级文物。

三

张澍发现西夏碑之后,写下了《观西夏碑》诗四首,表达了他对自己发现西夏碑的激动和自负之情,也从侧面体现了他研究西夏学的深度。现把张澍的四首诗辑录于此,并略作注解,和张澍一起惊喜,一起感叹。

观西夏碑·其一

(清)张澍

昔我曾编夏国书,未成而废慨焚如。
摩碑今日排尘土,译字何年辨鲁鱼。
野利任荣为作者,曩霄兀卒亦参诸。
艺林从此添新录,却笑兰泉簏未储。

大意：张澍亲手编辑的几卷《夏书》被家人当作废纸焚烧,让人扼腕叹息。西夏碑兀自挺立,但西夏文字何时才能翻译辨认清楚。野利任荣创制了西夏文,李元昊也曾参与。碑刻研究从此多了一种新的文字,却笑金石学家王昶没有收藏。

观西夏碑·其二

(清)张澍

漫夸车驾再亲征,大捷屡催南国兵。
盟誓犹然怀偭乡,风雷底事鉴精诚。
即论文字皆重复,况复衣冠少典程。
赖有《灵芝歌》上奏,韩陵片石可同评。

大意：西夏梁太后对北宋用兵连年取胜,是因为凉州护国寺感应塔能显灵。西夏文字笔画繁多,但西夏文化却遭到摧残性的破坏,幸亏有西夏主《灵芝歌》石刻,同韩陵碑刻一样珍贵。

观西夏碑·其三

(清)张澍

携友闲来木落时,何图老眼见荒碑。

从前启国颇艰苦，到此蕃书尚孑遗。

阿育何年新窣堵，重华当时旧宫基。

可怜乾顺从崇释，天祐民安又建祠。

大意：秋天空闲时和朋友看到了西夏碑，感伤西夏建国何其艰难，如今只留下几段西夏文碑刻。这是当年印度阿育王建塔的旧址，前凉张重华的宫殿。西夏李崇乾信奉佛教，天祐民安年间又重修寺塔。

观西夏碑·其四

（清）张澍

国祚绵延二百年，恨无旧史夏书传。

道冲注《易》遵尼父，和斡刲羊动上贤。

一自兴州城破后，空遗古寺塔岿然。

摩挲太息斜阳外，元代羊皮亦竞传。

大意：西夏建国近二百年，但历代没有给西夏修史。西夏学者道冲因尊孔而注解《易经》，西夏人和斡因进献"割羊"之策而受到元宪宗蒙哥重用。但自从西夏灭亡后，空留下寺塔挺立。立在夕阳下叹息，蒙古灭西夏后，西夏文书籍仍在流传。

四

迄今为止，武威发现的西夏文物在数量上不仅全国最多，而且具有鲜明的地域特色。如塔尔湾出土的西夏瓷器，亥母洞石窟出土的西夏文和藏文文献及唐卡、泥石造像等大量藏传佛教文物，西郊林场出土的西夏木缘塔和彩绘木版画，天梯山石窟及张义乡小西沟出土的各种版本的西夏文文献，凉州城署东巷西夏窖藏刻花金碗等等，在国内所藏的西夏文物中独具特色。其中泥活字版西夏文佛经、木缘塔、彩绘木版画、金碗、银锭等都是国内独一无二的。

武威市西夏博物馆位于武威文庙东南角，是甘肃省唯一展示西夏历史的专题博物馆。馆舍面积约三千平方米，现馆藏武威出土的西夏金器、瓷器、西夏文佛经、木版画等各类文物文献两千多件。

博物馆展览主题是"武威西夏历史文物陈列"，分为大夏辅郡、西部天府、文化中心、研究成果四部分。共展出西夏碑、西夏木版画、西夏金银器、货币、瓷器、文书经卷等各类西夏文物七百四十多件。展示内容涉及西夏的农业、陶瓷、纺织、冶炼、灌溉、交通、商贸、经卷以及西夏史的研究成果等，集中反映了西夏时期武威政治、经济、军事等方面的历史概貌。

现在，武威市西夏博物馆已免费对外开放。是的，应当让更多的人来看看西夏碑，看看那些神奇的文字，了解那个曾经辉煌的王朝。

乌鞘雨雾乱云飞

以前对乌鞘岭的直观感受，除了山高、路险、坡陡、弯急之外，就是气候多变、阴晴不定、雨雪难测。但走近乌鞘岭长城，那宏伟壮观、充满历史沧桑的景象，彻底改变了我往日的感受和看法。

> 乌鞘雨雾乱云飞，汉使旌旗绕翠微。
> 沙鸟元从关口渡，离从独向古浪归。
> 天边万木依玄洞，山上孤城对夕晖。
> 想到酒泉应驻马，无劳西去问支机。

这是明代张鹏写下的一首《乌鞘岭》诗，其中"汉时旌旗""山上孤城"道出了乌鞘岭长城的雄奇和苍茫。

一

乌鞘岭长城，位于武威市天祝藏族自治县打柴沟镇乌鞘岭段。作为戍边重地，乌鞘岭的战略地位历来为古代统治者所重视，汉朝和明朝统治者都在乌鞘岭上修筑过长城。

山岭间，蓝天下，两条浑黄雄伟却残破不堪的土墙蜿蜒而去，如盘旋的游龙一般横卧在陡峭的山坡上，这就是历经千年而不朽的乌鞘岭长城。历史上，乌鞘岭长城规模宏大，气象雄伟，在壮美的雪山映衬下，汉明长城在乌鞘岭相会，齐头并进，蜿蜒西去，千百年来共同守护边关的安宁。

据有关专家介绍，现存于乌鞘岭上的长城是万里长城中海拔最高的一段。

由于极端恶劣的自然环境和落后的生产工具条件,当年在乌鞘岭上修筑长城的艰难程度可想而知。

二

史料记载,公元前121年,汉武帝派骠骑将军霍去病率军西征匈奴,把河西走廊纳入西汉版图。第二年,也就是西汉元狩三年(前120年),修筑令居(今甘肃永登西北)以西长城,经庄浪河谷跨越乌鞘岭。乌鞘岭汉长城为夯土板筑,因历经千年的风雨侵蚀,曾经高大的汉长城,到明代时期,沿线烽燧墙墩绝大部分变成矮小的土埂。站在残留的汉长城旁边,我们依稀能领略到霍去病指挥若定的大将风度,仿佛也能嗅到当年杀声震天、战马嘶鸣的战争气息。

乌鞘岭上的汉长城虽然留下的只是些残垣断壁,但仍清晰可见,沿长城原来有多处烽燧,现仅存一座魏然屹立在山巅。据天祝藏族自治县文化学者李占忠先生介绍,这座烽燧之所以保留至今,是因为这座烽火台是由黄土夯筑。乌鞘岭是青藏高原、黄土高原的交会地,多砂石、少土,更少黄土,筑长城所需的黄土大多从外地运来。黄土具有极好的黏性,耐受风吹日晒雨淋,因此得以保存至今。

三

到了明代,明朝政府为了保卫边境,再次修筑长城,因此在乌鞘岭上出现了汉长城与明长城交会重叠的现象,汉、明两条长城并驾齐驱,翻越乌鞘岭而过。

明长城筑于明万历二十七年(1599年),大部分保存较好,墙体均系夯土板筑,基宽约2.5—3米,高约2.5—6米,是当年保卫兰州的一道屏障。专家介绍,汉代长城夯土层为15—20厘米,明代长城夯土层为20—30厘米,这是分辨汉、明长城的方法之一。明长城在马牙雪山的映衬下十分醒目,据有关专家考证,乌鞘岭上现存的明长城是兰州到武威段保存最好的部分,被列为全国重点文物保护单位。

乌鞘岭长城是内地和河西地区的安全屏障，历史上东西往来的商旅征夫及游子使者，均需在这里交验文书，才可通过。

四

古老的长城从雪山深处蜿蜒而来，更有一种苍凉雄浑之美。

汉长城逐渐坍塌荒废之后，到明朝中后期，被历史湮灭千年的乌鞘岭长城重新引起了统治者的重视。为对付鞑靼，明廷开始在乌鞘岭修筑长城，前后历时上百年。李汶、田乐、达云、严玺等历次为驱逐鞑靼、修筑长城做出贡献的将军们的名字，将永远镌刻在乌鞘岭长城厚重的城墙之上。

乌鞘岭长城的边塞风烟、黄昏夕阳，常常成为诗人们怀古唱今的对象。清代陕西学政许荪荃长叹道："我来驱马立斜阳，却见边城朔气黄。""沙鸣绝漠羌村少，山锁危楼雉堞高。"清代杨惟昶吟唱道："回首更疑天路近，恍然身在白云中。"清代古浪知县徐思靖写道："乌鞘岭头称极寒，雷公顶上声如湍。"……诗人们为乌鞘岭长城带来了一股浓厚的文化气息，为长城注入了独特的艺术美，让乌鞘岭长城在历史、文化上显得更加厚重、深远。

傍岭沿溪出古浪

清代,在古浪大靖监守厅任职的一位名叫林梦鳌的官员,路过古浪峡,看到古浪峡的苍茫风光,不禁赞赏有加,他在《秋日晚过古浪峡》一诗中叹道:

傍岭沿溪出古浪,祁连迤俪接敦煌。
霞晖淡染秋山紫,沙迹遥添塞草黄。
云树苍茫迷客路,边风萧飒透征裳。
萍踪瀚海人千里,落日荒原班马忙。

古浪峡位于古浪县境内,峡谷险峻陡峭,山石突兀,地势险要,形若锁钥,形成阻隔东西交通的雄关险道,被誉为中国西部的"金关银锁"。其战略地位十分重要,"扼甘肃之咽喉,控走廊之要塞",历来为兵家必争之地,自古就以重要的地理位置而闻名遐迩。

一

开源从汉始,辟土自初唐。
驿路通三辅,峡门控五凉。
谷风吹日冷,山雨逐云忙。
欲问千秋事,山高水更长。

这是清代丁盛写的《咏古浪》一诗,其中的"驿路通三辅,峡门控五凉"一句，道出了古浪峡地理位置的重要性。

古浪峡，位于河西走廊东端古浪县境内，系祁连山脉的一个组成部分，其南连乌鞘岭，北接古浪县城，势似蜂腰，两面峭壁千仞，形成一条南北延伸、蜿蜒曲折的高山峡谷，长度约三十千米，峡内宽窄不等，最宽处不过一里，最窄处仅一箭之地。由于地势十分险要，自古就是险关隘道，扼控兰州、武威，史有"秦关""雁塞"之称，被称为中国西部的"金关银锁"。

古浪峡峡口有边墙山与古龙山分列东西，俨然如守卫峡谷口的两位哨兵。进入峡谷，行五千米至十八里堡，可远远看见一座直插云空的陡峭奇峰，峰顶东端一块巨石突兀而出，若山鹰之喙，横空悬挂，欲飞欲坠。因喙下常有碎石滚动，因此当地人称此鹰嘴山崖为"滴泪崖"。鉴于其危峰险要，明代民勤武举王国泰曾题"山川绝险"四字于滴泪崖。

关于滴泪崖，在古浪还有一个民间传说。相传北宋神宗时，杨家将十二位女将西征西夏，其中十一位英勇战死于古浪峡，只有杨满堂一人突围而出。佘太君闻讯赶来，追悼亡灵，痛哭之声感动了鹰嘴山崖，山神流泪不止，泪滴化作山崖碎石滚下。后来，人们就将这一山崖叫作"滴泪崖"。如今古浪峡滴泪崖前建有一座牌坊，牌坊上有一副对联："滴泪悬崖埋忠骨，天波巾帼丧西征。"牌坊下面据说就是安葬杨门女将之坟茔。

但传说毕竟只是传说，历史上，杨家将从未到过古浪等地。据《宋史·杨文广传》记载，宋英宗时，因杨文广为"名将后，且有功"，任秦凤路（辖境大致在甘肃天水、临洮，陕西凤翔一带）副都总管。宋神宗熙宁元年（1068年），杨文广奉命筑筚篥城（即通渭堡，今甘肃陇西东北），后历任泾州（今甘肃泾川北）知州、镇戎军（今宁夏固原）知军。后又自西北边防移向河北，任定州路副都总管。至于"杨门女将"，则无一字提及，《宋史·列女传》中也没有一人出自杨门。而且，宋神宗时期，北宋的边界在甘肃境内也只是在熙河兰岷一带，即今甘肃临洮、临夏、兰州、西和等地，因此，杨家将不可能到河西征战，滴泪崖的传说只是民众对杨家将的崇敬和怀念。

二

与"滴泪崖"隔峡谷相望的是形似巨柜、高峻嵯峨的"铁柜山"。当地人传说,峡谷西边的"山鹰"想要飞至峡东,抓开"铁柜"巨锁,取出柜中的金银财宝,但因为始终未达到目的,所以"山鹰"一直在那里盯着"铁柜山"。

在铁柜山下,曾长年横卧着一块巨石,即昌松瑞石,又称"甘酒石"。《新唐书·太宗本纪》记载道:"(十七年十一月)壬午,赐酺三日,以凉州获瑞石,赦凉州。"具体经过是,唐贞观十七年(643年)十一月,凉州都督、凉州道行军总管李袭誉上书太宗,言凉州昌松县洪池谷(古浪峡)天降瑞石,上有"太平天子李世民,千年太子李治"等八十八字奇文,一时轰动朝野。昌松瑞石的出现,使古浪峡声名远扬。瑞石长约6.4米、高约5.3米、重约400吨,自从其出现之后,历代政府都对它进行了保护,专门修了围栏、八角亭,供人瞻仰。千百年来,甘酒石就这样静静地坐卧于古浪峡中,与香林寺、铁柜山、滴泪崖、西路红军血战古浪的雕塑等,构成了古浪峡不可或缺的自然人文景观。2010年,瑞石被搬离古浪峡,搬到了古浪县城北郊的"金三角"广场。

在滴泪崖和铁柜山之间,谷地狭窄,怪石嶙峋,高崖坠石,河水奔流,确有"一夫当关,万夫莫开"之势。清乾隆时,古浪知县常州人徐思靖曾写过《古浪十景》诗,其中有一首《危岩坠险》,写的就是滴泪崖与铁柜山。该诗小序写道:

古浪峡两山夹水,松林在南,铁柜山在北,一线西通,形胜比潼关、函谷;而道旁高崖坠石,岌岌乎岩覆,过者神悚。

其诗云:

蜀道之难过上天,我今独立秦山前。
崖崩石坠不可数,鸟径插天天与伍。

谷中仄道车马通，盘旋百折如游龙。

山下滩声险成吼，一夫当抵万夫守。

形象地写出了滴泪崖与铁柜山的险峻。

新中国成立后，由于修路，滴泪崖被炸药炸掉了大半，所以原貌已经不复存在了。

三

古浪峡战略位置极其重要，自古以来就是兵家必争之地，昔人又称此峡为"虎狼峡"，唐代称"鸿池谷"，也叫"洪池谷"。《五凉志》称："此地足资弹压，诚万世不可废也。"清代张玿美编修的《古浪县志》里描绘此峡道："峻岭居其南，岩边固其北。峡路一线，扼甘肃之咽喉。河水分流，资田土之灌溉。近而千峰俱峙，远则一望无涯。"史家称"河西之战十有九战于古浪，古浪之战，十有九战于古浪峡"，可见其位置之重要。位于峡谷门户的八里营、俞家阁门，均是古代重兵扼守的营地。从古至今，在古浪峡发生过很多次惨烈的战争，而其战略位置真正受到足够的重视，应在隋唐之际。

隋末，武威郡鹰扬府司马李轨自称河西大凉王，史称大凉政权。金城薛举见李轨自立，遣兵进攻凉州，李轨派兵阻击于古浪峡，全歼薛举之兵。唐朝时，为了保证河西走廊的畅通，加强与西域的联系，朝廷在丝绸之路沿途增设关隘，驻重兵防守。在这种大背景下，武则天大足元年（701年），凉州都督郭元振在古浪峡口筑和戎城，用以扼守凉州。

据《唐书·郭元振传》记载，郭元振原为通泉县尉，后受到武则天的召见，充使吐蕃。郭元振以敏锐的政治见解分析了吐蕃的形势，及时提出和蕃的主张，受到采纳，因功于"大足元年，迁凉州都督、陇右诸军州大使"。郭元振来到凉州，发现"凉州封界南北不过四百余里，既逼突厥、吐蕃，二寇频岁奄至城下，百姓苦之"，于是，郭元振"始于南境硖口置和戎城，北界碛中置白亭军，控其要路，乃拓州境一千五百，自是寇虏不复更至城下"。

可见，郭元振当时为防御南面的吐蕃、北面的突厥对凉州的直接威胁，在古浪峡口要隘处筑城防守。而以"和戎城"作为城名，也与当时唐王朝的民族团结政策相合。显然，筑和戎城，对凉州的防卫起到了屏障作用。

安史之乱爆发后，河西军力由于内调而空虚，吐蕃乘此机会卷土而来。唐广德二年（764年），凉州被吐蕃攻陷，和戎城也落入吐蕃之手，后被吐蕃所废弃。1226年，古浪为蒙古占据，统治者发现和戎城是河西走廊东端的一个军事要塞，便重新在和戎旧城设巡检司，属永昌路。明洪武五年（1372年），宋国公冯胜平定河西，"居人逃散，和戎境虚"。洪武十年（1377年），凉州千户江亨防守和戎，因旧水名改为古浪，修筑古浪城。自此，古浪之名，一直沿用至今。

四

古浪峡，以其险要的地理位置、悠久的人文历史和秀丽独特的风光，引来了无数诗人的赞美。尤其是有清一代，留下了许多描写古浪峡的壮丽诗篇。

题于古浪酒家墙壁上的一首《初秋过古浪》诗，写出了古浪峡的险要和秋天的独特风光。诗云：

和戎旧迹已凋残，古浪风高勒马看。
山似剑分双壁立，县如斗大一城团。
潺湲秋水新澄碧，断续疏林渐染丹。
驿路迢迢通一线，鸳鸯池畔好盘桓。

古浪峡山如利剑，树木苍苍，峡路迢迢，让路过的征人油然生出豪迈之情。

清代，武威方志学家张玿美在游历古浪峡后，在其《古浪峡》诗中赞叹道：

> 西山峻极天，天高常积雪。
> 鸟道傍云根，山盘水亦折。
> 百里出峡口，风光顿悬绝。
> 弥望绿荫深，缘边相遮列。

古浪峡的险要可见一斑。

武威人张美如，是晚清时甘肃著名书画家，他在《古浪峡中口占》一诗中，描写了古浪峡崎岖狭窄的景色：

> 城南三十里，崎路尽羊肠。
> 草挂阴崖短，花开瘦石苍。
> 此间无旷地，何处展斜阳。
> 薄暮寒烟起，奔驰马足忙。

清朝陕西学使许荪荃，写有《古浪》一诗，诗云：

> 万树清秋带夕阳，昨宵经雨更清苍。
> 高山急峡蛟龙斗，流水声中到古浪。

描写了古浪峡壁立千仞、流水滔滔的情景。

三十千米的古浪峡，山势逶迤，从谷口进到十八里堡、黑松驿，直至乌鞘岭，越往里走，峡谷内坡度越来越陡。谷底道路依着山谷，迂回曲折，峡谷两旁重峦叠嶂，郁郁苍苍，真是"深谷长峡，金关银锁"。如今，兰新铁路与312国道横贯穿过古浪峡，昔日天堑变通途，峡谷内车来车往，与两旁峰峦相得益彰，蔚为壮观，为古浪峡增添了新的景象。

第六辑

流韵焕彩

独领风骚西凉舞，千古绝唱凉州词。凉州民间艺术流淌着汉风唐韵，舞动在千年时空。看，那是婀娜多姿的西凉乐舞：唯有凉州歌舞曲，流传天下乐闲人；听，那是忧国忧民的凉州词：葡萄美酒夜光杯，欲饮琵琶马上催。一首凉州词，陶醉了整个大唐；一曲西凉舞，惊艳了盛世华夏。长袖一舒，飘洒出美轮美奂；轻歌曼舞，绽放着古色古香。

唯有凉州歌舞曲

黄河远上白云间，一片孤城万仞山。

羌笛何须怨杨柳，春风不度玉门关。

千百年来，《凉州词》以其苍凉慷慨、雄浑壮阔的意境，一直受到世人的推崇和好评。作为我国古典诗歌中的重要题材，唐代边塞诗充溢着金戈铁马之声。《全唐诗》收录的近两千首边塞诗中，以《凉州词》为题或以"凉州"为背景的就有一百多首。大漠孤烟、边关落日、黄沙骏马、英雄美酒……每一首《凉州词》，都是古代边塞生活的生动写照。

盛唐时期，"凉州"作为一种文学意象走进文学作品和艺术活动中，以"凉州词（曲、歌、行）"命名诗篇成为一种时尚。"凉州词"为唐代曲调名，又称"梁州""新梁州""西凉州""凉州曲""凉州歌"等，是唐代上至宫廷、下至民间广为流传的民族乐府经典曲调。

一、读懂"凉州"

"凉州"一词，在中国文化史上是一个变动不居的概念。一方面，其地理方位和行政区划由大到小或由小及大，由此形成不同时期人们对凉州文化的不同认知；另一方面，从文学艺术和文化表达角度，凉州也可称之为一个文化概念或文化地域。

凉州，是甘肃省武威市的古称，但历史上的凉州并非专指武威。公元前121年，汉武帝派骠骑将军霍去病西击匈奴，先后在河西设酒泉、武威、张掖、敦煌四郡，史称"河西四郡"。元封五年（前106年），汉武帝分天下为十三州刺史部，西北地区属凉州刺史部。"凉州"之名便始于此。

汉代的凉州范围很大，但凉州刺史部只是监察机构。丝绸之路开通后，凉州由于地理位置的优势，成为连接中原与西域的重要通道，而且也是关内外各民族进行经济、文化交流的纽带。凉州在政治、军事及商贸上的重要性，使其成为历代王朝苦心经营的战略要塞。自汉武帝在河西设郡置县以来，通过"移民实边"等一系列措施，中原先进生产技术及儒家思想文化逐步传入河西。武威出土的《仪礼》简、《王杖》简等，反映了儒家思想文化、伦理道德在河西地区的普及推广。随着农耕文化与游牧文化的碰撞融合以及各民族交往交流交融，农牧结合、耕读合一的文化形态逐渐在这里形成。

三国时期，魏文帝曹丕于黄初元年（220年）复置凉州，治姑臧，统管整个河西走廊，这是姑臧作为凉州州治的开始。东晋十六国时期的前凉、后凉、南凉、北凉以及隋末唐初的大凉皆曾在此建都，以后历为郡、州、府治。汉唐之际，凉州在西北地区扮演着"五凉京华，河西都会"的重要角色。

唐代前期，凉州是河西地区的政治、军事中心。从唐武德到天宝年间，唐王朝先后在河西设凉州总管府、都督府，其辖地基本上为凉州、甘州、瓜州、肃州四州，即今河西走廊地区。玄奘在《大慈恩寺三藏法师传》赞叹说："凉州为河西都会，襟带西蕃，葱右诸国，商侣往来，无有停绝。"唐景云二年（711年），又设"河西节度使、支度、营田等使，领凉、甘、肃、伊、瓜、沙、西七州，治凉州"，守护河西走廊。此时的凉州已十分富庶繁荣，《新五代史》记载："当唐之盛时，河西、陇右三十三州，凉州最大，土沃物繁而人富乐。"唐代诗人元稹在《和李校书新题乐府十二首·西凉伎》诗中描绘道："吾闻昔日西凉州，人烟扑地桑柘稠。"

盛唐时期，凉州成为西北地区仅次于长安的通都大邑，中外使者、商旅、文人墨客等络绎不绝，热闹非凡。可以说，唐代前期，凉州都是黄河以西地区各民族的经济、文化中心之一。

二、文化交流的结晶

在魏晋南北朝到晚唐五代的史书和文学作品中可以看到，河西走廊的音乐歌舞文化极其兴盛，其中尤以凉州乐歌和敦煌乐最为昌盛。《旧唐书·音乐志》载，《西凉乐》（即《凉州词》，又称《凉州曲》，唐代乐府曲调名）"盖凉人所传中国旧乐，而杂以羌胡之声也"。北魏温子升《凉州乐歌二首·其一》刻画道："远游武威郡，遥望姑臧城。车马相交错，歌吹日纵横。"盛唐著名诗人岑参《凉州馆中与诸判官夜集》则感叹："凉州七里十万家，胡人半解弹琵琶。"

长期以来，政治制度、生产技术、商品物资、文学艺术、宗教文化等在河西走廊这条大通道上交汇融合，武威、张掖、酒泉、敦煌等成为集散地。中原的清商乐，西域的天竺乐、安国乐、龟兹乐、疏勒乐、高昌乐等，举凡汉晋南北朝的"秦汉伎"、隋朝的"九部乐"和唐朝的"十部乐"中的大部分乐曲都曾经在凉州和声同奏，数乐争鸣。

《凉州词》正是西域龟兹乐传入凉州后，兼收并蓄，融合中原及其他地区音乐而形成的独具特色的新曲调。正如《新唐书·礼乐志》所载："而天宝乐曲，皆以边地名，若《凉州》《伊州》《甘州》之类。"

《凉州词》是开元年间由凉州都督郭知运进献于唐玄宗的，传入宫廷后受到极大欢迎。据《开天传信记》载："西凉州习好音乐，制新曲曰'凉州'，开元中列上献。"成书于宋代的《演繁录》一书也说："乐府所传大曲惟'凉州'最先出。"《明皇杂录》记载："唐玄宗自蜀回……遂命歌《凉州词》，贵妃所制，上亲御玉笛为之倚曲。"张祜《悖拏儿舞》描述了悖拏儿在玄宗面前即兴舞《凉州》的情形："春风南内百花时，道唱梁州急遍吹。揭手便拈金碗舞，上皇惊笑悖拏儿。"元稹《连昌宫词》描写了演奏《凉州》的情景："逡巡大遍凉州彻，色色龟兹轰录续。"

除宫廷之外，《凉州》还在民间广泛传播。李益有"行人夜上西城宿，听唱凉州双管逐"的句子，杜牧诗云："听取满城歌舞曲，凉州声韵喜参差。"武元衡《听歌》云："月上重楼丝管秋，佳人夜唱古梁州。"朝野上下，《凉州词》遍地风靡,堪称唐代民族乐府第一曲调。

《凉州词》有其独特的音乐特点,主要表现在调式、体制、乐器、舞蹈、音乐风格五个方面。从调式上讲,《凉州词》本为宫调,传入宫廷后随艺人演绎不断变化,又出现了"黄钟宫调""道调",到宋代甚至出现了七个宫调;从体制上讲,《凉州词》是大曲,崔令钦所著《教坊记》说唐代大曲有《凉州》等六十余曲;从乐器上讲,主要有觱篥、琵琶、胡笳、羌笛、筝、横笛,此外尚有笙和方响;从音乐上讲,其多以表达感伤情绪和悲凉心境为主;从舞蹈上讲,它属于软舞。

凉州因"地处西北,常寒凉也"而得名,其曲《凉州词》也不免悲壮苍凉。孟浩然《凉州词》云:"异方之乐令人悲,羌笛胡笳不用吹。"白居易《题灵岩寺》云:"今愁古恨入丝竹,一曲凉州无限情。"欧阳詹《闻邻舍唱凉州有所思》云:"有善伊凉曲,离别在天涯。"《凉州词》流传既广且久,虽各有演绎,但悲凉的主体风格没有变化。

作为我国历史上产生的真正具有专业艺术水准和浓郁民族风格的第一个歌舞大曲,《凉州词》是各民族兼容并蓄、薪火相传的智慧结晶。

三、盛世文化的符号

实际上,"凉州大曲"的曲子有很多,《凉州词》是其中单独演唱的曲子,不仅广为流传,且对诗词的形成起到了重要作用。由于《凉州词》乐曲在盛唐广泛流行,它随之也成为当时人们文化生活的重要组成部分。

经历贞观之治后的开元盛世,政通人和、物阜民丰、国力强盛、四方宾服。与此同时,边关事务也日益繁重。当时镇守边疆的节度使多是能征善战的将领,亟须文人墨客的帮衬扶持,而唐代许多士大夫也有向往边塞、崇尚功名的入世情结。于是,一大批具有雄心壮志的读书士子投身边塞。他们亲历大漠戈壁的荒凉苦寒,身受戎马生涯的艰辛劳顿,体验金戈铁马的威武荣耀,抒发建功立业的豪情壮志,终使唐代诗苑盛开出朵朵边塞诗的奇葩,姹紫嫣红、争奇斗艳、令人叹为观止。高适、岑参、王之涣、王翰等都曾是边塞诗的吟诵者，写下过脍炙人口的《凉州词》。"黄河远上白云间""葡萄美酒夜光杯"……多少脍炙人口的名句，辞采壮丽、气势磅礴，传递着盛唐之音，成为千古绝唱。

在唐代，歌唱是诗歌的重要存在形式，是大众欣赏诗歌的主要途径。乐府诗作者具有多元性，创作方式也具有特殊性。《凉州词》的作者，除了诗人，还有艺人。诗人创作诗歌，艺人选诗入乐，构成了《凉州词》创作的整个过程。这种创作方式在《乐府诗集》中可以窥见其轨迹。《乐府诗集》收录《凉州词》六首，前五首为《歌第一》《歌第二》《歌第三》《排遍第一》《排遍第二》。五首中《歌第三》为高适《哭单父梁九少府》前四句，《排遍第一》为王建《凉州歌》，其他三首不知作者姓名。第六首为耿湋《凉州词》，与前五首不是一组大曲。《歌第一》至《歌第三》实际是"凉州大曲"的散序。这五首虽不是"凉州大曲"的全部歌辞，但从中也能见识到盛唐大曲表演的基本结构：边地传来战事警报，天子派兵出征，将士浴血奋战，思妇痛苦相思，凯旋，天子封赏，群臣为天子祝寿。

在大曲内容的安排上，艺人发挥了重要作用。因为这些大曲歌辞大都不是一人一时创作完成，而是艺人从当时流行诗篇中选取而来，即"以诗入乐"。这些诗原来可能不是乐府诗，通过艺人选辞入乐才成为乐府。艺人为大曲选取歌辞时对诗作进行了编排，形成一个抒情或叙事结构，从而使原有一个个独立诗作或诗作中的一部分变成大曲表演的有机组成部分。

安史之乱以后，凉州被吐蕃占据，人们每当听到熟悉的《凉州词》时自然会联想昔日的盛世繁华，它也因此成了盛世记忆的文化符号。最先赋予《凉州词》这一内涵的是唐玄宗。《明皇杂录》载，玄宗自蜀返回，听贵妃侍者红桃歌《凉州词》，悲从中起，相顾掩泣。在这位酷爱音乐的风流天子心中，《凉州词》引发了他对杨贵妃的刻骨相思和盛世一去不返的极端悔恨。中晚唐诗人回忆盛唐，亦往往会写到《凉州词》。如王建《行宫词》云："开元歌舞古草头，梁州乐人世嫌旧。"白居易《秋夜听高调凉州》道："促张弦柱吹高管，一曲凉州入沉寥。"刘禹锡《与歌者米嘉荣》诗曰："唱得凉州意外声，旧人唯数米嘉荣。"吴融《李周弹筝歌》云："供奉供奉且听语，自昔兴衰看乐府。"由此可见，《凉州词》饱含着诗人对盛唐景象的深情追忆和深切怀恋。

《凉州词》影响广泛，流传久远。唐代晚期的河湟一带，虽然处于吐蕃的占领之下，然而其地民众仍然喜唱《凉州曲》。晚唐杜牧《河湟》诗有云："唯有凉州歌舞曲，流传天下乐闲人。"南宋陆游《花时遍游诸家园》有"常恐夜寒花索寞，锦茵银烛按凉州"的句子。直至明清，《凉州词》的吟唱依然不绝，如明代张恒《凉州词》云："醉听古来横吹曲，雄心一片在西凉。"清代张翔《听歌者琵琶》叹道："玉腕红纱翠黛愁，声繁破拨唱凉州。"清代张澍亦有《凉州词》四首。

作为大唐的盛世华章，《凉州词》不仅对唐宋诗词和元曲产生了深刻影响，还作为友好交流的文化载体远播周边许多国家。总之，《凉州词》当之无愧为唐代民族乐府经典曲调，也堪称我国古代经典边塞乐府，永远闪耀着独特又绚丽的光芒。

（本文选自《中华文化符号解读·甘肃卷》，作者崔云胜、李元辉）

箫鼓赛田神

赛神，古代民俗，指设祭酬神，为酬报神明的恩赐而举行祭祀，是祭神的一种活动方式，主要形式是排列仪仗、鸣金鼓、设杂戏等，或迎神出庙，在街巷漫游，谓之"赛神"。赛神是民间祈求平安的一种方式，希望风调雨顺，五谷丰登，平安健康，得到神灵保佑。

赛神作为一种民间信仰与文化景观，广泛存在于河西地区。赛神是凉州地区流传很久的一种祭神风俗，唐代时期已广泛存在，赛神对象包括田神、社神、青苗神、朝那湫神、八蜡神、龙王、火神、天王、祆神、越骑神等等。在百姓心目中，这些神灵与当地的农业生产和衣食住行、生老病死等日常生活以及社会和平安定等息息相关，地位崇高，是人们祈求幸福生活的主要对象。武威地区宜农宜牧，风俗与中原不同。《五凉考治六德集全志》摘录清代沈翔的《凉州怀古》诗曰：

纸钱飘冢招新鬼，社鼓阗村祭野神。
此俗由来他处少，五凉人事半三秦。

诸如纸钱招魂、社鼓赛神等习俗，地域色彩十分浓厚。

农业是古代社会中重要的经济命脉，对田神的祭祀历来受到朝廷和民间的重视。凉州自古以来就是农牧并行的地方，因此人们非常重视田神的祭祀。唐代大诗人王维在武威担任河西节度判官期间，把目光投向凉州民间，在凉州民俗风情的滋养中而创作出了一首首边塞诗。王维在河西任职期间，每当公务闲暇之余，常常出凉州城到郊外游览，一边考察民情、熟悉风俗，一边以凉州民俗为题材，创作诗歌。且看他写的《凉州郊外游望》一诗：

> 野老才三户，边村少四邻。
> 婆娑依里社，箫鼓赛田神。
> 洒酒浇刍狗，焚香拜木人。
> 女巫纷屡舞，罗袜自生尘。

这是一首描写武威农村田家赛神活动的诗，一个村庄举行了一场热闹的赛田神活动，仪式伴有音乐和舞蹈，使赛神活动更加热闹。从"婆娑""里社""刍狗""木人""女巫"等，我们可以了解到当时凉州祭祀田神时所需祭品、仪式等，复原民间祭祀田神的场面。此诗恰如一幅乡村风俗图，展现出一千多年前武威农村人文景观，具有浓厚的民俗文化情调。

王维还有一首诗，描写凉州百姓赛神的风俗，即《凉州赛神》一诗：

> 凉州城外少行人，百尺峰头望虏尘。
> 健儿击鼓吹羌笛，共赛城东越骑神。

这首诗，反映了当时王维军旅生活的一个侧面，诗中既写了紧张的戍边生活，又描述了热闹而隆重的武威民俗——凉州赛神。唐代整个社会都存在着神灵崇拜。耕地的农民祭祀田神，养马的行业则有祭祀马神的习俗，而骑兵也有信奉的神灵——越骑神。边塞军民通过赛越骑神，战前祈福，战后报恩，这成为一种庆祝胜利和鼓舞士气的举动，向人们展现了唐代武威社会的风貌。

凉州赛田神的习俗，至清代依然很兴盛。清乾隆十四年（1749年）编修的《武威县志》，记载武威城有三官庙、三官阁共九处，分别在东关、东门瓮城、管驿滩、海子、西街、红沙巷、大井巷、北门外、关厢西门。由此可见，在古代，凉州城及城郊一带祭祀田神的地方很多，估计在凉州乡村更是遍布，有可能是一村一社。

清乾隆三十五年（1770年），纪昀（纪晓岚）在迪化（今新疆乌鲁木齐）贬谪期间，亲自体验了诸多民俗。其《民俗·其四》云：

> 凉州会罢又甘州，箫鼓迎神日不休。
> 只怪城东赛罗祖，累人五日不梳头。

他发现"诸州商贾，各立一会，更番赛神。剃工所奉曰'罗祖'，每赛会则剃工皆赴祠前，四五日不能执艺，虽呼之亦不敢来"，大意是顾客剃须理发时，若碰巧剃工祭祀祖师，便只能等待赛会结束。从纪晓岚的诗中，可知当时迪化商贾的行业组织围绕行业神进行赛会活动，来自凉州、甘州的商会"箫鼓迎神"，也就是轮流赛神。可见在清代西北地区，来自凉州的商会也传承了赛神这一民俗活动。

乾隆六十年（1795年）初夏，宛平人陈庭学从凉州城到靖边驿的路上，也看到了百姓们在赛田神，他在《靖边驿》一诗中记载其事道：

> 诗境随秋色，归途日换新。
> 卑车人坐伛，乱石马行逡。
> 打麦扬枷板，奔流激磨轮。
> 歌台闹村剧，几处赛田神。

凉州赛神这一民俗，从唐代一直流传到清代，绝大多数是普通百姓的自发行为，是社会生活中十分重要的一项祭祀活动。现在看来，虽然其具有很多的封建迷信色彩，但其实是人们在日常生产生活的基础上产生的一种环境适应与文化期盼心理，当恶劣的地理环境、时代变故等严重影响人们的生产、生活时，便会引发人们对神灵的崇拜与信仰，是人们适应当时的自然环境与社会条件的反映。

听唱凉州双管逐

天宝十四载(755年)十一月初九,身兼范阳、平卢、河东三镇节度使的安禄山,趁唐朝内部空虚腐败,联合同罗、奚、契丹、室韦、突厥等族,于范阳起兵。这一年,出生于凉州姑臧的诗人李益还是个孩童。待到广德二年(764年),李益随家迁离了故土,定居洛阳。不久,吐蕃便尽取河西、陇右之地。

对那个时候的李益而言,国家的动乱、家乡的陷落在很大程度上影响了他世界观、人生观的形成。因而从大历九年(774年)至贞元末年,三十余年的时光里,他五次参军,"其中虽流落南北,亦多在军戎"。

李益曾被誉为"大历十大才子"之一,他在少年时代就已经显示出了非凡的才华。他的诗歌题材广泛,有边塞诗、闺怨诗、怀古诗等,但他最擅长的还是边塞诗,此类作品占了他诗歌总量的三分之一。这与他生于凉州,长于凉州,之后又五次出塞参军密不可分。

胡应麟《诗薮》中认为:"七言绝,开元之下便当以李益为第一,如《夜上西城》《从军北征》《受降》《春夜闻笛》诸篇,皆可与太白、龙标竞爽,非中唐所得有也。"《夜上西城听梁州曲二首·其一》就是李益在朔方节度使幕府期间所作的七言绝句。在这首诗作中,诗人借景寓情,表达了边塞征人的悲愁情怀。诗曰:

行人夜上西城宿,听唱梁州双管逐。
此时秋月满关山,何处关山无此曲。

一个静谧的夜晚，诗人和很多旅人一起登上了西受将城。这是唐朝三座受将城中，军事地位最为重要的一座。在这里，诗人听到了双管吹奏的凉州曲。银色月光之下，诗人眺望远方，目光所及之处，皆是战事所达之地。这哀怨的乐曲回荡在天地之间，仿佛诉说着战事的艰难与思乡的烦闷。此时、此地、此景，不禁令人想到，在月光所能照射之处，在乐曲所能传达之处，有多少人同诗人一样，企盼着战争的胜利，企盼着能和家人团聚。诗人巧妙地将"秋月""关山""凉州曲"联系在一起，从视觉、听觉、感受等各个方面进行描写，营造出沉静凄婉的氛围，从而令情感层层渗透，直抵人心。

不同于盛唐时期激越奔放的边塞诗歌，中唐时期，由于经历了安史之乱和吐蕃的内侵，边塞诗歌具有了苍凉、沉郁的格调。在此背景下，李益的许多边塞诗歌作品，都表达了边关征人的乡愁以及多年征戍的苦闷。这些诗作中，李益频繁地将音乐与景色进行结合，从而创造出诸多极具情感冲击力的意象组合。比如《过五原胡儿饮马泉》中的"几处吹笳明月夜，何人倚剑白云天"。明月之下，胡笳声声，顿时衬托出边塞之地的空旷与辽阔。又比如《从军北征》中的"天山雪后海风寒，横笛偏吹行路难"。雪后的天山刮着刺骨的寒风，一曲横笛的出现，更烘托出荒凉、悲怆的气氛。可以说，李益的这种描写方式，紧紧抓住了边塞地区的特点，如电影片段般，声画结合，弥散式地烘托出所要表达的情感。

贞元十六年（800年），年过半百的李益离开了幽州幕府，结束了他的军戎生活。十数年的边塞经历，令他成为这一时期在边塞生活最久的诗人，而他写下的边塞诗歌，更是令他成为中唐初期边塞诗人的代表。

胡腾儿

天宝十四载（755年），安史之乱爆发。为保住长安，唐朝将原河陇地区的精锐部队调往中原平叛，然而却导致河陇防务空虚，吐蕃遂乘虚而入，占领了河西和陇右之地。《旧五代史》对这段历史有记载："吐蕃乘虚取河西、陇右，华人百万皆陷于吐蕃。"吐蕃首先攻陷了鄯州等陇右十余州，之后，又于广德二载（764年）攻占了凉州、甘州、沙州、肃州、瓜州等地，从而彻底占领了这一地区，切断了河西及以西地区与中原的交通与联系。

时间来到大历年间。作为盛唐向中唐的过渡时期，这一阶段既没有产生一流的诗人，也很少产生杰出的诗作，这与当时经历了近十年的战乱不无关系。此时活跃在文坛的诗人，已没有盛唐时期的精神风貌，他们的诗作也更多地表现出清冷的色调。被誉为"大历十大才子"之一的李端，就是这一时期的代表诗人。同其他大历诗人一样，李端的许多诗作也是为了交往应酬的近体诗，因而总体成就不高。然而，在他那些其他才子较少涉及的乐府诗中，他的才气便显现了出来，像是女性题材的《襄阳曲》《王敬伯歌》，送别诗《古别离》，还有七言歌行《胡腾儿》《赠康洽》《杂歌》等，都是当时为数不多的精品佳作。

李端的《胡腾儿》，描写了一位凉州胡人艺术家表演胡腾舞的过程，全诗笔触细腻写实，不乏点睛之笔，读罢颇有余韵。

这一天，李端和一些文人墨客、达官贵人一起欣赏胡腾舞。表演者是一位生长在凉州的胡人，有着如玉般雪白的肌肤和如锥子般尖而长的鼻子。他身着桐花布长衫，衣衫的前后襟卷起，紫色的葡萄长带垂到了地面，非常具有民族特色和异域风情。

演出开始前，胡人跪坐在帐前，用他们的语言诉说着家乡的沦陷、同胞的遭遇，之后向观众行礼，准备开始他的表演。他的讲述，让大家心里很不是滋味。一位曾在安西做过地方官的官吏，更是强忍着泪水观看。一些中原的文人，也主动把自己创作的诗词曲赋抄写给胡人。胡人大为感动，卖力地舞动着身姿。只见他"扬眉动目踏花毡，红汗交流珠帽偏。醉却东倾又西倒，双靴柔弱满灯前。环行急蹴皆应节，反手叉腰如却月"。这一系列描写，从表情到神态，再到动作，以及与音乐的配合，可谓淋漓尽致，一气呵成，读来令人不得不感叹胡腾舞的精妙绝伦。然而，当诗人还沉浸在这曼妙的舞姿中时，伴奏却忽然停止，舞蹈也随之结束。此时，众人才听见军中的号角声从城头传来。可见，战争的阴影还未散去，不但边地沦陷，就连京畿也仍旧不够太平。最后，诗人写道："胡腾儿，胡腾儿，家乡路断知不知？"在诗作中段有所铺垫的前提下，此时的反复和反问，顿时将情感调动到最高点，看似是问胡人，实则也是对在场的所有人发问。

虽然在前面的描写中，诗人仅仅对"安西旧牧"和"洛下词人"一笔带过，但他们的"收泪"和"抄曲"，令这首以胡腾儿为描写重点的诗作，暗含了更加复杂的情感指向。更值得指出的是，诗人并没有一下子将它们释放出来，而是带着"胡腾儿""安西旧牧""洛下词人"这些代表不同地区、不同身份人们的情感，将它们融入胡腾舞的时空艺术之中。因而，当舞蹈戛然而止，号角声响起，那最后的发问，就成为诗人对时代的呐喊。它重重地敲打在每一个读到此诗的人们心上，不禁令人感叹，令人扼腕。

让我们回过头来重新品读全诗：

胡腾儿

（唐）李端

胡腾身是凉州儿，肌肤如玉鼻如锥。

桐布轻衫前后卷，葡萄长带一边垂。

帐前跪作本音语，拾襟搅袖为君舞。

安西旧牧收泪看,洛下词人抄曲与。
扬眉动目踏花毡,红汗交流珠帽偏。
醉却东倾又西倒,双靴柔弱满灯前。
环行急蹴皆应节,反手叉腰如却月。
丝桐忽奏一曲终,呜呜画角城头发。
胡腾儿,胡腾儿,家乡路断知不知?

几十年后,当身处元和时代的元稹和白居易,写下同一题材的《西凉伎》时,这类反映社会现实的诗歌作品已经蔚然成风。尤其是白居易所创作的大量讽喻诗,他甚至将它们视作自己最有价值的作品。然而,李端所处的大历时期,这类诗作却较为少见。从这个角度来看,这首《胡腾儿》就显得愈发珍贵了。

西凉伎

在我国历史上，唐代是非常重要的一个历史阶段，这一时期国力强盛，经济发达，政治开明，对外交流频繁，文化艺术得到了空前的发展与繁荣。《西凉伎》就是唐朝非常引人注目的一种艺术形式，萌芽于汉代，形成于五凉时期，经过漫长的演变过程，在隋唐时期达到繁荣。它是古代西域地区音乐、歌舞在河西地区流传，并与凉州当地乐舞、中原汉族乐舞融合发展而成的乐舞形式。中唐时期，诗人白居易和元稹作有《西凉伎》，是"因事立题""即事名篇"所创作的新乐府诗歌，他们在诗作中通过描述《西凉伎》在民间流传的形态，从而讽喻时事民生、世风。

一

任半塘在《唐戏弄》一书中指出："《西凉伎》之诗题，白诗和元，元诗和李，当李氏首创，而元白沿用也。"由此可见，李绅最早写了新题乐府《西凉伎》，元稹唱和李绅，白居易又唱和元稹。

元稹和白居易是多年的好友，他们于贞元年间一同登科，又恰巧"俱授秘书省教书郎"，彼此志同道合，结下了深厚的友谊。在他们交往的三十年间，经常有诗歌唱和，即便分处异地，即便先后被贬，也会有书信来往。他们一生通信一千八百多封，互赠诗篇近千首，二人唱和之多，古所未有。

元和四年（809年），元稹作《和李校书新题乐府》十二首，《西凉伎》为第四首，随后，白居易写了《西凉伎——刺封疆之臣也》以和之。两首诗的写作背景，皆是安史之乱后，吐蕃占领河湟地区，远在长安的统治者虽然想要收复失地，戍守边疆的将领却整日沉溺于歌舞升平的享乐之中，丝毫没有重新征战收回故地的想法。因而，身在官场的元稹和白居易，以作诗来表达他们的愤慨和忧国忧民的心情。

元稹和白居易所写，是流入民间经过简化的《西凉伎》，与宫廷之中的《西凉伎》有所不同。唐代宫廷音乐在隋朝七部乐基础上，增设了集合西凉、天竺、高丽、龟兹等地方乐舞形态的九部乐和十部伎，《西凉伎》则是九、十部伎中一个具体形式的节目表演，是包含了音乐、舞蹈、杂技等的全能剧，其演出具有整体性，演员衣着华丽，具有很高的专业素养。

二

元稹的《西凉伎》，描写了天宝年间哥舒翰宴席上的表演，诗人采用对比的手法，将安史之乱前后凉州的繁华与荒凉展现得淋漓尽致。

和李校书新题乐府十二首·西凉伎
（唐）元稹

吾闻昔日西凉州，人烟扑地桑柘稠。
蒲萄酒熟恣行乐，红艳青旗朱粉楼。
楼下当垆称卓女，楼头伴客名莫愁。
乡人不识离别苦，更卒多为沉滞游。
哥舒开府设高宴，八珍九酝当前头。
前头百戏竞撩乱，丸剑跳踯霜雪浮。
狮子摇光毛彩竖，胡腾醉舞筋骨柔。
大宛来献赤汗马，赞普亦奉翠茸裘。
一朝燕贼乱中国，河湟没尽空遗丘。
开远门前万里堠，今来蹙到行原州。
去京五百而近何其逼，天子县内半没为荒陬，西凉之道尔阻修。
连城边将但高会，每听此曲能不羞。

诗作一开始，就写到昔日的凉州桑柘遍地，到处都是人家。葡萄酒酿熟了，人们饮酒作乐。那个时候，凉州虽是西部边陲，但得益于政治的开明、社会的稳定，不论是当地的百姓，还是戍边的将士，都沉溺于歌舞升平的太平盛世。因而，哥舒翰建立军府，陈设宴席，用尽了山珍海味、美酒佳肴。宴会上的表演，不但有令人眼花缭乱的杂耍与剑舞，也有狮子舞与胡腾舞。此外，还有大宛的使者献上汗血宝马，吐蕃的首领进贡翠茸裘。这一系列描写，处处显示着昔日凉州的富庶与繁华，也透露着强盛的大唐与周边国家在经济、文化等方面的交流融合。然而，人说"月满则亏，水满则溢"，在诗作的后半部分，这极盛的状态急转直下。"一朝燕贼乱中国，河湟没尽空遗丘"，因为安禄山攻陷了长安，似乎一夜之间，刚刚还笙歌燕舞的河湟地区就变得荒凉空旷。过去西出长安有万里疆土，如今边境线已到了五百里外的原州。更令人愤慨的是，即便如此，边城的将领却只知饮酒作乐，难道他们听到这西凉乐曲不感到羞愧吗？

白居易的《西凉伎》，相较元稹的《西凉伎》，不但描写了守边将领们观赏西凉伎狮子舞的场景，还借老兵之口，表达了观看这场演出之人的悲愤之情。

　　西凉伎——刺封疆之臣也
　　（唐）白居易
西凉伎，假面胡人假狮子。
刻木为头丝作尾，金镀眼睛银帖齿。
奋迅毛衣摆双耳，如从流沙来万里。
紫髯深目两胡儿，鼓舞跳梁前致辞。
应似凉州未陷日，安西都护进来时。
须臾云得新消息，安西路绝归不得。
泣向狮子涕双垂，凉州陷没知不知。

狮子回头向西望，哀吼一声观者悲。
贞元边将爱此曲，醉坐笑看看不足。
娱宾犒士宴监军，狮子胡儿长在目。
有一征夫年七十，见弄凉州低面泣。
泣罢敛手白将军，主忧臣辱昔所闻。
自从天宝兵戈起，犬戎日夜吞西鄙。
凉州陷来四十年，河陇侵将七千里。
平时安西万里疆，今日边防在凤翔。
缘边空屯十万卒，饱食温衣闲过日。
遗民肠断在凉州，将卒相看无意收。
天子每思长痛惜，将军欲说合惭羞。
奈何仍看西凉伎，取笑资欢无所愧。
纵无智力未能收，忍取西凉弄为戏。

彼时，凉州已经陷落，驻守边关的将领们却整日花天酒地，歌舞升平，更令人难过的是，狮子舞所表演的，竟然就是凉州沦陷的相关内容，何其可叹，何其可悲！

从整首诗的架构来看，大致有三部分内容。首先是对狮子舞表演的描写，这里写道："泣向狮子涕双垂，凉州陷没知不知。狮子回头向西望，哀吼一声观者悲。"顿时制造出一种悲伤的情绪。看戏明明是为了消遣取乐，怎能用丢失国家领土这种事情来娱乐？紧接着，写边关将领们非常喜欢看西凉伎，常常耽于其中，不思进取。可以说，这两部分内容层层递进，加剧了情感上的悲伤程度。因而，就有了第三部分的"有一征夫年七十，见弄凉州低面泣"。老兵经历过凉州的繁荣，也亲眼看着它陷落，从前大好的西凉疆土，如今边防线已退到了凤翔。可即便如此，守边的将领们不但没有收复失地的决心，还拿失地来娱乐游戏。真是"纵无智力未能收，忍取西凉弄为戏"。

三

陈寅恪在《元白诗笺证稿》中写道："元白二公之作，则皆本其亲所闻见者以抒发感愤，固是有为而作，不同于虚泛填砌之酬和也。此题在二公新乐府中所以俱为上品者，实职是之故。"

元白二人的《西凉伎》，都详细描写了西凉伎的演出形式和内容。元稹的诗作中，西凉伎主要包含了西凉乐曲、狮子舞和胡腾舞。而在白居易的诗作中，不但有乐曲和狮子舞，还加入了表演、说白等环节，从而具备了全能剧的要素。由此，我们也能看出西凉伎在民间的演变情况。

从两首诗的内容来看，读毕之后，均能感受到他们身在朝野，心系国家的真挚情感。然而，或许是白居易入仕之前在符离乡野的生活经历，让他更能体会民间疾苦，他的从当事人视角出发，借七旬老兵之口，表达自己忧虑和愤慨的写法，更加直接，也更加真实和感人。另外，诗作从头至尾都围绕西凉伎展开书写，由西凉伎的表演内容，到守边将领的不作为，再到老兵的控诉，内容紧贴题目，情感层层深入，令人感同身受。到了元稹那里，则是"吾闻昔日西凉州"，读来总感觉凉州的陷落是甚远之地发生的事。不过，诗人将盛与衰所作之对比，令人不禁嗟叹，也不失为其独到之处。

一曲凉州无限情

唐代诗人对凉州有着特殊的感情,凉州的繁华在诗歌中体现得淋漓尽致。王之涣、王维、高适、岑参、王翰等诗人,留下了大量脍炙人口的壮丽诗篇。

有一位诗人,虽然一生都没有来过凉州,但他写下的许多与凉州有关的诗歌,为遥远的凉州梦萦魂牵,为心中的凉州呐喊呼吁,与凉州同呼吸、共命运,深深地体现了他的家国情怀。

这位诗人,就是白居易。

一

武威,古称凉州,自古以来,就是丝绸之路上重要的黄金节点。唐时,随着畜牧业、农业、商业及丝路贸易、城市建设进一步发展,武威作为河西重要的经济城镇和陆上商埠日益繁华,成为民殷物丰之地,从那时起就已经有"河西都会"的赞誉。

764年,由于驻守凉州的唐军内调平定安史叛军,吐蕃占领了凉州。安史之乱结束后,收复凉州成为当时朝野上下的呼吁和渴望,也是百姓的心声和愿望。一些大诗人也写下了许多诗句,希望朝廷能出兵收复凉州。由于经过安史之乱的内耗,唐朝国力衰落,无力收复凉州,只能安于现状,无所作为。

在这些众多呼吁收复凉州的诗人之中,白居易无疑是对凉州情感最深的一个。

二

吐蕃占领凉州八年后,白居易出生于河南新郑的一个"世敦儒业"的中小官僚家庭。

白居易入仕后,《凉州曲》《凉州词》等西凉乐舞早已在各地流传,但凉州却在吐蕃的控制之下,而且守边的将领也无意收复,这让白居易十分愤慨。

《西凉伎》是唐代剧目之一,据说其前身为《胡腾》。有一次,白居易在看完演出之后,奋笔疾书,写下了有名的《西凉伎——刺封疆之臣也》一诗。

白居易的诗中充满一腔悲愤,对边疆存在的问题进行无情的讽刺与批判。"有一征夫年七十,见弄凉州低面泣",可是边将醉生梦死,麻木不仁,"贞元边将爱此曲,醉坐笑看看不足"。白居易通过舞者的歌唱,述说了凉州被吐蕃占领之后百姓的苦难,长叹道:"凉州陷来四十年,河陇侵将七千里……遗民肠断在凉州,将卒相看无意收。天子每思长痛惜,将军欲说合惭羞。奈何仍看西凉伎,取笑资欢无所愧。纵无智力未能收,忍取西凉弄为戏。"表达了对边将骄奢淫逸、不思国耻,忘记收复失地这一重任的无限愤慨和对凉州百姓的深切同情。

对此,陈寅恪先生《元白诗笺证稿》中也论述了这首诗的历史背景:"自安史乱后,吐蕃盗据河湟以来,迄于宪宗元和之世,长安君臣虽有收复失地之计图,而边镇将领终无经略旧疆之志意。此诗人之所以同深愤慨,而元白二公此篇所共具之历史背景也。"

白居易的另一首《缚戎人》,叙述一位家乡本在凉州、原州一带的百姓的遭遇,表达的其实也是这种历史背景下的愤慨:"自云乡贯本凉原,大历年中没落蕃。一落蕃中四十载,遣着皮裘系毛带。……凉原乡井不得见,胡地妻儿虚弃捐……"

三

不管身处何地,只要一有空闲,白居易都喜欢听一听《凉州曲》,这已成为他公务之余、茶余饭后的习惯。只要一听到《凉州曲》,总能带给他无限的情怀,无限的感慨。

如《秋夜听高调凉州》一诗：

楼上金风声渐紧，月中银字韵初调。
促张弦柱吹高管，一曲凉州入泬寥。

一曲凉州悠悠传来，心情是多么寂寞孤独。这种正视现实的感受，沉痛的心灵写照，无疑把最真实的凉州留给后世。

又如《题灵岩寺》一诗："……今愁古恨入丝竹，一曲凉州无限情。直自当时到今日，中间歌吹更无声。"今愁，旧恨，都从曲曲悲歌中传出。一首《凉州曲》，无限情怀在心中。

有时候，在看到一些花草树木时，白居易也情不自禁地想起凉州来。如他的《感白莲花》一诗中就写道：

忽想西凉州，中有天宝民。
埋殁汉父祖，孳生胡子孙。
已忘乡土恋，岂念君亲恩。
生人尚复尔，草木何足云。

表达了对凉州的牵肠挂肚。

四

《凉州曲》以其独特的艺术魅力，不知不觉勾起人们心中的情愫。白居易既感受着大唐盛世的气象，又承载着动乱时代的艰难。他用自己手中之笔，如实地记录着凉州的兴衰变迁，尽情地表露着自己的情感。他获得的这种关于凉州的体验，也传承至今，代代吟诵。

今愁古恨入丝竹，一曲凉州无限情。

大唐盛世的繁华里，有凉州浓墨重彩的一笔。而在凉州厚重的记忆中，也传诵着白居易的牵挂与情怀。

846年，白居易带着对凉州的牵挂，走完了他的人生历程。十五年之后，即咸通二年（861年），归义军节度使张议潮率军收复了凉州，也算是对白居易的一种告慰。

唱得凉州意外声

中唐时期,在宫廷舞台上,活跃着一位来自西域的音乐家,尤其擅长歌唱《凉州曲》。《太平广记》记载,由于他歌声高亢,歌唱艺术精湛,轰动京城长安,得以被皇帝赏识,提拔为"三朝供奉"。这里的"三朝"指宪宗元和(806—820)、穆宗长庆(821—824)、敬宗宝历(825—827)三朝;"供奉"指由乐师充当的低级乐官,用以侍奉帝王。一位西域少数民族歌唱家,能在唐代宫廷连任三朝乐官,有这样长的艺术生涯,在中国音乐史上也是少有的。

这位歌唱家就是米嘉荣。他的音乐人生与《凉州曲》有不解之缘。

一

米嘉荣来自西域"昭武九姓"中的米国,米国位于今乌兹别克斯坦撒马尔罕西南。《新唐书·西域传》记载,显庆三年(658年),大唐王朝在米国一地"以其地南谧州,授其君昭武开拙为刺史",从那时起,米国成为唐朝附庸国,属安西都护府管辖。米国开始向唐朝朝贡,开元年间,献玉璧、舞筵狮子及胡旋女。

"昭武九姓"之人多能歌善舞,唐时,大量西域音乐家到中原定居,唐代宫廷之中也出现了很多来自西域的乐官。而米氏家族也涌现出了一大批音乐家,米嘉荣就是其中的佼佼者。

米嘉荣之所以会被提拔为"供奉",就是因为他的演唱艺术十分精湛。唐末段安节撰《乐府杂录》说:"善歌者,必先调其气,氤氲自脐间出,至喉乃噫其词,即分抗坠之音。既得其术,即可致遏云响谷之妙也。"米嘉荣歌唱的气息控制必然达到了"分抗坠之音",歌声极具穿透力,可直冲云霄,才成为一代名家。

二

《凉州曲》是西域音乐和中原音乐经过长期的融汇，逐渐形成的一种较为完整的套曲。作为对家乡的思念，米嘉荣最擅长的就是歌唱《凉州曲》。

据《乐府诗集·乐苑》记载，开元年间，常年驻守西部边关的陇右节度使郭知运将搜集到的《凉州曲》进献给精通并酷爱音乐的唐玄宗，玄宗让教坊翻成中原曲谱，并配上新的歌词演唱，所配的歌词自然便称为《凉州词》。从此，《凉州词》以歌曲形式出现在唐代宫廷，并流传至民间，成为当时影响很大的一部套曲，当时也称为《凉州歌》。唐代许多诗人如王之涣、王翰、张籍等，都曾为《凉州曲》填写新词，抒发一腔忧国忧民的爱国情怀，《凉州词》从而风行天下。

另据记载，《凉州曲》在唐代宫廷演出时，大多数人为之欢呼叫好，认为《凉州曲》的曲调不同寻常，具有意外奇特之声调。但也有人反对，如唐朝郑綮的《开天传信记》记载，唐玄宗时宁王李宪听《凉州曲》之后评论其有"播越之祸，悖逼之患（流亡出走之祸，悖逆相逼之患）"。

虽然有不同的声音，但由于《凉州曲》与众不同、粗犷豪放的曲调，再加上唐玄宗的喜好，总体上《凉州曲》还是得以演唱和流行。但安史之乱以后，由于凉州被吐蕃占领，辉煌一时的《凉州曲》也经受了种种磨难。从歌唱家米嘉荣和大诗人刘禹锡的故事中可见一斑。

三

唐代著名诗人刘禹锡是《凉州曲》的痴迷者，也是米嘉荣的忠实听众。他们常在一起交流音乐艺术，私交甚厚。

唐顺宗永贞元年（805年），刘禹锡因参与"永贞革新"而被贬谪为朗州司马，直到826年才回到京城。一别二十多年，刘禹锡又与老朋友米嘉荣在长安相逢,并再次聆听米嘉荣歌唱《凉州曲》。刘禹锡称赞道,能够唱出《凉州曲》意料之外绝妙歌声的,在老一辈音乐家中就数米嘉荣了。但刘禹锡又听说开元、天宝时期的音乐唱法不再流行,音乐出现了新声,社会风气有轻先辈重后生的现象,作为一直擅长歌唱《凉州曲》的老艺术家米嘉荣自然也遭人冷落,不禁感慨万分,遂提笔为米嘉荣连写两首诗,一首是《米嘉荣》,另一首是《与歌者米嘉荣》,既抒发了自己的激愤之情,又坚定地表达了对米嘉荣歌唱《凉州曲》的肯定和赞赏。

米嘉荣

(唐)刘禹锡

一别嘉荣三十载,忽闻旧曲尚依然。

如今世俗轻前辈,好染髭须事少年。

与歌者米嘉荣

(唐)刘禹锡

唱得凉州意外声,旧人唯数米嘉荣。

近来时世轻先辈,好染髭须事后生。

四

为什么安史之乱后,朝廷上下对待《凉州曲》的态度截然不同呢?问题不在于《凉州曲》本身,而在于当时的历史背景。

安史之乱开始后,由于河西精兵内调平叛,凉州空虚,吐蕃乘机于764年占领凉州。安史之乱结束后的很长一段时间,希望朝廷收复凉州,是当时百姓的强烈愿望。一些有识之士如大诗人张籍在《凉州词》《横吹曲辞·陇头》等诗中写下"边将皆承主恩泽,无人解道取凉州""谁能更使李轻车,收取凉州属汉家"的诗句。元稹《西凉伎》一诗中也有"吾闻昔日西凉州,人烟扑地桑柘稠""连城边将但高会，每听此曲能不羞"的句子。他们希望用诗歌激起人们对凉州的回忆，从而呼吁朝廷出兵凉州。但安史之乱后的大唐开始走向衰落，朝廷无动于衷，不思进取，在收复失地上无所作为。在这样的背景下，可以想见，在宫廷音乐方面，《凉州曲》势必受到很大程度的压制和影响。

但作为宫廷乐官的米嘉荣却一如既往地歌唱《凉州曲》，一是因为对音乐的痴迷和热爱，二是表达对凉州的思念和牵挂。如此一来，自然会受到排挤。

或许，《凉州曲》自米嘉荣之后，知音渐少。但可以想象，在刘禹锡的支持下，作为一名技艺精湛且拥有家国情怀的音乐家，米嘉荣定然继续用自己高亢的歌声在大唐的土地上传唱着《凉州曲》，至死不渝。

第七辑 古台夕阳

凉州，是历代文人墨客建功立业的理想之地，是他们用前行的脚步丈量过的西风古道，用坚定的目光瞭望过的烽火古台。跨越历史长河，历经岁月洗礼，丝路的驼铃，葡萄的醇香，四郡之咽喉，五凉之故都，汇聚了河西都会的灿烂辉煌；吐谷浑的歌声，粟特人的信札，西夏的文字，神奇的传说，诉说着古朴醇厚的千年往事。

竞说休屠金日䃅

在武威历史上，有一位历史名人，在西汉初闻名于世，历史典故"金张许史"中的"金"，就是以他为代表的金氏家族。千年而下，包括扬雄、左思、李白、王维、孟浩然、白居易、杜牧、苏轼等在内的历代文人墨客都曾在诗文中提起过他。他，就是大名鼎鼎的武威人金日䃅。

清代著名学者、武威人张澍在诗中也提到过金日䃅：

凉州地势控河西，竞说休屠金日䃅。
太尉后来骁勇甚，山空谷尽鸟悲啼。

看来这位金日䃅真不简单，那么，他的出身和来历又是怎样的？他与武威有怎样的联系呢？这话还得从西汉说起。

一

金日䃅，字翁叔，他本来不姓金，原是匈奴休屠王的太子。西汉初期，河西走廊因水草丰美、适宜畜牧而被匈奴占据。汉武帝的时候，匈奴大单于命令休屠王和浑邪王带领部众驻扎武威，这样，年幼的金日䃅就跟随父王来到了武威，成了武威人。汉武帝元狩二年（前121年）春，骠骑将军霍去病出兵河西，大败匈奴，缴获了休屠王的祭天金人。夏天，霍去病再次进攻盘踞在祁连山一带的匈奴浑邪、休屠二王，匈奴损失惨重。同年秋，因为屡战屡败，匈奴大单于便想杀掉浑邪王，以提振士气。浑邪王听到消息，心里十分害怕，便说服休屠王共同降汉。不料休屠王在中途反悔，浑邪王为了不影响自己的计划，便杀了休屠王，率领部众四万余人降汉。汉武帝封浑邪王为列侯。因父亲被杀，年幼的金日磾无所依靠，只好和母亲阏氏、弟弟伦跟随浑邪王一同降汉。

汉武帝见到从武威来的休屠王太子，十分喜爱，想起此前曾获得休屠王的祭天金人，故将休屠王太子赐姓为金，将其安置在黄门署养马，拜他为马监，这就是金日磾的来历。之后，金日磾因忠诚果敢，陆续升迁为侍中、驸马都尉、光禄大夫。后元二年（前87年），汉武帝病重，托付霍光与金日磾辅佐太子刘弗陵，并遗诏将金日磾封侯。金日磾在维护国家统一和社会安定方面建立了不朽的功绩，是我国历史上一位有远见卓识的武威少数民族政治家。他的子孙后代因忠孝显名，历一百三十多年，七世不衰，为巩固西汉政权、维护民族团结做出了重要贡献。

西汉时，除了金日磾之外，家世显赫的还有汉宣帝时的大司马卫将军，领尚书事张安世，汉宣帝许皇后之父许广汉，汉宣帝祖母史良娣之兄、曾担任过凉州刺史的史恭。后来便以此四姓并称"金张许史"，借指权门贵族。

二

两汉三国时期，武威金日磾家族影响深远。

《汉书·盖宽饶传》记载，汉宣帝时期，司隶校尉盖宽饶以言事不当为一些官员所诋毁，谏大夫郑昌上书汉宣帝请求宽恕，其中说道，盖宽饶"上无许、史之属，下无金、张之托"，大意是上不投靠许家、史家，下不接受金家、张家的请托。此处的"金"，便指金日磾家族。

《昭明文选·汉·扬子云（雄）》中，记载了西汉辞赋家扬雄的一句话："有谈范蔡之说于金张许史之间，则狂矣。"三国时曹魏文学家应璩说："官无金张之援，游无子孟之资。"这两段文字里面的"金"，都指以武威人金日磾为代表的金氏家族。

在两晋南北朝时期，武威金日磾家族的影响仍然强劲，这在当时一些文人的诗词中可见一斑。西晋文学家张华在《轻薄篇》吟唱道："朝与金张期，暮宿许史家。"左思在《咏史(二)》中就以武威金日䃅家族的特权显贵来抨击门阀士族制度,他写道:"金张籍旧业,七叶珥汉貂。"北周文学家庾信在《哀江南赋》中也发出"见钟鼎于金张,闻弦歌于许史"的感叹。这三句诗中的"金",便指武威金日䃅家族。

三

唐代,武威金日䃅家族的名声空前高涨,中国历史上最著名的诗人都为之羡慕嫉妒,感叹吟唱诵。随便举出几个例子,诗仙李白在《咏桂》诗中写道:"世人种桃李,皆在金张门。"李白虽然是讥讽朝廷选拔官员的弊病,但他肯定想到了武威人金日䃅;仕途困顿、痛苦失望的孟浩然流露出"甲第金张馆,门庭车骑多"的短吁;历经沧桑、后居高官的王维抒发着"翩翩繁华子,多出金张门"的长叹,从这些诗句中可以想象得出他们对武威金日䃅家族有多羡慕。

紧接着,韦应物、李益、白居易、元稹、杜牧等众多诗词高手纷纷附和,韦应物张口道:"垂杨十二衢,隐映金张室。"元稹闭眼说:"金张好车马,於陵亲灌畦。"白居易读了读他们的诗,点头朗诵曰:"金张世禄原宪贫,牛衣寒贱貂蝉贵。"接着,武威诗人李益默默吟着:"金张许史伺颜色,王侯将相莫敢论。"樊川居士杜牧高声唱道:"丰貂长组金张辈,驷马文衣许史家。"一时之间,武威金日䃅家族成了唐代诗人们歌咏时的对象、休闲时的谈资。

当时朝野上下,提起豪门富贵,便离不了武威金日䃅家族。唐朝宰相、名将娄师德在《镇军大将军行左鹰扬卫大将军兼贺兰州都督上柱国凉国公契苾府君之碑铭(并序)》中写道:"许、史焉可俦?金、张莫能匹。"把大将军契苾明与金日䃅相比,说契苾明的名气超过了以武威金日䃅家族为代表的"金张许史"四大显贵。

经受晚唐离乱的前蜀宰相韦庄,看到整个大唐王朝四处弥漫着穷奢极欲、醉生梦死的污浊风气,气愤地斥责道:"咸通时代物情奢,欢杀金张许史家。"

四

进入宋代，武威金日磾家族又因为大诗人苏轼而焕发出耀眼的光芒。宋代马永卿编撰的《元城先生语录》记载，苏轼因诗入狱后，张安道曾上疏解救，其中就有"上无许、史之属，下无金、张之托"之句。苏轼被贬官之后，还自我嘲弄、揶揄排遣道："问书生、何辱何荣。金张七叶，执绮貂缨。"这里的"金"，就是指西汉时期武威金日磾家族。

南宋词人陈人杰却直接把羡慕变成了嫉恨，他在一首《沁园春》中骂道："金张许史浑闲，未必有功名久后看。"陈人杰觉得金日磾等人没有功名，不值得流传后世。

在明代诗人的眼中，武威人金日磾也是令人称羡的。明朝大臣薛蕙写道："夜夜经过许史家，朝朝游戏金张宅。金张许史斗骄奢，金灯玉带剪春纱。"明代书法家王宠郊游时叹道："金张云母幰，许史凤凰楼。"

时光飞速，转眼到了清代，人们依然没有忘记金日磾。明末清初著名诗人吴伟业在《行路难》中提到了武威人金日磾："对此抚几长叹息，金张许史皆徒然。"顺治年间安徽人方兆及在《刘生》一诗中也说："雕龙雄辩金张馆，猎骑横穿卫霍营。"清代陆寅豪气冲天地念诵："朝金张，暮许史，拔剑欲为知己死。"……

在数千年的历史长河中，金日磾不仅被历代文人墨客争先传颂，更在武威人民心中留下了挥之不去的历史记忆。武威人民出于对金日磾的崇拜，将金日磾进一步美化神化，尊崇他为"马王爷"或"马神"。武威俗语"马王爷长着三只眼"，以及旧时在武威城修筑的马神庙，都反映了武威人民对金日磾的怀念和敬仰。

回望历史，意犹未尽，暂且用南宋进士陈长方的《金日磾见马》一诗结束此文：

黼座天临粉黛中，苑前过马貌惟恭。

那知漠北休屠子，前古由余可此踪。

澄华井没张芝笔

清康熙初年，在武威甘凉道署院西边澄华园内的井中挖掘出一块石碣，上刻"澄华井"三字隶书，系东汉著名书法家张芝手书，并有铭文，石碣立于井旁。

张芝字伯英，东汉敦煌郡人，著名书法家，史称"草圣"。张芝的父亲是张奂，东汉名臣，"凉州三明"之一，曾任武威太守。"澄华井"三字就是张芝赴武威看望父亲时所题。由于张芝在书法历史上名气很大，影响深远，因此，武威"澄华井"石碣发现后，成为历代文人墨客必去观瞻的景点之一。

清乾隆时人沈翔写下《凉州怀古》十首，赞叹凉州悠久的历史文化，凭吊重要的文物古迹，其第七首云：

塞土边乡少见闻，我来搜讨事纷纭。
澄华井没张芝笔，忻国碑残危素文。
一路云横金塔树，千年烽灭白亭军。
筹边为问今时帅，戍鼓烟墩插夜云。

诗中的"澄华井没张芝笔"，写的就是"澄华井"石碣。

此后，武威籍进士张美如、张澍也先后来到"澄华井"瞻仰，并作诗记载其事。

张美如，武威人，字尊五，号玉溪，嘉庆十三年（1808年）进士，兼工诗、文、书、画。张美如曾作《澄华堂观张芝古井碑阴残字》七律四首，诗文如下：

澄华堂观张芝古井碑阴残字·其一

（清）张美如

斯邈鸿文播艺林，伯英健笔自森森。

奇峰怪石云离合，春蚂秋蛇草浅深。

妙道欲仙思汉武，精能入圣忆王愔。

二千年后搜遗迹，碑卧古槐数尺阴。

澄华堂观张芝古井碑阴残字·其二

（清）张美如

澄华堂外古苔深，盤郁残碑半蚀侵。

苏武旌旄何脱落，窦融剑戟共消沉。

雷轰难避千秋劫，石勒犹传一片心。

瑾得其筋靖得骨，留来数字缀碑阴。

澄华堂观张芝古井碑阴残字·其三

（清）张美如

摛藻扬芳石代金，难从章草辨陶阴。

几回岘首沧桑变，一入昭陵岁月深。

黄绢文章烟雨梦，龙庭事业雪冰心。

幼安尚有遗碑在，瀚海茫茫何处寻。

澄华堂观张芝古井碑阴残字·其四

（清）张美如

焕若神明庾翼心，井傍凭吊欲沾襟。

黄沙埋没蛟龙泣，寒夜摩挲星斗沉。

当日有人曾驻马，而今何地复来禽。

不逢稽古贤观察，胜迹荒凉老树阴。

从四首诗中可以看出,张美如在观赏张芝手书石碣时,借歌咏碑上残字,感慨历史沧桑与人生无常。

嘉庆十五年(1810年)夏天,闲居在家的清代著名学者、武威人张澍得知"澄华井"石碣已被某道员拉走了,叹惋之余,遂写下一首诗以记之,诗云:

南宫旧井最甘香,安国寺前今冽凉。
可惜澄华碑已失,未探修绠一秤量。

自注:

前凉张骏南宫内井水清冽,异于他井。今安国寺井水视他井较重,且在城南隅,疑南宫旧井也。又道署内有井,康熙初,井中掘出石碣,并镌"澄华井"三字,系张芝隶书,并有铭。某观察迁任,载之去。

此诗被收录在张澍《养素堂诗集·闲居杂咏》第五卷。

张澍对此愤愤不平,晚年又作《澄华井碑赋》,以抒发对"澄华井"石碣被拉走的失望和遗憾。屈万里、刘兆祐主编的《张介侯所著书》记载了《澄华井碑赋》,全文如下:

维武威之古井,在观察之公衙。于何年而堙瞽,无掌故之可查。值康熙之初载,官欲浚以浇花。以渐入于底里,并无鲋而无鱼。将及泉而窒碍,有石卧于深洼。百其绳而缒出,以水涤其泥沙。揩拭宛然有字,乃知井为"澄华"(故老相传,碑刻"澄华井"三字系隶书,署张芝,并有铭词)。铭文粲其可读,署姓名曰"张芝"。缅张氏于东汉,奂也作守凉陲。清廉却夫金马,威棱憺于羌夷。有暇因而著述,井应凿于斯时。其子伯英随侍,父命之以文为。芝乎素称草圣,隶法入妙称奇。衣帛写而后练，墨水往往盈池。如龙攫而鸿逸，当见之于此碑。宜摸拓其万番，广流传于后世。河夫己氏不良，偷夺恃其权势（某观察罢官，载之而去）。嗟！希代之珍奇，价何能以数计。竟湮没于一朝，迄于今而永替。弟昶亦复工书，华岳阙文自制，二十余字题阴。钟繇与魏文帝，善述是其家风，索靖学焉成艺。彼韩陵之片石，又乌足以攘袂（沈翔《凉州怀古》诗云：澄华井没张芝笔。今道署有澄华堂，因井而名。堂前即澄华井，今井尚存）。为补铭曰：天有东井，在天成形。武威之郡，太守然明。凿井供饮，浏矣其清。澄澈嵌镜，华滋映星。其味甘香，其色碧青。沧茶煮粥，不愧其名。惟我有道，曾作井铭。妙迹云亡，谁索冥冥。我访故里，欲探其底。惜无修绠，瑟然缩指。凳者有人，塞之何氏。风其吹桃，螬蛊食李。我家手笔，可谓双美。一旦云烟，千年痛疚。黄龙不腾，白鸠仍止。我补铭词，垂者警此。

作为金石学家的张澍，对"澄华井"石碣充满了无限叹惋之情。

清咸丰年间，北平人李恩庆任甘凉道时，又补写一石碑，置于井旁，民国时期的《武威县志》对此进行了记载。

对于武威市博物馆收藏有一块"澄华井"石碣的说法，黎大祥在《"草圣"张芝及其题铭的"澄华井"石碣》一文中记述道，梁新民先生在《武威史地综述》中记述说："1962年初，笔者和一些同志曾在此井旁看见这块石碣，'澄华井'三字犹依稀可辨。时隔二十年，石质严重风化，字迹全无，现由地区博物馆收藏。"但根据现有史料记载，收藏的这块石碣，应该就是清咸丰时甘凉道李恩庆补刻的。

由此可见，从汉代书法家张芝题铭的时候，武威城内就有"澄华井""澄华堂"或"澄华园"之名，其名称一直沿用到清代乃至民国。园内还有古槐，风景优美，古色古香。

"澄华井"石碣及相关诗、赋，为研究武威城市变迁史留下了极为珍贵的资料。

灵池作伴继前人

武威灵渊池，又名灵云池，故址大约在今大云寺、海子巷一带（一说今武威雷台湖或海藏南湖），是古代凉州王室园林，著名的旅游观光胜地。其最早开浚于何时已不可考，但从史书记载来看，灵渊池在汉末就已形成，有近两千年的历史，现已荡然无存。那么，这个千年古池的来龙去脉是怎样的？它在近两千年的沧海桑田、历史变迁中经历过怎样的辉煌与败落？

一

关于灵渊池的来历，北魏郦道元所著的《水经注·都野泽注》中记载道：

都野泽在武威县东北。县在姑臧城北三百里，东北即休屠泽也，古文以为猪野也。其水上承姑臧武始泽，泽水二源，东北流为一水，迳姑臧县故城西，东北流，水侧有灵渊池。

这是灵渊池之名见诸古代史料笔记的最早记载。
此外，《水经注·都野泽注》还援引了王隐《晋书》的记载：

汉末，博士敦煌侯瑾善内学，语弟子曰：凉州城西泉水当竭，有双阙起其上。至魏嘉平中，武威太守条茂起学舍筑阙于此泉。太守填水，造起门楼，与学阙相望。

"泉源徙发，重导于斯，故有灵渊之名也"，这是灵渊池得名的时间和缘由。对此说法，《十六国春秋·前凉录》《艺文类聚》《二酉堂丛书·汉皇德传》等历史著作中均有记载。

从上述史料可知，灵渊池在汉末就已经存在，到三国曹魏嘉平年间得名为灵渊池。但其确切的地址至今在史学界尚有争论。因为不管是《晋书》《水经注》《前凉录》，还是《艺文类聚》《读史方舆纪要》《凉州府志备考》等史书笔记，所载有关灵渊池的内容都大同小异，且语焉不详。正是由于史书记载不详，且时过境迁，导致人们对灵渊池的故址所在地存有争议。

此外，凉州古城还有一处灵泉池。《前凉录》记载道："张骏宴群臣于闲豫堂。闲豫堂前有闲豫池，池中有五龙，昼日见有彩，移时乃灭，水通变色，遂铸铜龙于其上，改灵泉池。"《太平环宇记》也记载道："灵泉池，在县南城中。《十六国春秋》云：'张玄靓五年，有大鸟青白色，舒翼二丈余，集于灵泉池。'后凉吕光太安三年宴群臣于灵泉池。"

这里的灵泉池是否就是灵渊池呢？灵泉池与灵渊池只有一字之差，而且"渊"与"泉"的意思也比较接近，在一些古体文学作品中常把"渊"与"泉"连用，如"入乎渊泉而不濡""溥博渊泉，而时出之""水镜涵玉轮，若见渊泉璧"等等。更重要的是，《读史方舆纪要》记载说："临渊池在武威县治南，后凉吕光尝宴群臣于此。"张澍的《凉州府志备考》也引用此说，而《太平环宇记》却说"后凉吕光太安三年（388年）宴群臣于灵泉池"。可见，灵渊池与灵泉池渊源颇深，但由于史料记载所限，灵泉池是否就是灵渊池已不得而知，还有待专家学者考证。

二

至唐时，灵渊池又名灵云池。由于规模逐步扩大，设施日渐完善，风景更加优美，灵云池成为达官显贵、士子名流们游玩宴请的场所。曾经驻足武威的唐代大诗人王维与高适，都对灵云池有过详细的描述。

737年夏，三十七岁的唐代大诗人王维出使河西，入河西节度使崔希逸幕府，辟为幕府节度判官，便驻足武威一年多。738年夏，王维的一位从弟要回家乡，王维在武威灵云池设宴送别。别宴之上，王维写下了《灵云池送从弟》一诗：

　　金杯缓酌清歌转，画舸轻移艳舞回。
　　自叹鹡鸰临水别，不同鸿雁向池来。

轻歌曼舞之中，画舫轻移，鸟鸣声声，描绘出了一幅夏日武威灵云池的美丽图画。

752年秋冬之际，诗人高适入河西节度使哥舒翰幕府，被表为左骁卫兵曹，掌书记。754年秋天，朝廷派窦侍御一行人前来边塞武威视察军情民生。高适在陪同窦侍御泛舟武威灵云池时，看到灵云池在夕阳辉映之下，水波粼粼，秋色盎然，便挥手写下《陪窦侍御泛灵云池》一诗，诗中吟唱道：

　　白露时先降，清川思不穷。
　　江湖仍塞上，舟楫在军中。
　　舞换临津树，歌饶向迥风。
　　夕阳连积水，边色满秋空。
　　乘兴宜投辖，邀欢莫避骢。
　　谁怜持弱羽，犹欲伴鹓鸿。

灵云池秋日优美独特的风光跃然纸上。

后又在酒席宴上，与窦侍御等人唱和酬酢之时，高适赋有《陪窦侍御灵云南亭宴诗得雷字》一诗，对凉州风貌及灵云池有过动人的描述，其序言说：

　　凉州近胡，高下其池亭，盖以耀蕃落也。幕府董帅雄勇，径践戎庭。自阳关而西，犹枕席矣。军中无事，君子饮食宴乐，宜哉。白简在边，清秋多兴。况水具舟楫，山兼亭台，始临泛而写烦，俄登陟以寄傲。丝桐徐奏，林木更爽。觞蒲萄以递欢，指兰芷而可掇。胡天一望，云物苍然。雨萧萧而牧马声断，风袅袅而边歌几处，又足悲矣。员外李公曰：七日者何？牛女之夕也。夫贤者何得谨其时，请赋南亭诗，列之于后。

其诗云：

人幽宜眺听，目极喜亭台。
风景知愁在，关山忆梦回。
只言殊语默，何意忝游陪。
连唱波澜动，冥搜物象开。
新秋归远树，残雨拥轻雷。
檐外长天尽，尊前独鸟来。
常吟塞下曲，多谢幕中才。
河汉徒相望，嘉期安在哉。

灵云池苍茫的秋天景色，让身处武威边塞的高适感触万千。

从王维与高适的诗歌中可以看出，在盛唐时期，武威灵渊池声名显赫，盛极一时。

三

从764年到1372年，在六百多年的漫长岁月里，武威先后被吐蕃、回鹘、党项等民族占据。为了争夺武威，各民族常常兵戎相见，武威一带一直兵祸不断，在此过程中，灵渊池岸边建筑估计损毁严重，池的名称也有可能已更改。经过历史演变和时代变迁，千年名池从此败落。

明代时，丁昂写过一首题为《双塔》的咏凉诗，这里的双塔指武威"文笔三峰"中的大云寺与清应寺的双塔，诗中有一句"同穿碧落长河漏，共鉴寒潭倒影摇"，其中的"寒潭"可能就是灵渊池。明代陕西宁夏都御史吴铠游览当时凉州的著名景点鱼池后，欣然写下了《鱼池》一诗，里面有"客里聊登塞上楼，陂塘雨过正清幽"的句子，这里的"鱼池""陂塘"有可能就是当年的灵渊池。

清乾隆时，陕甘总督杨应琚在《凉州怀古》一诗中也提到了灵渊池。诗云：

休屠城古狄台新，小雨濛濛浥塞尘。
神鸟至今留废县，灵池作伴继前人。
水从猪野千渠润，柳旁莲山几树春。
二十二门犹在否，贤于内郡吏民亲。

在这首诗中，我们能感受到灵渊池早已没有了昔日的辉煌，只是怀古时发出的一声感慨。

此后，武威籍著名学者张澍寻访灵渊池时，昔日的舞榭亭台、画舫酒楼早已不在，映入眼帘的只是浅浅的浊流与肃杀的芦苇。他不禁写下《过灵渊池感赋》一诗感叹道：

昔日清波今浊流，兰桡曾此泛嘉州。
萧萧芦苇依然绿，不见青帘卖酒楼。

并在诗前小序中说道："或云城北海子，或云东门外之鱼池，未知孰是。"说明在张澍生活的年代，人们已经说不清灵渊池的具体位置了，有人说是城北海子，有人说是城东鱼池，不知谁说得对。

清末至民国年间，碧波荡漾了千年的灵渊池日渐破败，1927年武威大地震后池水变少，逐渐干涸。从此，千年灵渊池永远成了一段历史，一个传说。

都护家声成幻梦

两百多年前，清代著名学者、武威人张澍写有《于家槽访舅氏后裔》一诗，其中有"都护家声成幻梦，将军世业付寒蒋"的句子，诗中的"都护""将军"指的就是元代定居于武威永昌镇的高昌王家族。

一

在武威文庙，矗立着一块残缺的《亦都护高昌王世勋碑》。碑文详细记载了高昌王世系、回鹘族起源等事迹，让人们得以了解那一段波澜起伏的历史风云。

高昌位于吐鲁番盆地，高昌回鹘汗国的国王名为"亦都护"，即幸福之主。1132 年，高昌回鹘汗国沦为西辽王朝的附庸。1209 年，高昌回鹘汗国脱离西辽统治，归附蒙古，跟随成吉思汗西征，其首领巴而术阿而忒的斤仍被封为高昌亦都护。此后，玉古伦赤的斤、马木剌的斤先后为亦都护。忽必烈在位期间，王室争夺汗位的矛盾日益激化，西北诸王公开反对忽必烈，而高昌回鹘坚决支持忽必烈。1275 年，反对忽必烈的贵族都哇叛乱，他率领十二万骑兵围攻高昌，当时的高昌回鹘亦都护火赤哈儿的斤英勇不屈，后战死于哈密。火赤哈儿的斤之子纽林的斤朝见忽必烈，请求为父报仇。忽必烈赐予其金币数万，让他暂时留在凉州永昌府，等待时机。从此以后，历代高昌亦都护基本上以永昌为"治所"，而"遥领"原高昌王国境内的畏兀儿人民。元武宗于 1308 年任命纽林的斤为畏兀儿亦都护之职，并赐给他"亦都护"金印。1311 年元仁宗即位不久，即任命纽林的斤为高昌王，又赐给他"高昌王"印。从此，开启了高昌王六十年的辉煌。

二

1318年，纽林的斤在永昌府去世，其长子帖木儿补化继位为畏兀儿亦都护、高昌王。1328年，元文宗将帖木儿补化召至京师，因功任上柱国、录军国重事、知枢密院事、中书左丞相，加太子詹事、御史大夫之职。其高昌王、畏兀儿亦都护一职由其弟篯吉担任。元文宗为表彰帖木儿补化及其祖先的功勋，诏命制作《亦都护高昌王世勋碑》。1331年，时任翰林直学士兼国子祭酒的虞集受诏撰文，帖木儿补化于1334年到永昌扫墓时立。碑正面为汉文，背面为回鹘文。清朝时，此碑被当地群众挖出，上下两段凿为碾磨。1933年秋仅存的中段又在当地出土，1934年由武威人唐发科、贾坛等移至武威文庙保管。

那么，篯吉之后，高昌王、畏兀儿亦都护一职由谁继承担任呢？

根据《元史·文宗纪》《元史·顺帝纪》等史料记载，高昌王一职继任顺序如下：1332年，帖木儿补化的弟弟太平奴继任；1342年，太平奴之子月鲁帖木儿继任；1353年，月鲁帖木儿之子桑哥继任；之后，由于缺乏史料，记载有些模糊不清，大约是在1366年，不答失里继任，后来其子和赏继任。

三

由此，和赏就成为最后一位高昌王。和赏，亦作"和尚"，作为最后一位高昌王，他的去向又是如何呢？

答案就在明朝大学士宋濂写下的一篇文章中。宋濂在《故怀远将军高昌卫同知指挥使司事和赏公坟记》一文中，详细记载了和赏经历过的一些事情。原文如下：

> 公性警敏，能知时达变，幼亦绍王，封镇永昌。洪武三年，大兵下兰州，公赍印绶，自永昌率府属诣辕门内附，诏授怀远将军、高昌卫同知指挥使司事，世袭其职。公乃开设官署，招集降卒数百人。会

宋国公冯公胜奉敕征甘肃，命公移镇西凉，转输馈饷无乏，朝廷嘉之。不幸以七年九月二十八日卒于南京之寓舍，年二十有八。以十月八日葬于江宁县聚宝门外五里吕氏花园。

此事在《明太祖实录·卷五十五》中也得到了印证：

洪武三年，故元高昌王和尚、岐王桑哥朵儿只班以其所部来降。

这样一来，历史经过就清楚了。和赏自幼世袭了高昌王的爵位，镇守永昌府。洪武三年（1370年），明军攻占了兰州，二十四岁的和赏率领部属到兰州投降明朝，被封为怀远将军、高昌卫同知指挥使司事。洪武五年（1372年），大将军冯胜西征，和赏又奉命率部驻扎凉州，为西征大军做后勤供应工作。西征结束后，和赏回到南京，于洪武七年（1374年）去世，时年二十八岁，有一子两女。

和赏的去世，为元代至明初的"高昌王"画上了一个句号。

四

至于留在永昌府的高昌王后裔，他们在明初改姓，其"王田"部分保留，清代武威著名学者张澍的舅舅家就是高昌王后裔。

张澍在嘉庆二十四年（1819年）其父去世之后，写了两篇文章，追忆父母，即《先府君行述》与《先安人母氏遗事述》，后收于《养素堂文集》之中。

乾隆五十三年（1788年），因舅母去世，八岁的张澍曾跟随母亲到舅舅家去，他在《先安人母氏遗事述》中对这次经过说得十分详细：

澍八岁时，舅妗病亡，侍安人往吊。其居在北门外于家湾（后改为于家槽，当地人称张府），去城二十里所。既至，哭奠毕，舅氏留宿。一日偶与安人至后院，见中室设祖宗像，貌皆高鼻大颧，危冠珥貂，有书"湖广行省平章政事中书左丞相"者，有书"佩金虎符大将军"者，有书"佩珠虎符大将军"者，有书"佩三珠虎符大将军"者，如此凡数十。适舅氏幼子趋过，安人呼而止之，语澍曰："尔舅氏家在前朝通显，多以武功著，所藏诰命尚夥。今尔舅业农，田日废，诸子瘝惰，家益落，虑年老，且抑郁，奈何？"言之泪纚纚下。

这里的"湖广行省平章政事、中书左丞相"指的就是帖木儿补化。《先府君行述》中有句话也印证了上述说法：

诰封儒林郎配张安人，家藏诰敕，本元高昌王阿而的亦都护之后，入明改姓张氏。

从这些记载中可知，部分高昌王后裔留在当地改姓张氏务农，张澍的舅舅家就是高昌王的后裔。

十一年后，也即嘉庆四年（1799年），张澍考中进士，再次到舅舅家探访，却发现舅舅家族人去屋空，已经十分衰败了。家族后人远去西域，原来留存的封敕诰命早已散失，一位六十多岁的舅氏后裔，名国发，以卖豆腐为生，还请张澍吃了一顿豆腐。张澍感伤不已，写下《于家槽访舅氏后裔》一诗：

重来不见水云庄，竹树摧残屋舍荒。
都护家声成幻梦，将军世业付寒蒋。
偷生不避壶蜂毒，娱老还炊豆腐香。
嗟我谓阳何落落，西风吹泪九回肠。

可见，高昌王后裔有些迁徙到新疆居住，有些仍然生活在原地，直到现在。至于永昌府高昌王后裔除了改姓张氏，是否还有其他改姓，不得而知。

五

历史的风尘已经湮没了曾经的辉煌，元代永昌府遗址经过明、清两代几百年的沧桑，城内宫殿早已不复存在，映入眼帘的只是一片废墟。据了解，到新中国成立初期，大元永昌府城垣还基本保存完好，城墙用黄土夯筑而成，非常坚固。故城南北二里，东西一里半，城周七里。坐北向南，开南门一座，城南门额嵌有砖雕"大元故路"四个大字，笔迹苍劲有力。城内元代遗存有正钦宫，东为碉楼墩，西为皇姑墩，北为月墩，南有府城隍庙。从20世纪50年代开始，城垣被当地群众逐步拆除，20世纪80年代初文物普查时，在故城遗址所在地永昌镇居民住宅区发现仅存几米长的一段城墙，残高约五米，厚四米。现仅存《西宁王忻都公神道碑》《亦都护高昌王世勋碑》及其遗址。2013年，高昌王和西宁王家族墓被国务院公布为全国重点文物保护单位。

巍巍祁连，见证岁月沧桑；大元故路，往事已成云烟。唯有一块残碑，在默默诉说着六百多年前高昌王的故事。

招讨台荒四百年

明洪武年间，江苏人丁昂谪戍凉州，听说凉州有一座狄台遗址，便欣然前往瞻仰。来到狄台，却发现冷冷清清，无人问津，感慨之余，写下《狄台》一诗留作纪念。诗云：

> 招讨台荒四百年，凉州风月几凄然。
> 白旄无复麾西塞，故垒仍前驻北川。
> 每岁春风齐碧草，有时朝雨起寒烟。
> 至今冷落空遗址，不见游人一醉眠。

诗中将凉州狄台称为"招讨台"，是因传说此台为狄青担任招讨使时所筑。而且从诗中明确得知，至明初，历经四百年的狄台早已经荒芜不堪，成为一处被人冷落的遗址。

狄台，又名狄青台、招讨台、双阳台，为明清时期著名的"凉州外八景"之一，相传为宋代狄青所筑，故址在武威"城东五里"，即今武威市凉州区金羊镇窑沟村。因为此台春风碧草，朝雨寒烟，人称"狄台烟草"，又因滴泪台下，感动草木，故又称"狄台眼草"。

一

关于狄台，武威民间有两种传说。一种说法是狄台乃北宋名将狄青担任招讨使时，在凉州练兵所筑的点将台。另外一种说法是，北宋名将狄青担任招讨使西征西夏时，在凉州偶遇双阳公主，两人情投意合，但由于战乱只好分别。

此后，双阳公主常立于台上含泪东望狄青，因泪水滴于台下，草亦被感动，故又有"狄台眼草"之说。但不管哪种传说，都说明了狄台筑于北宋时期，都与狄青有关。

明代成化年间，肃州都御史徐廷璋来到凉州卫，写下《狄青台》一诗。诗曰：

筑台招讨说当年，此日台荒倍惨然。
风送轻云飞故址，雨余芳草长平川。
披蓑农夫耕残月，荷杖山童牧晓烟。
今喜太平烽火息，守臣幸得一安眠。

可见那时候，狄台已经呈现出荒烟蔓草、荒凉破败的景象。

清朝乾隆年间，杨应琚担任陕甘总督巡察凉州时，写下《凉州怀古》一诗，其中有"休屠城古狄台新"的句子。

乾隆年间，武威人张玿美将"狄台烟草"当作武威八景之一，并题诗说：

荒台昔日说屯师，路出河湟到涧湄。
千载勋名存面具，九层遗迹在边垂。
色侵古陌春生暖，烟锁重城月上移。
五姓纷争无尺土，争如名胜动人思。

此诗将狄台的人文历史与苍凉景色有机结合起来，既写出了狄台的千年沧桑，又让人感到一种历史的厚重。经张玿美的渲染，狄台声名鹊起。

曾经与张玿美共同编纂《五凉全志》（乾隆十四年刊印）的曾钧写有《凉州赋并序》一文，其中有"其古迹，则台名窦狄，或号灵钧"之句，这里的"窦"指窦融台，"狄"就指狄青台。

就这样，狄台从最初的民间传说，历经宋、元、明各朝，至清乾隆年间成为武威影响较大的一处历史遗迹。

二

但传说毕竟是传说，不论是狄青点将练兵也好，还是双阳公主泪洒碧草也罢，都无法与真实的历史接轨——据考证，历史上的狄青从未来过武威。

狄青（1008—1057），山西汾阳人，北宋著名将领。十九岁从军，曾参与过北宋与西夏的战争，"凡四年，前后大小二十五战，中流矢者八"，屡建奇功。史载狄青上阵对敌，效仿古兰陵王，头戴金色铜面具，以增威仪。作战时"临敌被发、带铜面具，出入贼中，皆披靡莫敢当"，故被称为"铜面将军"。

据《宋史·狄青传》记载，狄青参与了北宋与西夏之间的第一次战争，但其活动的区域包括延州（今陕西延安一带）、金汤城（今陕西吴起与志丹一带）、宥州（今内蒙古自治区鄂托克旗一带）、安远（今甘肃甘谷）、秦州（今甘肃天水一带）、泾原路（今甘肃陇西、平凉及宁夏的六盘山以东一带）、渭州（今甘肃平凉一带）等地，并没有到过凉州。而当时凉州作为"西夏辅郡"，在西夏王朝具有非常重要的政治、经济和军事地位，西夏自然派重兵驻守，因此整体上处于败势的宋军，其势力不可能前出到凉州一带。

至于狄台是狄青担任招讨使之后修筑的传说，也经不起推敲。史书记载，狄青于庆历二年（1042年）十月升任泾原路经略招讨副使，但在这期间，宋夏双方长达三年的第一次交锋已经告一段落，开始议和。1042年六月，西夏李元昊派遣西夏皇族李文贵前往宋朝京城东京议和，双方自1043年开始进行正式谈判，1044年，北宋与西夏达成和议，史称"庆历和议"。这次平等和议换来了宋夏将近二十年的和平。宋夏订立和议后，狄青被召入京，历任侍卫马军副都指挥使，拜彰化军节度使（今甘肃陇西、平凉及宁夏固原一带），1052年，被擢任枢密副使。1064年，宋夏战事重起，但那时，狄青已经去世了。因此，在狄青担任招讨使期间，自然也不存在狄青西征西夏之事，更不可能兵临凉州城下。

而传说中的双阳公主,则来自清代无名氏著的小说《五虎平西演义》,又名《狄青演义全传》。该演义是清末民初颇为流行的长篇通俗小说。其故事纯属虚构,情节大概是:狄青奉旨去征伐印唐、上乘二国,索取珍珠烈火旗与日月骐骥马。中途迷路,误入鄯善国境,鄯善国双阳公主(又名八宝公主)爱慕狄青英俊,招为驸马。在双阳公主的协助下,狄青获得旗、马,急于回宋朝交旨。但双阳不忍放行,狄青不得已戴上金面具,吓退双阳,双阳含悲而归。后来人们根据《五虎平西演义》中的情节,创作出了京剧《双阳公主》(又名《珍珠烈火旗》)、越剧《狄青三取烈火旗》、潮剧《八宝追夫》《狄青出塞》、绍剧《追狄》、婺剧《昆仑女》等多个剧目,再加上电视连续剧《狄青》的演绎,导致"双阳与狄青"的故事影响深远。

三

基于以上史料,狄青是不可能到凉州修筑狄台的,自然也不存在"双阳与狄青"的故事。其"狄青台"之名是时人道听途说,以讹传讹形成的。

对此,武威籍著名方志学家张澍考虑到其中存在谬误,因此在其著作《凉州府志备考》中没有将狄台收入其中。而且在《闲居杂咏》中专门写诗进行质疑,全诗曰:

延州四载厉锋铓,总管泾原武又扬。
此地高台何日筑?传讹不异窦攦杨。

并且自注道:

城东三里许有狄台,相传宋招讨使狄青所筑。考青本传,并未至凉,其子谘咏亦未官斯土。又城内东北隅有狄青厰,或指为青获罪被囚处。时凉州为西夏所据，宋既不得以青羁禁于此，青亦未尝获罪，何得被囚？此亦如杨寡妇征西，本无其事，而邑侯杨君业万妄以其梦为之题诗刻碑于古浪峡中也，可谓嗢噱。

那么，狄台究竟是何人所筑？让我们把目光再投向千年前的凉州，去寻找有关狄台的蛛丝马迹。

党项族兴起后，从986年开始，不断向北宋用兵，战争逐渐蔓延到河西一带。原居住在凉州的吐蕃六谷族首领多次向北宋表示联合进攻党项，但北宋朝廷每次都以"路途遥远，难以约期"为借口拒绝。996年七月，凉州吐蕃首领到北宋都城开封贡马，再次请宋朝派官员到凉州镇守，宋太宗为了"藉西凉为腹背攻制"，便派殿直丁惟清以到凉州买马为借口，探听凉州的虚实。《西夏书事》记载：

> 丁惟清奉诏往西凉市马，比至而境大稔，因为所留。至是土人请立帅，太宗即以惟清知府事。

1003年十一月，党项族突袭凉州，丁惟清率军民奋力抵抗，最后由于寡不敌众被杀害。

丁惟清在武威驻守了八年时间，根据当时的严峻形势，已经占据宁夏灵州的党项人，随时会从东面进攻凉州，因此丁惟清在城东主持修筑敌情瞭望台或点将台是有可能的，而且"丁"与"狄"读音比较接近，也许是人们在口口相传时把"丁惟清"误说成了"狄青"，把"丁台"讹传为"狄台"，由于史料有限，已无从考证。

丁惟清死后不久，六谷吐蕃又设计打败党项人，重新收复凉州，后来，甘州回鹘又攻占凉州。直到1032年，经过与六谷吐蕃、回鹘、北宋近三十年的反复争夺，党项族人终于牢固地占据了凉州，并于1036年设置了西凉府，从此统治凉州一百九十多年。原来占据凉州的吐蕃六谷部无力抵抗西夏，归附青海吐蕃宗哥部。此后，他们以宗哥为根据地，在凉州一带和西夏进行了四十多年的拉锯战。为了加强凉州的防御能力，防止吐蕃的进攻，1068年五月，西夏对凉州城垣及周围寨堡进行了大规模的修建。作为一处军事工事，估计狄台也在维修之列。此后，狄台再无修葺，至明、清时已破败不堪。

狄台作为一处千年遗址，是当年北宋、西夏、吐蕃、回鹘争夺凉州的一个缩影，虽然早已消失在岁月的长河之中，但读其诗，如见其景，勾起人们的无限思绪。

今人忽到古凉州

三百五十多年前，著名戏剧家、文学家李渔曾携带家眷，出门远游，不远万里，来到甘肃，先后驻足兰州、武威、张掖等地。李渔来到甘肃，实质上就是一种文化之旅，他面对河西绮丽的大漠夕阳、雪山草地、风俗人情，写下了许多优美的诗歌，留下了一段文化交流的千古佳话。

李渔（1611—1680），字谪凡，号笠翁，浙江兰溪人，明末清初著名文学家、戏曲家。李渔素有才子之誉，世称"李十郎"，家设戏班，经常到各地演出，从而积累了丰富的戏曲创作、演出经验。著有《凰求凤》《玉搔头》等戏剧，《觉世名言十二楼》《无声戏》《连城璧》等小说以及《闲情偶寄》等书。

清康熙五年（1666年）夏，五十六岁的李渔应甘肃巡抚刘斗、提督张勇的邀请，带着家庭戏班，乘船沿运河到达北京，在张勇大公子张云翼的安排下，经山西、陕西前来甘肃。

康熙六年（1667年）初，李渔一行到达兰州，甘肃巡抚刘斗等大小官员热烈欢迎这位文化名人的到来。他们深知李渔喜好在各地物色戏班角色，就精心挑选一个女孩送给李渔，作为见面礼。这个女孩子姓王，兰州人，李渔称她为"兰姊"，后取名"再来"。兰姊能歌善舞，深得李渔喜爱。作为回报，李渔曾为甘肃巡抚刘斗设计监修"灌园"，把江南园林特色融会其中。

在兰州稍作停留后，李渔继续西行，到达西北重镇凉州（今甘肃武威），写下了一首著名的七绝《凉州》。其诗云：

似此才称汗漫游，今人忽到古凉州。
笛中几句关山曲，四季吹来总是秋。

李渔爱好在各地自由自在地漫游，"汗漫"，即开阔、浩大、自由。此次受邀游历河西，凉州是必经之地，也是他向往已久的地方。古老的凉州虽然地处边关，但因为深厚的历史人文积淀而闻名遐迩，在历代文人墨客心中留下了独特的印象。那种边塞意象和历史沧桑，每每让他们产生一种挥之不去的思绪与遐想，李渔也不例外，慕名而来看看这塞上名城。"忽到古凉州"，听说已经到了凉州，李渔心中一阵惊喜，且慢，让我多看一看，多体会一下心中珍藏多年、向往多年的那个凉州。

李渔没有去写凉州其他的风景名胜，唯独抓住了最能代表凉州历史文化特征的"笛中几句关山曲"，可谓匠心独运，构思巧妙。他化用了王之涣《凉州词》中"羌笛何须怨杨柳，春风不度玉门关"一句，给古凉州的文化品位、历史特色进行了定位。在李渔的心中，羌笛吹奏的不仅仅是一首乐曲，它从汉朝吹到唐朝，又来到了明清时期。羌笛就代表整个凉州的人文，就是整个河西的历史，就是历代边塞的象征。

李渔来到凉州，仿佛又听到了古老的《凉州曲》，想起了"醉卧沙场君莫笑"，想起了"雄心一片在西凉"，想起了"不知何处吹芦管"，想起了"弯弯月出照凉州"，又想到自己受到的排挤打击，自身的怀才不遇，他不胜感慨，顿然感到"四季吹来总是秋。"

别了，凉州。一首诗，一个人，一个厚重又沧桑的地方，一段难以忘怀的相遇和路过。

李渔这次甘肃之行的终点是张掖。早在康熙二年（1663年），康熙设甘肃提督军门，统领甘肃、宁夏、西宁、安西四镇总兵，总兵府设在张掖城内西北隅，而提督总兵就是此次李渔远游的邀请人——张勇。

张勇（1616—1684）为清朝名将，字飞熊，明崇祯间为副将，清顺治年间降清。张勇身经百战，虽为赳赳武夫，但对文人却颇为敬重，素以礼贤下士闻名。

康熙六年（1667年）夏，李渔到达张掖。初见张勇，李渔当即赠诗一首，这就是《赠张大将军飞熊》一诗，在诗的序言中，李渔写道：

> 将军礼贤下士，当代第一。予应召至甘，谒见之始，遣使致声，勿行揖让礼，因经血战，体带疮痍，势难磬折也。昔汲黯为大将揖客，予并一揖而捐之，此等异数，胡可不传？惜当之者非其人也。

其诗云：

> 将军揖客重前儒，我见将军揖也无。
> 才许分庭行抗礼，更收磬折免亲扶。
> 授餐不虑侏儒饱，下榻还愁旅梦孤。
> 知己感恩难并得，于今始作一人呼。

李渔居留张掖的时间较长，大概有一年，在此期间，其家庭戏班与张掖戏班同台演出，互相交流技艺，使甘州西秦腔吸收了新的营养，提高了演技水平，而同时也使李渔的家庭戏班受益匪浅。《张掖市志》记载道：

> 张掖从唐代《西凉伎》和《诸宫调》开始有了戏剧的雏形。清康熙年间，江南名士、著名戏剧家李渔应靖逆侯张勇之聘来到张掖，吸收张掖民间歌舞，创西秦腔，后传至襄阳、武汉、北京，逐渐演变成为汉剧和京剧的"西皮调"。

除了戏曲交流，李渔还受张勇委托，带领戏班慰问受提督署直接管理的祁连山区藏族与裕固族。由于裕固族讲蒙古语，李渔误以为是蒙古族。在慰问过程中，李渔有感而发，写有风俗诗二首，即《甘泉道中即事》。他在第一首序言中写道：

番女辫发垂地，富者饰以珠宝，贫者以海螺、珠壳代之；居处无屋，随地设帐房，牛马皮革是其料也。

其诗云：

一渡黄河满面沙，只闻人语是中华。
四时不改三冬服，五月常飞六出花。
海错满头番女饰，兽皮作屋野人家。
胡笳听惯无凄惋，瞥见笙歌泪转赊。

他在《甘泉道中即事》第二首序言中说：

黄番风俗：黄番，蒙古族也，与黑番不同俗。

其诗云：

朔风吹度雁门秋，驻马祁连部落稠。
开国艳称元太祖，藩属犹似汉诸侯。
煎茶款客烧牛粪，载货经商门马头。
壶捧鼻烟双手递，天然浑厚古风流。

由于不服水土，不适应西北的气候，再加上长途奔波，李渔卧病在张掖。张勇得知后，亲自前来下榻处慰问病情，李渔随即写了一首诗，感谢张勇，这就是《答张大将军飞熊问病》一诗。诗云：

神思恍惚意怦怦，才欲加餐腹早盈。

何事遽缄多病口，止因僭食五侯鲭。

上天似有修文诏，下士方图力疾行。

造命得君应暂止，反由灾患卜长生。

李渔病愈之后，张勇还请李渔为他修建园林与五凤楼。李渔还为张勇子孙编写启蒙读物，辅导他们学习。随着时间的迁移，两人感情日益密切。

此次甘肃之行，李渔还得到了"河西第一物产"发菜。有一次，他发现桌上有一堆"乱发"，误以为是妾女梳洗后留下的，后经查问，才知是当地绅士送给他的礼物——发菜。发菜，又称"头发菜""龙须菜"，因其色黑、形如乱发而得名。李渔在《闲情偶记·饮馔部》记载道：

菜有色相最奇，而为《本草》《食物志》诸书之所不载者，则西秦所产之头发菜是也……浸以滚水，拌以姜醋，其可口倍于藕丝、鹿角等菜。

在李渔的推广下，甘肃头发菜后来大兴江南乃至全国。

李渔在张掖居留一年，与张勇建立了深厚的私人感情，以至于分别时两人难舍难分。李渔在《寄谢刘耀薇中丞名斗》中说：

渔自抵甘泉，为大将军挥客，肆扣虱之迂谈，聋嗜痂之偏听。主人不以为狂，客亦自忘其谬，投辖情殷，未忍遽而言别。

写出了与张勇的深厚交情。

约康熙七年（1668年）夏，李渔离开生活了一年多的甘肃，回到了南京，完成了他的一段西北文化之旅。甘肃之行，成为李渔生命历程的一个重要转折点，由于吸收了西北民间歌舞的精华，又壮大了他家庭戏班的力量，从此，他带领戏班四处演出，轰动大江南北。

而那首引起读者无限遐想的《凉州》，也在不停地传唱：

似此才称汗漫游，今人忽到古凉州。
笛中几句关山曲，四季吹来总是秋。

五凉迭谢复神州

顺治十五年（1658年），五十四岁的福建长泰县人叶先登任陕西布政司参议、分守西宁道。

分守西宁道，又称凉州分守道，建于明代成化末年，为陕西布政司分司机构，治所在甘肃武威，掌管凉州、镇番、庄浪、永昌、古浪五卫所官库钱粮、屯田、水利等事宜，道员由陕西布政司佐官参政、参议出任。明嘉靖二十六年（1547年），掌管范围除上述五卫所之外，又增扩红城子堡。明隆庆元年（1567年），庄浪卫划归庄浪兵备道管理。清代沿袭明制，继续设置分守西宁道。顺治年间，分守西宁道还兼管马政。

这是叶先登人生历程中唯一一次来到武威。那年，叶先登在公务闲暇之余，登上武威北城楼，极目眺望，看到大好河山，想起汉武帝、霍去病、张骞的英雄事迹，想起大禹治水、设置河西四郡、五凉更替的历史传奇，抚今追昔，触景生情，不禁诗兴大发，遂赋诗一首，这就是《登武威城楼漫兴》。全诗如下：

> 乘暇聊登北郭楼，武皇威略耀千秋。
> 祁连冢并凌烟峻，博望槎从天汉游。
> 四郡重开追禹迹，五凉迭谢复神州。
> 河山今日全中外，极目氛销佳气浮。

全诗大意是，乘着空闲姑且登上武威北城楼，汉武大帝的武功军威光耀千秋。西汉骠骑将军霍去病的祁连冢和大唐表彰功臣的凌烟阁高大峻拔，博望侯张骞乘木筏寻河源曾到天河一游。汉武帝设置河西四郡是追随着大禹在潴野泽治水的事迹,五凉政权先后更迭最后又统一于神州。今日中原与外地山河一统,眺望远方,战争的肃杀之气消除而吉祥美好的气象呈现。

汉武帝、张骞、霍去病等都是家喻户晓的历史人物,较难理解的是诗中的"禹迹"。"禹迹"指的是大禹治水,其实也与武威乃至河西有关。据《尚书·禹贡》记载,大禹治水至于潴野。潴野也作"猪野泽""都野",大约在今武威市民勤县柳林湖一带。

叶先登站在武威城楼,不禁浮想联翩。忆往昔,汉武帝的雄才伟略、武功军威彪炳千秋,张骞、霍去病等无数英豪封侯拜将、流芳百世,河西四郡、五凉更迭等历史历历在目;看今朝,天下承平,山河安宁,百姓安居乐业。他回望武威悠久的历史,追慕往昔之英雄,尽情抒发对国泰民安的欢欣之情。

诗题中的"漫兴",意思是率意为诗,并不刻意求工。历代诗人都有所谓"漫兴"之作,即信手拈来、草草点缀而意趣盎然,自成佳篇。而叶先登在武威城楼上有所见所思之后,兴之所至,即刻成诗,侧面反映了诗人被武威深厚的历史文化底蕴所震撼,于是有感而发,遂成此诗。

顺治十六年(1659年)夏,叶先登又调任山西按察使司副使,分巡冀南道。从此离开了凉州,此后再也没有来过。虽然叶先登在凉州任职不到一年,但他留下的这一首诗歌却脍炙人口,广为流传。

叶先登乃何许人也?据《漳州市志》《叶昊庵先生辑藁》等书籍记载:叶先登,字岸伯,号昊庵,长泰县人,生于明万历三十三年(1605年)。明崇祯十二年(1639年)中举,清顺治九年(1652年)中进士。先选弘文院庶吉士,后入翰林院,授内翰林秘书院检讨。顺治十五年(1658年)冬十月十五日,五十四岁的叶先登外转为陕西布政使司参议,分守西宁道。顺治十六年(1659年)夏五月六日,转任山西按察使司副使,分巡冀南道。后因不畏权贵贬山东青州通判。康熙三年(1664年)秩满离任归家。曾主持编修《颜神镇志》《长泰县志》,康熙三十三年(1694年)逝世,享年九十岁。作品集有《木天草》《岛上诗》《纪游诗集》《敝帚集》等。

"乘暇聊登北郭楼,武皇威略耀千秋"……时至今日,朗读这首诗,我们依然能够感受到三百六十多年前叶先登来到武威登楼赋诗的豪迈之情,从诗中的描写,也能领略到武威自古"国家藩卫,天下要冲"的风范,还能感受到武威悠久的历史、灿烂的文化。

武威莫道是边城

清朝康熙年间，陕西提学道、诗人许孙荃（一作许荪荃）来到武威视察，得知武威历史悠久，文化底蕴深厚，便写下许多诗歌加以赞美，《武威绝句》就是其中之一。全诗曰：

武威莫道是边城，文物前贤起后生。
不见古来盛名下，先于李益有阴铿。

此诗从文物、前贤的列举中，说明武威虽是一个边塞城市，但它有着悠久的历史、辉煌灿烂的文化传统。千百年来武威滋养了许多文人墨客，贤人名士承前启后，自古享有盛名。

诗中提到的李益和阴铿，一位是唐代著名诗人，一位是南北朝时期著名诗人，两人都是武威历史上享有盛名的文化代表人物。

阴铿（约511—约563），字子坚，籍贯武威姑臧（今甘肃武威）。其高祖阴袭迁居南平（今湖北荆州一带），其父阴子春在南朝梁任职，为都督梁、秦二州刺史。阴铿初仕梁朝，至陈朝时期，官至晋陵太守、员外散骑常侍。他长于五言诗，是南北朝时期梁朝、陈朝著名诗人、文学家。

大江一浩荡，离悲足几重。
潮落犹如盖，云昏不作峰。
远戍唯闻鼓，寒山但见松。
九十方称半，归途讵有踪。

这首题为《晚出新亭》的五言诗，便出自阴铿之手。

阴铿自幼勤奋好学，聪明过人，五岁就能日诵千言。成年后，广读博览，所撰五言诗名冠当时文坛。阴铿初仕"为梁湘东王法曹行参军"，后于故章做了三年县令，写下《罢故章县诗》后，又结识了新贵侯安都。天嘉四年（563年），位至司空的侯安都被陈文帝赐死后，遭戮的文士不在少数，而独未见阴铿罹难。天嘉年间，阴铿任始兴王府录事参军。后吏部尚书徐陵向陈文帝推荐阴铿，陈文帝召阴铿参加宴会，让大臣们即席赋诗助兴。阴铿提笔当场写了一首五言诗《新成安乐宫》：

> 新宫实壮哉，云里望楼台。
> 迢递翔鹍仰，连翩贺燕来。
> 重檐寒雾宿，丹井夏莲开。
> 砌石披新锦，梁花画早梅。
> 欲知安乐盛，歌管杂尘埃。

颇受文帝赞赏，但此后不久就去世了。史载，世祖"即日召铿预宴，使赋《新成安乐宫》，铿援笔便就，世祖甚叹赏之，累迁招远将军，晋陵太守，员外散骑常侍，顷之卒"。

阴铿才名远扬，为人谦和，德行卓伦，不论贵贱均能以礼相待。史书记载了他的一段故事："天寒，铿尝与宾友宴饮，见行觞者，因回酒炙以授之，众坐皆笑，铿曰：'吾侪终日酣饮，而执爵者不知其味，非人情也。'及侯景之乱，铿尝为贼所擒，或救之获免，铿问其故，乃前所行觞者。"

阴铿为诗清新自然，质朴本色，擅写山水景物之五言诗。其诗一扫宫体诗艳俗浮华之气，时人颇为称道。山东郯城人何逊写诗风格颇似阴铿，人遂将二人之诗并称为"阴何体"。后世诗人对"阴何体"评价极高，杜甫曾有"颇学阴何苦用心"的赞叹之句。

阴铿五言诗对唐诗发展影响较大，开隋唐格律诗的源头，王维、李白、杜甫等大诗人无不受其影响。杜甫评价李白云："李侯有佳句，往往似阴铿。"而杜甫自己诗中的一些名言警句，也是从阴铿的诗中转化而来的。据历史记载，阴铿的文集有三卷。清代武威籍著名学者张澍在《二酉堂丛书》和辑录的《阴常侍诗集》中，共收录了阴铿的三十五首诗。

李益（约750—约830），字君虞，祖籍凉州姑臧（今甘肃武威凉州区），后迁河南郑州，唐代著名边塞诗人。

李益是唐肃宗朝中宰相李揆同族兄弟的儿子。李益聪明好学，于大历四年（769年）考中进士，又于大历六年（771年）参加制科考试，授官郑县（今陕西华县）主簿。

三年满秩后，李益由于不得升迁，便辞去官职，从大历九年至大历十二年（774—777）西游凤翔，投靠凤翔节度使李抱玉，在其幕府任职。期间，他参与了郭子仪、李抱玉、马璘、朱泚分统诸道兵八万的防秋军事行动。大历十二年，节度使李抱玉去世后，李益离开凤翔，前往渭北。建中元年（780年），李益来到灵武，依附朔方节度使崔宁。《夜上受降城闻笛》《从军北征》《塞下曲三首》等名篇就在此期间写下的。

《夜上受降城闻笛》是李益的代表作之一。

夜上受降城闻笛

（唐）李益

回乐峰前沙似雪，受降城外月如霜。

不知何处吹芦管，一夜征人尽望乡。

全诗抒写了戍边将士思念家乡的感情。前两句写月下边塞的景色，第三句写闻见芦管的声音，末句写心中的感受。荒凉的边塞，月光如霜的夜晚，幽怨的芦笛声勾起了出征将士悠悠的思乡情。全诗把景色、声音、感受融为一体，意境深远，余味无穷。

《从军北征》也是李益的名篇之一。

从军北征

（唐）李益

天山雪后海风寒，横笛遍吹行路难。

碛里征人三十万，一时回首月中看。

这首诗描写了一个壮阔悲凉的行军场景，写出了诗人对军旅生涯的切身体验。其中的《行路难》是一个声情哀怨的笛曲，有"离别悲伤之意"，这一片笛声在军中引起的共鸣，充分显示这片笛声的哀怨和广大征人的心情，使这支远征队伍在大漠上行军的壮观景象得到最好的艺术再现。

建中四年（783年），李益在长安再次参加制科考试，登第。徐松《登科记考》记载："建中四年，李益、韦绶登拔萃科。"因仕途失意，后李益弃官在燕赵一带漫游。贞元十二年到元和元年（796—806），李益投奔幽州刘济幕府，刘济推荐他任从事，后进为营田副使。他写给刘济的诗多有怨恨之语，如有"不登望京楼"的句子。

李益以边塞诗作出名，擅长绝句，尤其是七言绝句。至贞元末年，李益名气日增，和皇族子弟李贺的名声差不多。他每写一首诗，都被宫廷乐师用财物换去，创作成供皇帝听的歌曲。他的诗《征人歌》《早行篇》，被有心人画成画屏；他写的"回乐峰前沙似雪，受降城外月如霜"的诗句，在全国传唱。

元和初，宪宗听闻李益的名气，便召李益回京，任命为秘书少监、集贤殿学士。不久又任命为秘书监。元和八年（813年）后，转太子右庶子。元和十五年（820年）后，为右散骑常侍。大和初年，在礼部尚书任上退休，大和三年（829年）与世长辞。

作为一位诗人，阴铿与李益的才华让许孙荃羡慕不已，遂发出"武威莫道是边城，文物前贤起后生"的赞美之语。

许孙荃（1640—1688），字友荪，一字生洲，又字四山，安徽合肥人。清康熙八年（1669年）举人，康熙九年（1670年）进士，选庶吉士，散馆改户部主事，再转郎中，为翰林院侍讲。历官刑部四川司员外郎。官至陕西提学道。康熙十八年（1679年）被荐举博学鸿词科，与试未中。勤于考核士子的学业，遇到圣贤名迹，均力为修复。工于诗文，诗歌激昂悲壮，多燕、秦之声，著有《慎墨堂诗集》。

城压荒沙雉堞深

嘉庆十一年（1806年）的秋天，在镇番县（今甘肃民勤）苏山书院教书的凉州府武威县人张美如，来到著名的白亭海游览观光。看到秋色宜人，古长城及烽燧荒废，他情不自禁进入历史思绪之中，遂写下《白亭秋望》一诗，抒发其怀古伤今之幽情。全诗曰：

> 白亭秋暮野云沉，草树苍茫大塞阴。
> 鸿雁声中游子梦，黄花时节故园心。
> 戍空旧垒狼烟息，城压荒沙雉堞深。
> 古庙犹留苏属国，西风凭吊欲沾巾。

张美如诗中的"戍空旧垒狼烟息，城压荒沙雉堞深"，指的就是民勤县白亭海附近的古长城遗迹。在这里，暂时按下张美如不表，先梳理一下武威汉、明长城。

武威境内的汉、明长城，见证了武威两千多年的历史沧桑。西汉设置河西四郡后，为隔绝匈奴与羌族的联系，保证丝绸之路的畅通，开始修筑长城。明代万历年间，朝廷为了防御元朝残余势力的进攻，巩固和加强武威这一军事战略要地，又在汉长城的基础上增修了坚固的"边墙"。时至今日，武威境内汉长城遗址犹存，明长城大部分完好。汉、明长城蜿蜒并行，成为一大奇观。

一

公元前121年，骠骑将军霍去病打通河西走廊之后，西汉设置酒泉、武威、敦煌、张掖河西四郡，进行有效管辖。凉州为丝绸之路重镇，系"扼塞险要"的兵家必争之地，汉王朝为了阻止匈奴南下，保卫河西地区的安全，保障军事防御，在包括武威郡在内的河西四郡修建长城。从敦煌郡到秦长城，数千里之地，筑起了一道边防屏障，每隔五里或十里地方，筑有烽火台，设戍卒瞭望。遇有敌情，即点燃烽火报警。

武威汉长城覆盖天祝藏族自治县、古浪县、民勤县、凉州区。元狩二年（前121年），汉武帝派骠骑将军霍去病两次会师陇右，击败匈奴，"战取燕脂、祁连"，始设武威、酒泉二郡，下令修筑了自令居（今甘肃永登）经武威至酒泉的长城。武威境内沿沙漠边缘而筑的汉长城，按墙体和壕沟（壕堑）两种形式修筑。大体为东南—西北走向。汉长城历经两千多年的沧桑岁月，绝大部分已经消失，但遗址尚存。其中凉州区长城镇月城墩一段保存良好，残高6米，基宽2.5米，二十余座烽燧现仍清晰可见。这些遗址均系黄土板筑，有些烽台燧墩保存得比较完整。墩呈圆锥形或正方形，墩下还可以寻觅到古城堡残迹和灰烬瓦砾。

汉长城的修建，大体上是先设亭障，再视地势之需要而筑墙垣，故有些地方有亭障而无墙垣，时断时续，但总体上仍能连成一线，形成一个整体的军事防御报警系统。建造时因地制宜、就地取材。起沙土夯墙，并夹杂红柳、胡杨、芦苇和罗布麻等物，以粘接固络，坚固异常。外侧取土处即成护壕，壕内平铺细沙，称作"天田"，用来观察敌军的脚印，这也是当时一种特殊的防御措施。内侧高峻处，燧、墩、堡、城连属相望，所谓"五里一燧，十里一墩，卅里一堡，百里一城"。烽燧有夯土板筑，芦苇、胡杨、红柳等夹砂土夯筑，夯土外包土坯构筑，土坯垒砌等多种形式，高者达十米。遇到敌情，烽燧递传，日达千里而至长安。

据专家介绍，长期以来，由于古长城缺乏保护，病害多发。存在的病害主要表现为：裂隙发育、片状剥蚀、冲沟、生物破坏等。古浪县圆墩烽火台内部已被掏空，还曾发生过大规模坍塌。

武威汉长城历经两千年风沙雪雨，虽多已倒塌，仅剩一些残垣断壁，但有些地段仍坚固如磐，屹立于戈壁沙漠之中，似蛟龙蜿蜒，气势不凡。汉长城不仅为古丝绸之路的畅通提供了安全保障，而且也是关内外各民族进行经济、文化交流的纽带。

二

武威明边墙在天祝藏族自治县、古浪县、民勤县、凉州区境内皆有分布。

武威境内的明边墙修筑于明朝中后期，历时上百年，有"旧边"和"新边"之分。

武威"旧边"修筑于明朝中叶。为了抵御敌人入侵，明代弘治、正德年间始议修筑长城之事。明正德年间，对长城进行过修复加固，"逾庄浪至凉州"，贯通武威三县一区，大致与汉长城相向而行。到了嘉靖中叶正式修筑。据《明世宗实录》记载，嘉靖十五年（1536年）十二月丁未，巡抚甘肃右佥都御史赵载向朝廷建议道："凉州西北三岔起，至茨湖墩边壕坍塌三十余里，宜行修浚。镇番临河墩起至永昌城百余里，原无壕墙，宜行创筑，使有险可恃，居人便于耕牧，此一劳永逸也。"奏议获得批准。嘉靖十六年（1537年）巡抚赵载修竣镇番卫（今甘肃民勤）临河墩至永昌卫城（今甘肃永昌）土垣、沟堑百余里。

古浪境内有"旧边""新边""胡家边"三条边墙，穿越黑松驿、黄羊川河、铁柜山、边墙岭、古浪河、泗水镇。凉州区内，经黄羊镇、清源镇、长城镇、红水河。民勤县的"旧边"有两条，一条经小西沟林场进入永昌县，另一条经重兴镇、薛百镇、苏武镇、大坝镇、蔡旗镇，进入永昌县。

武威"新边"指筑于明万历二十七年（1599年）的靖远至古浪的边墙。

万历二十五年（1597年），驻牧于松山一带的漠北鞑靼阿赤兔、宾兔等反叛朝廷。第二年，兵部尚书兼三边总督李汶、大司马兼甘肃巡抚田乐、甘肃总兵达云等奉旨收复松山。

松山战役结束后，李汶向朝廷呈《计处松山善后事宜疏》，建议修筑长城。

上疏里面写道：

> 查得自凉（武威）之泗水，以至靖（靖远）之索桥，横亘不过四百里许……勘得自镇番以至中卫，烽堠相望，迄今旧址犹存……乃旧自永安，历皋兰，渡河逾庄浪以至于凉，则一千五百里。舍此四百里不守，而欲守一千五百里之边，果孰难而孰易？

上疏获得朝廷批准后，明万历二十七年（1599年），李汶率部构筑东起永安索桥，经泗水、古浪土门间的长城，同时在沿线建造烽燧，并在松山、大靖、土门、裴家营、红水等重要地点修筑城堡，形成了一道新的长城防御体系，这就是万历年间所修筑的"新边"。

三

武威汉、明长城遗存丰富。大漠间，蓝天下，一条条浑黄雄伟又历经沧桑的土墙蜿蜒而去，如盘旋的游龙一般横卧在广袤的荒漠，这，就是历经千年而不朽的武威古长城。

站在斑驳陆离的烽火台上，放眼四望，黄色的大漠雄浑静穆，蔚蓝的天空纯净明丽。时间仿佛在这里静止，历史仿佛在此处凝固。武威古长城，曾经用自己的身躯挡住了匈奴南下的萧萧战马，用强有力的臂膀折断了鞑靼的刀剑矛戈。作为曾经抵御外族的一道屏障，它，唤起了人们对历史的记忆，对文明的记忆。

包括武威在内的河西走廊汉长城防御体系的建立，加强了汉朝西部地区的防务，效果明显。据《汉书·匈奴传》记载："是时，汉边郡烽火候望精明，匈奴为边寇者少利。"从此，武威成为"天下要冲，国家藩卫"。

边塞武威的大漠风烟、长城夕阳，常常成为诗人们怀古唱今的对象。八百多年后的盛唐时期，大诗人王维出使河西，驻足武威一年多，他流连于边塞大漠之间，留下了"百尺峰头望虏尘""沙平连白雪""边风卷塞沙"的诗句。不久，岑参也来了，高适也来了。面对武威大漠长城，岑参挥笔写道："塞花飘客泪，边柳挂乡愁。""寒驿远如点，边烽互相望。"高适登临武威汉长城，发出了"朝登百丈烽，遥望燕支道。汉垒青冥间，胡天白如扫"的感慨。三位大诗人为武威带来了一股浓厚的文化气息，为武威的大漠长城注入了独特的艺术美，让武威大漠长城在历史、文化上显得更加厚重、深远。

殊为可惜的是，这样的文化气象没有维持多长时间。安史之乱后，武威先后被吐蕃、党项占领，达六百年之久。其时长城废弃，默默地淹没在大漠风沙之中。明洪武五年（1372年），朱元璋派大将军冯胜西征。大将傅友德率领五千骑兵长途奔袭武威，占领武威后，随即修筑城防。明朝中后期，被历史湮灭数百年的武威长城重新引起了统治者的重视。为对付鞑靼残余势力，明廷开始在武威修筑长城，前后历时上百年。李汶、田乐、达云、严玺等历次为驱逐鞑靼、修筑长城做出贡献的将军们的名字，将永远镌刻在武威长城厚重的城墙之上。

明清时期，武威的大漠长城也吸引了众多的文人墨客。明朝高岱在《凉州曲》中吟唱道："一片城头青海月，十年沙迹伴人眠。"清代张翙在《凉州怀古》诗中写道："四郡烽烟空有垒，三河霸业已无家。"清康熙年间，陕西学政许孙荃来到武威长城脚下，挥笔写下《长城下作歌》《长城》两首诗歌。诗中写道："我来驱马立斜阳，却见边城朔气黄。""沙鸣绝漠羌村少，山锁危楼雉堞高。"……

曾几何时，这里旌旗猎猎，人喊马嘶，一片刀光剑影。如今，一切都已远去，大漠长城变得出奇的安静，只留下久远的记忆让人凭吊、感叹。大漠长城，犹如一页页袒露的历史，用你的脚步去抚摩，用你的目光去阅读。

经过岁月的洗礼，大漠仍旧辽阔，而古长城却是千疮百孔，遍布创伤。但千年以来，它一直就这样挺立于大漠戈壁，横卧于千里荒原，任凭风吹雨打，日晒沙埋。

烽火早已熄灭，狼烟不再燃起，文人墨客、将军武士也越走越远，现在，武威大漠长城留给我们的只是宁静与壮美，历史与回想。

在历史进程中，武威汉明长城发挥了深远的作用，积淀了丰富的文化。武威汉明长城，回响着历史的回声，散发着文化的热度。要加快武威长城的保护和利用，积极推进长城国家文化公园建设，让更多的人来到长城脚下，触摸历史，感受文化，了解那段尘封千年的辉煌故事。

四

现在再回到张美如，了解一下他的人生历程。写下《白亭秋望》的张美如，在第二年，也即嘉庆丁卯年（1807年）考中举人。嘉庆戊辰（1808年）考中进士，授翰林院庶吉士。嘉庆十四年（1809年）散馆，授户部主事，因亲老辞官回家侍奉。道光二年（1822年），入京补官，升户部员外郎。辞官归里后先后主讲于凉州天梯书院、兰州兰山书院、西安关中书院。1834年，张美如在关中书院去世。

值得一提的是，张美如诗、文、书、画俱佳。清蒋宝龄《墨林今话》卷十一有张美如的小传：

> 张美如，字尊五，号玉溪，甘肃武威人。嘉庆戊辰进士，官御史。工山水，澹远似云林，苍厚似大痴。兴之所至，挥翰伸纸，顷刻立就。然不肯多作，故流传绝少。

《武威县志》也记载张美如"所作诗文书画，多被门人携去，至今遗武威者，几如凤毛麟角，尺幅寸缣，得之者珍若拱璧焉"。

后 记

历史文化散文集《古诗词中的凉州》，经过与甘肃省社科院寇文静老师近一年的合作撰写，终于出版了，实在令人欣慰。

在博大精深的凉州文化体系中，咏凉诗词占有极高的地位。咏凉诗词在武威历史上扮演了重要的角色，许多作品被用来记录历史、传递思想、展示民俗风情等。咏凉诗词的传承、发展、流传，如同一部厚厚的武威史，从汉武帝设武威郡至清末民初，在两千多年漫长的历史进程中，歌咏凉州的诗歌辞赋世代不衰，数量之多，不胜枚举，许多佳作流传后世，成为千古绝唱。经典如《凉州词》，就是千年历史陶冶下的不朽遗存，是汉风唐韵洗礼过的文字精粹，是古城武威悠久灿烂的文化见证。千年历史长河沉淀下来的歌咏凉州的古诗词，蕴含着厚重的文化底蕴，翻开一本本诗集，展示在我们面前的是一幅色彩斑斓的武威历史画卷。历经沧桑的咏凉诗词，代代诵读，流传至今。这些诗词或写大漠雄奇之景象，或抒将士征战之壮志，或叙边塞战事之惨烈，那种壮阔苍凉的边塞气象，忧国忧民的家国情怀，今天读来仍然震撼人心。千百年来，咏凉诗词以其苍凉慷慨、雄浑壮阔的意境，以其独特的艺术魅力和文化内涵，一直受到世人的推崇和好评，永远闪耀着独特又绚丽的光芒。历代咏凉诗词不仅是凉州文化的宝贵遗存，也是中华民族的艺术瑰宝。

对于咏凉诗词，前人多有纂辑，如《古诗话凉州》《武威历代诗词丛书》《历代咏凉诗选析》《雄心一片在西凉——历代咏凉诗词选》等等，但这些著作多为诗词辑录、注释、赏析等，而从咏凉诗词入手，用历史大散文的笔法，记述、考证、阐释凉州历代的政治、经济、军事、文化、社会生活等方面的专题图书，几乎没有。

因此，对于我们来说，这无疑是一次极大的挑战，仅仅是提纲的拟定就让我们花费了许多时间。如果按照传统的诗歌理论来写，如咏凉诗词中的风格特征、写作手法、诗歌流派、内容题材等，则虽然注重理论研究，却把原本通俗易懂、脍炙人口的古诗词弄成了深奥难懂、云山雾罩的纯理论文章，读者不知其所以然。倘若按照时代划分，如大汉雄风、五凉风韵、盛唐气象、西夏长歌、民族交融、大明边关、清代儒风等等，并通过诗词反映出天马文化、五凉文化、西夏文化、民族民俗文化等凉州文化，则不得不考虑到诗歌只是文化的一小部分，这些诗词无法全面支撑和展现厚重的凉州文化。而且，我们翻阅咏凉诗词，发现各个时代流传下来的诗词数量不等，唐代、清代较多，汉代、元代较少，西夏时期几乎没有。这就容易造成篇幅不均、头重脚轻的现象。

我们经过深思熟虑，决定按照诗歌内容来划分目录框架。读者阅读这本书，眼前应该呈现出一幅幅边塞景象，心中产生一种历史沧桑感。因此我们打破常规、另辟蹊径，不按固定的三级标题、章节条目来划分，而是将整个大的框架划定为七个辑录。第一辑"边塞气象"，以描写河西景色的诗词为主；第二辑"长城烽烟"，以记述历史、战争类的诗词作为重点；第三辑"田园风情"，围绕乡村农牧类的诗词展开；第四辑"驼铃远去"，聚焦商业贸易类诗词；第五辑"印象凉州"，关注文化景点类的诗词；第六辑"流韵焕彩"，紧扣民俗风情类的诗词；第七辑"古台夕阳"，立足凭吊怀古类的诗词。

这七个章节主题，历史特征具备，画面感十足，文化色彩浓厚，能表现出古诗词中的诗情画意和深厚底蕴。然后在每辑框架之下，把切合目录内容的诗词分类，直接用诗句作为标题书写。如第一辑"边塞气象"中"凉州地势控河西""大漠孤烟直，长河落日圆"等标题，壮阔苍凉的边塞气象映入眼帘；第二辑"长城烽烟"中"天马徕，从西极""醉卧沙场君莫笑""百代兴亡吐谷浑"等标题，既有沧桑的历史感，又有鲜活的视觉形象；第三辑"田园风情"中"嘉苗布原野，百卉敷时荣""绿水绕畦瓜未熟""胡地三月半，梨花今始开"等标题，让读者身临其境、感同身受，体会农耕文化的发达；第四辑"驼铃远去"

中"胡人半解弹琵琶""紫驼载锦凉州西""道路车声百货稠"等标题，仿佛动态的画面展现在眼前，突出商贸文化；第五辑"印象凉州"中"新秋归远树，残雨拥轻雷""松石点苍入画图""乌鞘雨雾乱云飞"等标题，重点展示文化景点、自然景观；第六辑"流韵焕彩"中"唯有凉州歌舞曲""胡腾儿""西凉伎"等标题，用音乐舞蹈的动态画面展示历史上的民族民俗文化；第七辑"古台夕阳"中"澄华井没张芝笔""招讨台荒四百年""武威莫道是边城"等标题，用古城废台诉说千年沧桑，愈发显示凉州文化厚重绵长。

我们拟定的写作模式，不是深奥的诗歌理论研究，也不是简单的赏析和解读，而是一种综合性的历史文化散文。一是在古诗词的引领和铺垫下，体现丝路文化、天马文化、简牍文化、五凉文化、佛教文化、乐舞文化、边塞文化、建筑文化、地名文化、酒文化、金石文化、吐谷浑文化、匾额文化、商贸文化、农耕文化、游牧文化、民族民俗文化等凉州文化，让这本书处处散发着武威历史文化色彩。二是对古诗词的写作背景、当时的历史现实、当地的基本情况、作者的生平等文化信息进行深度挖掘，对作者作诗时的心理感受进行合理想象和场景还原，尽量走进诗人的内心，理解每一首诗词的魂魄所在和精神寄托。三是文章的写作表达方式尽量灵活生动，力争呈现大众化的阅读书籍、普及性的读本，把厚重浩繁、博大精深的历代咏凉诗词转化为一篇篇喜闻乐见、通俗易懂、轻松活泼、易于接受的散文作品。

本书的撰写任务非常艰巨。因为历史文化大散文包含了历史品格、文学品格、文化意味等内容，而且要以古诗词为立足点进行书写。书稿要在古诗词的基础上，对其进行一定的拓展延伸，既不能照本宣科，拘泥于古诗词的内容，也不能本末倒置，偏离古诗词太多。既要大开大合，又要收放自如。每一篇文章要面对不同的时代、不同的诗人，因此就需要进行不同的思考、站在不同的角度。写作难度之大，可想而知。回顾整个写作过程，我们经历了图书定位、提纲确定、资料搜集的困惑和艰辛，也经历了考证繁杂、梳理困难、无从下笔的迷茫。经过无数次交流、切磋、打磨、调整，最终我们迎难而上，完成了写作任务。其中甘肃省社会科学院寇文静老师完成了第二、三、四辑及第五辑前四篇内容十二万余字的撰稿任务，付出了大量的心血和汗水，在此向她表达敬意与感谢。

"琵琶且拢弹新曲，高调依然在五凉。"回顾写作过程，我们依然震撼于武威千年厚重的历史和辉煌灿烂的文化。从河西四郡到丝绸之路，从武功军威到书城不夜，在金戈铁马、波澜壮阔的如歌岁月中，历代诗人谱写了天马西来、五凉文化、大唐盛世、神秘西夏、大元故路、明清文风的壮丽史诗，精彩纷呈，连绵不绝。无论翻开武威历史上的哪一诗篇，都让人心潮澎湃，豪情万丈。面对如此丰富多彩、内容厚重的古诗词，我们常常叹惋自己才疏学浅，不能领悟其妙，不能落笔生花，不能深入浅出，只能凭借自己对诗词的点滴理解，尝试把诗歌糅进历史、融入时代，做一些最简单最基本的阐释。如果本书能够给读者带来一些与众不同的感受、一些令人回味的启迪、一丝直抵心灵的触动、一种捧读诗词的冲动，也算不负所写，不负创作以来的辛苦付出。因为篇幅所限，我们不能面面俱到，只能选取部分古诗词进行解读。选取的这些诗词，只是所有咏凉诗词的冰山一角、沧海一粟，正所谓"窥一斑而知全豹"，通过部分诗词的解读，希望能让读者大致了解古代凉州的地理、经济、历史、文化、风俗等特点。其他的大量的咏凉诗词，就留待以后有机会再认真阅读、书写。

本书引用的古诗词，分别摘自《丁酉重刊凉镇志》《五凉全志校注》《武威地区志》《历代咏凉诗选析》等正式出版的图书。本书在撰写过程中，得到了甘肃省社会科学院决策咨询研究所所长魏学宏研究员、武威市凉州文化研究院院长张国才副研究员的鼓励和支持，在此表示衷心的感谢！同时也感谢著名文化学者、西北师范大学传媒学院院长徐兆寿教授在百忙之中为本书作序，这对我们是莫大的荣幸和鼓舞。

由于时间紧迫，资料掌握不足，以及水平所限，本书难免存在不少缺点和商榷的地方，恳请专家、读者批评指正。

最后，借用清代凉州府人、乾隆三十四年（1769年）进士张翙的一首《凉州怀古》作为本书的结尾：

祁连磅礴拥孤城，文物当年似两京。
二妙才华推索靖，六朝骚雅付阴铿。
人龙卧后风犹在，金粟歌来角不鸣。
中外即今同禹甸，好听弦诵谱升平。

是为记。

李元辉

2023年10月

总后记

　　武威，物华天宝，人杰地灵。寻访武威大地，颇感中华文明光辉璀璨，绵延传承。考古资料表明，在新石器时代，武威一带已经成为先民生息繁衍的重要地区。汉武帝时开辟河西四郡，武威郡成为河西走廊政治、经济、文化、军事之要地。东汉、三国、西晋时为凉州治所。东晋十六国时，前凉、后凉、南凉、北凉和隋末的大凉政权先后在此建都。唐朝时曾为凉州节度使治所，一度成为中国西北仅次于长安的通都大邑。"凉州七里十万家""人烟扑地桑柘稠"，其盛况可见一斑。宋元明清以来，凉州文化传承不辍。

　　在历史演进过程中，凉州成为了中原王朝经营西域的战略要地。农耕文明与游牧文明、中西方文化、多民族文化在这里交汇融合，形成了在中国文化史上占有重要地位的凉州文化。就历史文化的整体价值和综合影响而言，凉州文化已超越了今天武威这个地理范畴，不再是简单的区域性文化，而是吸纳传导东西方文明重要成果的枢纽型文化，是中华文化的重要组成部分。

　　凉州文化是多民族多元文化互相碰撞而诞生的美丽火花，其独特性是武威历史文化遗产中最有价值、最具魅力之处，也是具有文化辨识度的"甘肃标识"的特有文化，值得更系统、更深入地研究。特别是在新时代，对其进行更深层次的文化挖掘和意义阐释具有重要的现实意义。基于此，甘肃省社会科学院和武威市凉州文化研究院组织跨学科、跨地域的团队撰著了《凉州文化丛书》（第一辑），以期通过历史、文学、生态、长城、匾额、教育、人口等方面的研究，对厚重的凉州文化加以梳理，采撷其粹，赓续文脉，以文化人，为文化旅游名市建设增添文化智慧内涵。

　　《凉州文化丛书》（第一辑）由甘肃省社会科学院和武威市凉州文化研究院

共同商定，确定为2023年院重点课题。我和张国才、席晓喆同志组织实施，汇集两家单位的二十位学者组成团队开展研讨写作。丛书共包括《武威地名的历史传承与文化内涵演变》《古诗词中的凉州》《汉代武威的历史文化》《武威长城两千年》《武威吐谷浑文化的历史书写》《清代凉州府儒学教育研究》《武威匾额述略》《清代学人笔下的河西走廊》《河西历代人口变迁与影响》《河西生态变迁与生态文化演进》十本著作，每一本书的书名、内容框架，都是广集各个方面建议，多次召开编委会讨论研究确定下来的。因此，每本书的书名都具有鲜明的个性，高度概括了凉州特色文化的人文特点和地理风貌。丛书共计一百八十余万字，百余幅图片，主题鲜明，既做到了突出重点、彰显特色、求真务实，又做到了简洁流畅、雅俗共赏，是一套比较全面研究凉州特色文化的大型丛书。

丛书选取武威具有代表性的特色文化或尚未挖掘出的文化元素，进行深度挖掘、系统整理和专题研究，在撰写过程中，组织开展了十多次考察调研、研讨交流活动，每一本书的作者结合各自研究的内容，不仅梳理了凉州特色文化的理论研究，关注了凉州文化的传承与发展现实，还对凉州特色文化承载的丰富内涵和历史进行了深入的探讨，展示了凉州文化融入当代生活的现状，以及凉州文化推动武威特色旅游产业的途径。不难看出，凉州文化为我们深入了解武威提供了丰富的样本，其多样性、包容性、创新性、地域性等特点无疑是武威城市文化的地标、经济财富的源头、文化交流的名片。

文字与图像结合是叙事最基本、最重要的手段，其中图像的运用为我们了解世界构建了一个形象的思维模式，有助于我们更为深刻地认识世界。为了更好地展现凉州文化，丛书在文字的基础上通过大量的实物图像展示了凉州文化丰富多彩的形态。这些图片闪耀着独特而绚丽的光彩，也为我们解读了凉州文化背后不同的人文故事。同时，每一位作者在撰述中对引证的材料都作了较为翔实的注释，一方面力求言之有据、持之有故，另一方面也表达出对前贤时哲研究成果的尊重。

丛书挖掘整理了凉州文化中一些特色文化，对于深入研究凉州文化来讲，这是一种新的尝试。最初这套丛书的定位是具有较高品位的地方历史文化普及读物和对外宣传读本，要求以史料为基础，内容真实性与文字可读性相统一，展现武威博大精深的历史文化内涵和魅力，帮助广大读者更全面地认识、更深入地了解凉州文化元素，推动凉州文化的弘扬传承，实现优秀文化传承的主流价值引导和思想引领。经过一年多的努力，丛书顺利完成撰写，这本身是一件很有意义的事情。同时需要诚恳说明的是，这套丛书是一项综合性的跨学科的研究，涉及很多方面的知识，虽经多方努力，但因史料匮乏、资料收集不足。作者学力限制，作为主编者心有余而力不足，很多内容的研究论证尚欠丰厚。希望能够通过这套丛书引发人们对凉州文化更多的关注和思考，探索更多的研究方向，也就算实现了我们美好的愿望。此外，整个丛书撰写过程确实是时间紧、任务重，难免有错谬之处，敬请读者不吝赐教，我们不胜感激。

在这套书的论证和撰写中，中国社会科学院古代史研究所卜宪群所长及戴卫红、赵现海研究员，浙江大学历史学院冯培红教授，甘肃省社会科学院刘敏先生，西北师范大学传媒学院院长徐兆寿教授等领导、专家给予了很多建议，为书稿的顺利完成创造了条件。西北师范大学副校长、教授田澍先生百忙之中为丛书撰写了总序言，武威市凉州文化研究院的张国才院长及其他同仁对丛书的编撰勤勉竭力、积极工作、无私奉献，我在这里一并表示感谢。

《凉州文化丛书》（第一辑）编委会
魏学宏
2023年10月

魏学宏，甘肃省社会科学院决策咨询研究所所长、研究员。先后发表学术论文50多篇，出版专著2部，主持完成国家社会科学基金项目、甘肃省哲学社会科学项目及省市县委托项目10余项。